MASS
EFFECT™

【加】德鲁·卡宾森 著
冯蔚骁 译

重庆出版集团 重庆出版社

TITLE: MASS EFFECT: REVELATION
AUTHOR: DREW KARPYSHYN

图书在版编目(CIP)数据

质量效应 1:天启 / (加)卡宾森(Karpyshyn,D.)著;冯蔚骁译.
—重庆:重庆出版社, 2012.5(2012.7 重印)
ISBN 978-7-229-04978-2

Ⅰ.①质… Ⅱ.①卡… ②冯… Ⅲ.①长篇小说—加拿大—现代 Ⅳ.①I711.45

中国版本图书馆 CIP 数据核字(2012)第 028404 号
版贸核渝字(2011)第 244 号

质量效应 1:天启
Mass Effect: Revelation
[加]德鲁·卡宾森 著 冯蔚骁 译

出 版 人:罗小卫
责任编辑:张立武
责任校对:杨 婧
装帧设计:图河窦氏

重庆出版集团
重庆出版社 出版
重庆长江二路 205 号 邮政编码:400016 http://www.cqph.com
重庆出版集团艺术设计有限公司制版
自贡兴华印务有限公司印刷
重庆出版集团图书发行有限公司发行
E-MAIL:fxchu@cqph.com 邮购电话:023-68809452
全国新华书店经销

开本:880mm×1 230mm 1/32 印张:9 字数:213 千
2012 年 7 月第 1 版 2012 年 8 月第 4 次印刷
ISBN 978-7-229-04978-2
定价:26.00 元

如有印装质量问题,请向本集团图书发行有限公司调换:023-68706683

中文版作者献词

在一开始创造《质量效应》这个世界时，我们并没想到它会如此受欢迎。随着小说的出版，我能够和全世界的《质量效应》爱好者分享更多关于这个世界的故事。我十分荣幸地得知，现在我也能够和中国的科幻迷分享我的作品，这让我感到很激动。感谢果壳阅读与重庆出版社为此所做的一切努力。

Drew K

献给

我的妻子詹妮弗

当我苦苦挣扎于疯狂创作时，你从未唠叨我去洗衣服。我忘了洗碗时，你从未因此而不高兴，我忘了帮手打理家务时，你也从未生气。你总是阅读并评论我所写的一切，听我嚷嚷各种疯狂的希望和恐惧，即使我在半夜把你叫醒也不例外。

所有这些你给予我的帮助和支持，让你变得如此伟大。所以，我爱你！

致　谢

创造《质量效应》这样既有深度，又有广度的智力成果，是一项巨大的事业。如果没有 Bioware 公司里所有朋友和同事的努力，要完成这项事业几乎是不可能的。

我特别想感谢凯西·哈德森（Casey Hudson）和普雷斯顿·瓦塔曼纽克（Preston Watamaniuk），他们帮助我形成了《质量效应》的整体构想。此外，我要特别提到 Bioware 公司里所有为此项目工作过的作者：克里斯·埃特勒（Chris L. Etoile）（我们自己的技术专家兼科学大师）、卢克·克里斯杰森（Luke Kristjansen）、麦克·沃尔特（Mac Walters）、帕特里克·威克斯（Patrick Weeks）以及麦克·莱德劳（Mike Laidlaw）。

我还想感谢我的编辑——德雷（DEL REY）出版社的基思·克莱顿（Keith Clayton）。面对相当紧迫的最后期限，他仍尽其所能使我的这本小说做到最好。

没有这些人的贡献，便没有这本书。我十分感激你们所做的一切。

译者序

2012年伊始，末日景象未现，社会却远超想象以光速飞奔。每个人的经历，已经不再是“人生如戏”可以概括。剧情的发展和真相的迷离，已经是“人生如游戏”。

翻译《质量效应》官方小说三部曲，是个痛并快乐的经历。几乎每夜都熬到东方发白、手指酸痛，我才会结束一天的工作。假如某一天我跟韩寒一样被迫自证清白，希望大家相信：我不是天才，也没有代笔，这四十五万字的确是我一个字一个字敲出来的。虽然，我没有手稿。

《质量效应》游戏自从2007年底上市，其品质得到各个媒体的大力褒扬，众多奖项和巨大销量已经证明了一切。在这样一个宏大的世界中探险游历，是个愉悦的体验。我和大家一样，不愿被视为“不明真相的围观群众”，那么探求游戏人物的喜怒哀乐，知晓大小事件的前因后果，就成为铁杆游戏玩家的必然需求。而官方小说，正可以帮助大家更好地了解游戏构造的世界，更加全面地了解一个自己喜爱的极品游戏。

牛顿的幸运是站在巨人的肩上，我幸运地站在了德鲁·卡宾森的肩上。他为游戏所撰写的官方小说，本身已经具有相当的水平——作为一位著名的幻想小说畅销作家，他在游戏小说领域已经浸淫许久，把谍战的探险、悬疑、政斗等要素熟练地融合在一起。整套小说剧情奇峰突起、步步惊心，却又丝丝入扣、合情合理。既不是游戏剧情的简单照搬，也没有与游戏本身产生割裂，而是在游戏的世界中展现出另外的故事，巧妙地与游戏剧情串联在一起。第一部小说的剧情发生在《质量效应》游戏第一作剧情之前，人类刚进入银河系共同体。游戏主人公薛帕德的上司大卫·安德森还不是舰长，只是一名初露头角的联盟上尉，他历经磨难，勇往直前。如果不是突锐族特工萨伦的恶意，他本可以成为第一名人类幽灵特工。第二本小说的故事发生在游戏第一作剧情结束后不久，解释了游戏第二作中的很多未解之谜；而如果读者将游戏《质量效应2》通关之后还意犹未尽，那便不可错过第三部小说，因为这里的故事正发生在游戏《质量效应2》结束之后。

难得的是，小说没有艰涩的背景与概念，读起来畅快非常，大呼过瘾。即使读者不了解游戏本身，也无碍将小说单独作为一套好莱坞太空惊险大片来欣赏。

在各种艺术表现形式中，最具想象力的就是小说，比如《百年孤独》恐怕是拍不出好电影的。在翻译时，我跟随主要人物在银河系的各个世界穿梭搏杀、斗智斗勇，紧张之处手心冒汗，精彩之处不禁拍案叫绝，不亦快哉！每每一开始翻译便不忍释手，一边在脑海中构想小说所描述的场景，一边斟酌如何遣词造句才可将原文的意韵百分百地传达给诸位读者。

我比韩寒幸运的是，能够坦然直言：感谢团队！果壳阅读只愿意把高素质的小说呈现给读者，我也只有兴趣翻译自己喜欢的作品。源于这套三部曲小说自身的优秀，它终于脱颖而出，并能与大家见面。四十五万字的初稿完成后，译稿得到了说书人、迟卉、老问等诸位编辑的鼓励和批评，终稿比初稿的可读性高出许多，我在愧赧之余又深感欣慰。因为我知道，有机会与各位读者分享一套自己喜欢的优质小说，是一件多么幸福而幸运的事。

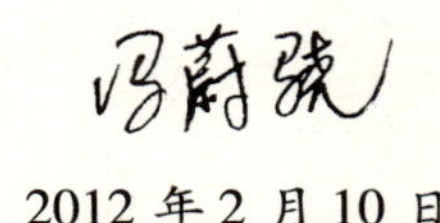

2012年2月10日

目录

CONTENTS

序　章

“正在接近大角星。断开超光速驱动核心。”

舰载内部通讯系统中响起舵手的口令，特勤战舰“新德里号”上，星系联盟海军少将乔恩·格里斯姆——地球及其三个刚开发的恒星际殖民地上最著名的人物——向上方瞥了一眼。他马上明显感觉到舰体质量效应场发动机减速产生的巨大颠簸，“新德里号”也从超光速旅行回到了爱因斯坦宇宙的常规速度。

熟悉的红移宇宙景象像鬼魅一样泼洒进小小的舷窗，随着战舰减速渐渐冷却到正常的颜色。格里斯姆痛恨观景舷窗——联盟战舰完全依靠仪器导航，根本不需要任何目视参考。但为了照顾到对星际旅行的古老浪漫想象，所有的战舰在设计时都留下几个小型舷窗和至少一个通常安装在舰桥上的大型舷窗。

联盟一直尽力保持住这些浪漫的理想——这对征兵极为有利。对于仍然留在地球上的人来说，未被探索的广大星际空间依然充满神奇。人类穿梭于星际之间的扩张是一部壮丽的冒险史与发现史，神秘的银河系依旧在等待人类揭开面纱。

格里斯姆明白，现实比大家的想象要复杂得多。他亲眼看过冰冷的银河有多美丽，既宏阔又让人心生惧意，而且他还知道银河中还有许多人类尚未准备好去面对的未知之处。今早他从“山西”基地接收到的机密传输信息就是最好的证明。

在许多方面，人类和小孩子没有区别：天真，并且受到很好的保护。这并不令人吃惊。在人类漫长的历史上，直到最近两个世纪人们才挣脱地球的束缚，前往冰冷的外太空探险。而真正意义上的恒星际旅行——能够前往太阳系之外的目的地——也才是最近十年的事情。事实上连十年都不到。

那是在公元2148年，也就是九年之前，一支采掘队从火星地下深处挖出了一个被遗弃很久的外星研究站的遗址。这被证明是人类历史上最伟大发现的先兆，独立改变了人类的一切。

在历史上，人类第一次面对无可争议、无可辩驳的证据，证明他们在宇宙中并不孤独。全世界的所有媒体都一拥而上报导此事：这些神秘的外星人是谁？他们现在在哪里？他们现在灭绝了吗？他们会回来吗？他们对人类过去的进化有何冲击和影响？他们将怎样影响人类的未来？在最初的几个月里，哲学家、科学家还有自封的专家们没完没了地在新闻节目和信息网上激烈讨论这项发现的伟大意义，有时甚至暴力相向。

这项发现深深震撼了地球上每一个宗教的核心，新的信仰系统一夜间如雨后春笋般爆发，他们绝大部分以干涉主义进化论为基本原则，狂热地断言这项发现证明所有的人类历史都被外星力量指导和控制。许多已有宗教则试图将存在外星种族的现实融入到当前的神话系统中去，还有一些信仰根据新发现匆忙开始拼凑、重写自己的历史、纲领与信条。有少数顽固派拒绝承认此项事实，声称火星堡垒的发现是为了长期愚弄民众并欺骗自己的信徒，将他们从正确的道路上误导到错误的道路上去。甚至现在，长达十年之后，许多宗教还是试图把这项发现与自己的信仰捏合起来以自圆其说。

通讯喇叭又噼啪作响，打断了格里斯姆的思绪，将他的注意力从恼人的观景舷窗拉到天花板上的舰载扬声器上。“我们现在可以在大角星上着陆。估计到达时间大约12分钟。”

他们大概花了六个小时从地球来到大角星，这是在太阳恒星系统之外最大的联盟基地。这段旅程中的绝大部分时间里，格里斯姆都蜷在一个数据屏幕前面，查看统计报告，评估人事档案。

早在几个月之前，此次行程就被规划为一次公关活动。联盟希望格里斯姆对毕业于大角星士官学校的优等新兵毕业生发表讲话，象征火炬从过去的传奇英雄传到了未来的领导者手中。但是就在他们出发之前的一个小时，来自“山西”基地的信息彻底改变了此次航行的主要目的。

过去的十年就像光辉的梦景一样，是人类历史上的黄金年代，而他现在准备用严酷的现实击碎美好的梦景。“新德里号”即将到达目的地，他将离开自己的私人舱室，也离开自己的平静与孤独。他把人事档案从自己的数据终端传到一张微型光盘上，放到联盟军制服上衣口袋里。接着他退出系统，有些僵硬地从座椅中站起来。

他的舱室又小又狭窄，所使用的数据工作站也远远谈不上舒适。联盟军舰上的空间都非常有限，私人舱室通常仅为战舰指挥官独家保留。在绝大多数任务中，甚至连受邀贵宾也不得不和船员一起起居，分享小小的公共睡舱。但是格里斯姆是活着的传奇，可以为他例外。这一次去大角星的短期行程，就是船长慷慨地向格里斯姆提供了自己的私人舱室。

格里斯姆伸展开自己的身子，抻开缩得紧紧的颈部与肩部。少将左右晃动自己的脑袋，直到颈椎骨传来令人满意的嘎吱声。他在镜子里快速检查了一下自己的制服——成名的负累之一就是要时刻保持良好的仪表——然后出门，甩上门，大步流星地走向舰桥。

在格里斯姆经过时，许多船员都停下手里的事情立正向他敬礼。他礼貌性地回以敬礼，几乎感觉不到自己在做什么。他成为人类的英雄已有八年时间，早就养成面对他人致敬与崇拜的姿势时下意识回应的能力。

格里斯姆的思绪又回到火星上的外星堡垒，它的发现对人类造成了全面性的冲击，由此来看，“山西”基地传来的令人不安的报告便显得不那么使人吃惊了。

发现人类在宇宙中并不孤独这一事实所冲击的绝不仅仅是地球上的宗教，人类的政治生态也同样受到波及。宗教陷入了分裂主义混乱，成为极端主义者的孤立组织，而在政治上，这项发现将人类紧紧地团结在了一起。上世纪以来缓慢但稳定发展的泛地球文化认同突然之间快速达到顶点，并最终将人类的居民团结到一起。

短短一年之内，人类的联盟宪章——史上第一个无所不包的全球联盟——就由地球上最大的十八个国家——现在是“州国”——起草并且通过了。在有记载的历史上，人类居民第一次将自己视为一个单独的集体：人类，对抗外星人的人类。

联盟军部——专注于保护并防卫地球及其居民免遭非人类威胁的军事力量——也迅速成立。地球上几乎所有军事组织的资源、士兵与军官都抽调进来。

然而，有些人坚持认为，地球上各种不同的政府组织突然统一成一个政治实体的脚步稍微快了一点，也太实用主义了一点。信息网上充斥着火星堡垒其实在公布之前很久就被发现的理论，认为采矿队发现堡垒的报告只不过是一个被掩藏很久的故事而已。他们声言联盟的成立只不过是一长串复杂的国际密约和密室交易的最后一步，数十年来一直在偷偷进行。

大众的观点一般无视这些妄想狂的阴谋理论。大多数人都从理想的信念去看待这项发现，认为它成为了催化剂，激励了全世界的政府和人民，人类因此大踏步地前进到了一个新的勇敢年代，这里人们互相协作，互相尊重。

而格里斯姆却疲惫不堪，无力将自己沉浸在美好的幻想当中。私下而言，他总是忍不住怀疑那些政客是否像他们在公众面前吹嘘的那样真的知道那么多。甚至现在他也怀疑无人通讯机所搭载的“山西”基地求救信号是否是一次突袭，或者，他们是否在联盟成立之前就已经预测到类似事件的发生？

接近舰桥的时候，他把这些外星研究站和肮脏的阴谋论都从脑子里清了出去。作为一个实干家，发现堡垒幕后的细节和联盟的成立实际上不关他事。联盟发誓要在星海之中保护人类，防御自身，包括格里斯姆在内，每个人都要扮演好自己的角色。

艾森霍恩——新德里号的船长——正通过安装舰首的大型观景舷窗向外凝望。窗外的奇观让他激动得有些颤抖。

随着新德里号逐渐靠近，窗外巨大的大角星空间站看上去越来越宏伟。联盟舰队——几乎有两百艘战舰，从只有二十个人的驱逐舰到成员多达数百人的战列舰——从各个方向上靠近，像钢铁的海洋一样包围着空间站，笼罩在远处 K 型红巨星发出的橘黄色光芒中。这颗红巨星名为大角星，空间站正是以这颗巨星的名称命名。战舰反射着恒星发出的耀眼光芒，似乎在真理和胜利的火焰中熊熊燃烧。

虽然看过几十次这样壮观的场景，但是每次看到时，艾森霍恩仍会激动不已。这幅奇景总是提醒他，在短短的时间里他们已经前进了多远的旅程。火星上的发现极大地推动提升了人类，带来焕然一新的感觉，他们在一个目的下团结起来。来自各个领域的顶尖专家在一个光辉的前景目标下集中资源——他们要努力解开藏在外星堡垒深处的技术秘密。

他们几乎马上发现普罗仙人——人类将这个未知的外星种

族命名为普罗仙——在技术上比人类要先进一大截。而且，比较普遍的估计是，他们已经消失了五万年，也就是现代人类历史开始之前，他们就已经消失了很长很长时间。但普罗仙人建造自己空间站的材料与地球上任何自然存在的物质都不相同，即使五万年的漫长时光也几乎没有对其内部价值连城的珍宝有什么损害。

最重要的是普罗仙人留下的数据文件！几百万 TB 的知识依旧可以读取，只不过使用了一种人类不熟悉的奇怪语言。破解这些数据文件的内容成为地球上每一个科学家梦寐以求的目标。他们几个月内几乎没有停歇地研究外星语言，最终破解了普罗仙语，令一切都尘埃落定。

这结果极大地兴奋了那些持阴谋观点的理论家们。他们说要从堡垒中获取任何有用的信息至少需要几年的时间，而不是几个月。但很快再也没有人理睬他们的反对声。壮观的科学大跃进浪潮把他们远远甩在后边了。

短短一年之内，地球的居民开始向太阳系迅速扩张。由于能够方便地从行星、卫星、小行星获取资源，殖民地开始在椭圆轨道空间站上建立起来。大规模的土地改造项目开始在地球自己的卫星上展开，毫无生机的月亮上建起了宜居的环境。还是有人坚持声称人类的黄金时代只不过是数十年前就开始精心打造的灾难阴谋的起始阶段，而艾森霍恩和绝大多数人一样对这种陈词滥调不理不睬。

“军官准备就绪！”一名船员大声喊道。

在艾森霍恩转过身之前，舰桥上军官立正敬礼的声音已经告诉他谁先他一步到来。乔恩·格里斯姆少将是那种值得尊敬的人。他总是认真而严厉，不怒自威。他的身边好像有一种引力场，只要一出现气氛就立即不一样。

“我很奇怪你在这里。”艾森霍恩压低声音，转回身去看着舰首观景舷窗外面的景色。格里斯姆穿过舰桥，来到艾森霍恩身后站着。他们相识已经有二十年，从加入美国海军陆战队新兵基本训练的时候就已经认识了，那时候联盟甚至还没有成立，“你不就是总说观景舷窗是联盟战舰战术弱点的那个人吗？”艾森霍恩又说。

“只不过是为了船员的士气而做我应该做的事情。”格里斯姆回敬道，“他们觉得如果我来到这儿面对船员还有你渴望而迷茫的眼睛，可以为联盟的荣誉有所贡献。”

“成熟就是阐明自己的观点而不树新敌的艺术。”艾森霍恩劝诫道，“伊萨克·牛顿勋爵说的。”

“我没有任何敌人。”格里斯姆嘀咕道，“我他妈的是个英雄，记得吗？”

艾森霍恩一直把格里斯姆当成朋友看待，但这并不能改变格里斯姆很难打交道、很难让人喜欢这一事实。这位海军少将一直给人以标准的职业联盟军官形象：聪慧、坚定、威严。在工作上，无论他在哪里，身边总是有一股向目标坚定进发、信念毫不动摇的气场，能树立起绝对的权威，也激起他部队的忠诚与奉献精神。但在个人生活中，他总是显得阴郁深沉。后来，他被公众视为代表整个联盟的标志性人物，事情就变得更糟糕了。多年以来聚光灯下的生活似乎已将他的性格由严苛独断变为愤世悲观了。

艾森霍恩本来以为他会在旅行途中发发牢骚——少将从来不热衷于这种抛头露面的公共演出活动——但是这次格里斯姆的情绪即使对他而言也算格外阴沉，船长怀疑是不是有什么其他事情发生。

“你来这儿不是对毕业班发表讲话的吗？”艾森霍恩压低声

音问道。

“需要知道的人才能知道，”格里斯姆简短回答道，音量也仅以船长能听到为准，“而你并不需要知道。”他马上又加了一句：“而且你也不想知道。”

两名军官一起沉默了一小会儿，都把视线投向了舷窗，注视着空间站越来越近。

“不承认不行，”艾森霍恩说道，希望能驱散另一个人的冷幽默，“看见大角星空间站被整个联盟舰队所环绕……真是壮美。”

“一旦分散到数十个恒星系统当中去，舰队就不壮观了，”格里斯姆回道，“我们的人太少，而银河系太他妈的大了。”

艾森霍恩不得不承认，格里斯姆也许比其他人知道得更多一些。

普罗仙人的技术将人类社会像投石机一样一下扔到了几百年之后，人类终于可以征服太阳系。但是要超越自己的太阳向更广阔的空间进军，还需要更加伟大的发现。

2149 年，一支探险队在探索人类认识疆界的边缘时发现卡戎，也就是原来认为环绕冥王星运行的卫星，其实根本不是一颗卫星。它实际上是普罗仙人秘密技术的巨大碎块——质量效应中转跃迁站。它在寒冷的宇宙深处漂浮了数十万年，身上的冰块和尘屑已经包裹了几百公里①厚。

地球上的专家对此项发现并非毫无心理准备：质量效应中继站的存在以及用途早在火星堡垒的数据文档中有所体现。简单地说，质量效应中继站组成了互相连接的星空之门的网络，战舰可以从一个中继站转移到另外一个中继站，只要一瞬间就

---

① 公里为非法定计量单位，为表述需要选用，1 公里 =1 千米，后同。

可以跨越数千光年的距离。建立质量效应中继站的底层理论和技术虽然超出了地球上最顶尖专家的能力范围，但即使他们不能够自己建造一个，但重新激活这个偶然间发现的神秘中继站并不困难。

这是一扇可以通往整个银河系的门——当然也可能将穿越这扇门的人直接带到燃烧的恒星或者黑洞的中心。通过质量效应中继站送出的探测器立即失去了联系——考虑到它们现在数千光年之外，这倒也在预料之中。最终，唯一真正知道那边发生了什么事情的办法是送人过去，不管那边是怎样的危险和挑战，这些人都要勇于面对无尽的未知。

联盟精选了一群勇敢的男女：他们是士兵，愿意在发现和探索的征途中做出终极的牺牲。为了领导这些船员，他们选择了一个具有独一无二的人格魅力和富有无可争议的力量的男人，他们知道他在面对未知的逆境之时不会畏缩。这个人叫乔恩·格里斯姆。

当他们胜利回到质量效应中继站时，所有人都被欢呼为英雄。但是媒体选择格里斯姆——本次行动庄重严肃的指挥官——作为人类进入无与伦比的新发现与扩张时代的联盟执旗人。

“不管发生了什么，”艾森霍恩说，希望能够将格里斯姆从他阴暗的心态中拉回来，“你都要相信我们有能力面对。你和我都绝不会想到在这短短的时间里我们已经完成了这么多的壮举！”

格里斯姆嘲笑地哼了一声：“要不是普罗仙人，我们什么他妈的壮举也搞不定。”

艾森霍恩摇了摇头。尽管人类是在发现和吸收了普罗仙人的技术之后才拥有了如此多的发展可能性，但正是格里斯姆这样的人的行动，才将可能性转化为现实。

“如果我能看得更远，那是因为我站在巨人的肩膀之上，”艾森霍恩回敬道，“伊萨克·牛顿勋爵还这样说过。”

“为啥总是对牛顿这么着迷？他是你亲戚还是什么人?”

“事实上，我的父亲研究过我们家族的基因链，发现……”

“我没兴趣听。”格里斯姆咆哮道，打断了他的话。

他们几乎已经到站了。大角星空间站的身影完全占据了舷窗，空间站外壳闪着光，圆形的着陆泊位近在眼前。

“我要走了，”格里斯姆轻松地叹了口气，“他们多半希望看见战舰一着陆我就从门道中走出来。”

“对那些新兵随和一些，”艾森霍恩半开玩笑地建议道，“他们只比孩子稍微大一点而已。”

“我来这里不是为了与一大群孩子会面，”格里斯姆答道，“我来到这里是为了寻找士兵。”

一下战舰，格里斯姆的第一件事就是要了个私人舱室。根据日程安排，他要在下午两点钟向毕业班发表讲话。在这之前还有四个小时，他打算与其中一些新兵进行私人会谈。

大角星的军官们没有料到他提出了这个要求，但还是竭尽所能为他安排好一个房间。这个小房间里有一张桌子，一台电脑和一把椅子。格里斯姆坐在桌子后面，最后一遍从屏幕上审阅他们的个人档案。争取进入大角星N7培训项目的竞争非常激烈，空间站上的每个人都是从联盟所能找到的最好的年轻小伙子和姑娘中精挑细选出来的，然而格里斯姆名单上的少数名字依旧与众不同，即使在这群精英当中他们仍然鹤立鸡群。

门那边传来了敲门声——很快的两下，坚定的叩击。

“进来。”少将喊道。

舱门滑开，格里斯姆名单上的第一个人，大卫·爱德华·

安德森少尉走了进来。只要看看简历，就可以知道为什么他刚刚受完训练就已被授衔成为下级军官。格里斯姆的名单是按照姓氏字母排序的，但是按照安德森在学校的分数以及教官的评价，他的名字无论如何都应该被排在第一位。

少尉个子很高，根据档案记录，他有一米九出头，今年二十岁，骨架宽大，宽阔的胸背和肩膀仍有发展空间。他的肤色是棕黑色，一头黑发根据联盟的规定剪得很短，外表看起来就像二十二世纪晚期多元文化社会绝大多数市民一样，综合了许多不同种族的特点。格里斯姆猜测他的主要血统来自非洲，但还是能看见明显的中欧和原生美洲居民祖先的样貌。

安德森走到桌前，立正站好，向少将行了一个标准的军礼。

“稍息，少尉。”格里斯姆命令道，又是下意识地还了一个军礼。

小伙子服从命令，放松身姿，双臂在身后交叉。

“长官，”他问道，“我可以发言吗?”虽然他只是一个下级军官，然而在面对少将讲话时依旧充满自信，声音中听不出半点犹豫。

格里斯姆板着脸，同意他继续往下说。档案显示安德森在伦敦出生并长大，但是他几乎没有什么可以听出来的地方口音。他的普通话很可能是多元文化熏陶的产物：电子学校、信息网，还有环球娱乐媒体和音乐轰炸的结果。

“我只是想说，非常荣幸能和你有私人见面的机会，将军。”小伙子告诉他。他不是冲动的人，也不是马屁精。格里斯姆对此极为赞赏，安德森只不过说出了一个事实而已，“我记得看到卡戎远征过后你回来时的电视新闻，我才十二岁。就是那个时候我决定要加入联盟。”

“你是在让我感觉到自己很苍老么，小伙子?”

安德森微微一笑，以为这是一个笑话。但是他看到格里斯姆的目光之后，笑容消失了。

“不，长官。”他回答道，声音依旧自信而坚定，“我只是说你对我们所有的人都是很大的激励。”

他本来指望少尉会有些不知所措的结巴或者是挤出两句道歉的话，但是安德森可没有这么容易被吓唬住。格里斯姆在他的档案里快速加上了这么一条。

“我看到文件说你已经结婚了，少尉。”

“是的，长官，她是一个平民，住在地球上。”

“我也和一个平民结婚了，”格里斯姆告诉他，“我们有个女儿，不过有十二年没有见面了。”

安德森没有料到他会向自己披露如此私人化的内容，那一刻竟有些不知所措：“我……对不起，长官。”

“在军中服役的同时维持婚姻简直就是噩梦。”格里斯姆警告他说，“你有没有想过，当你执行六个月的航程的时候，还要时刻担心在地球上的妻子是件多么困难的事情？”

“可能会让服役更加轻松，长官。”安德森回答道，“你知道回到家有人等你，这种感觉对我来说很不错。”

在这个年轻人的声音中听不到任何愤怒的成分，但是很明显他在面对一名少将之时也不会有任何腼腆。格里斯姆点了点头，在他的档案中又做了另外一个标记。

“你知道我为什么要安排这个会面吗，少尉？”他问道。

安德森仔细考虑了一下，只是摇了摇头：“不知道，长官。”

“十二天前一支远征舰队离开了我们的‘山西’基地。他们经由‘山西’的质量效应中继站去往一块未知的空间：两艘货运飞船与三艘护卫舰。

“他们在那里与一个外星种族发生了接触。我们认为对方应该是巡逻舰队，但我们这边只回来了一艘护卫舰。”

格里斯姆在这个小伙子的身上扔了一个重磅炸弹，但是安德森的表情几乎没有什么改变。他唯一的反应只是睁大了双眼。

“普罗仙人吗?”他问道，直逼事件的核心。

“我们认为不是，”格里斯姆告诉他，“从技术上看，我们和他们基本上在同一水平上。”

“我们怎么能知道这个呢，长官?”

“因为第二天‘山西’基地派出去的战舰把那支巡逻舰队全部消灭了。”

安德森喘了口气，深深地呼吸以控制自己。格里斯姆没有责备他，截至目前，他对这名少尉控制局势的能力有了很深刻的印象。

“还有什么关于这个外星种族的消息?”

这小孩儿真聪明。他的思维速度飞快，花了一小会儿分析局势之后立即提出相关的问题。

“他们派来了增援部队，”格里斯姆告诉他，“他们占领了‘山西’。我们还没有任何其他的详细情报。通讯卫星被击落，我们只获取了只言片语，因为在‘山西’陷落之前，有人发射了一架无人战机，送来了情报。”

安德森点了点头表示理解，但并没有再说些什么。格里斯姆非常高兴地看到这个年轻人耐心地给自己留出处理情报的时间。这么多内容的确需要在脑子里好好转转。

“你要送我们上战场了，是吗，长官?”

“只有联盟总司令才能作出这样的决定。”格里斯姆说道，“我所能做的只是提出建议而已。这就是我为什么来到这里。”

“恐怕我没有弄清楚你的意思，将军。”

“每一项军事行动只有三个选择，少尉：接敌战斗，撤退，或者投降。”

“面对‘山西’，我们绝不能转过身去！我们要战斗！”安德森喊道，“我无意冒犯，长官。”他马上意识到自己在和谁说话，又加了一句。

“事情没有那么简单。”格里斯姆解释道，“这件事情完全史无前例。我们从来没有面对过这样的敌人。我们对他们一无所知。”

“如果我们将此事件升级为一场对异星种族的全面战争，我们没法预料会怎么收场。他们能动员的舰队规模有可能是我们的一千倍。我们可能处在一场最终将人类推向灭亡的战争边缘。”格里斯姆停了一下以示强调，让这些话语更有分量，“说实话，你真的认为我们该冒这个风险吗，安德森少尉？”

“您需要我的意见吗，长官？”

“联盟总司令在作出决定之前想听一下我的建议。但是在前线打仗的并不是我，少尉。你在 N7 训练当中是个班长，我想知道一下你的想法。你认为自己的部队已经准备好这场战争了吗？”

安德森皱了皱眉，在最终给出自己的答案之前漫长而艰苦地思考。

“长官，我认为我们别无选择，”他仔细选择自己的措辞，“撤退不会是我们的选择。现在外星人已经知道了我们的存在，他们绝不会坐在‘山西’无所事事。最终我们不得不战斗或者投降。”

“你难道不认为投降也是一个选择吗？”

“我不认为人类会为了生存而屈从于外星人的统治，”安德森回答道，“为了自由，值得一战。”

“就算我们输掉这场战争?”格里斯姆施加压力，“这件事情根本不在于你是否愿意牺牲，士兵。我们已经激怒了他们，而这场战争可能会把整个地球都卷进去。想想你的老婆吧。你愿意为了自由而牺牲她的生命吗?”

“我不知道，长官。”安德森严肃地回答道，“你愿意将自己的女儿判处终身奴役的刑罚吗?”

“这就是我要寻找的答案，”格里斯姆坚定地点了点头，“我们已经拥有了足够多像你这样的士兵，安德森。我认为我们已经为这场战争作好了准备。”

第一章

八年之后。

联盟特勤战舰——黑斯廷斯号。

上尉参谋大卫·安德森听到第一声警报之后就滚下了铺位。他在联盟星际战舰上已经服役多年，跑动穿梭完全依靠本能。脚还没有下地，人却已经完全清醒并警觉起来，大脑在紧张地判断局势。

警报铃声再次响起，回荡在战舰内部。两声短啸，一次又一次地响起，这是各就各位的警报，至少不是受到了直接攻击。

穿制服的时候，安德森紧张地在脑子里思考可能遇到的情况。黑斯廷斯号是一艘处在联盟空间最远处天连边界地区的巡逻舰，他们的主要任务是保护这里的数十个殖民地以及散落在这一空间的研究站点。就位警报响起，可能意味着他们发现了一艘未经授权就闯入此空域的星际飞船，再不然就是收到了求救信号需要作出回应。安德森希望是前者。

他与另外两名船员共享睡舱，在这个狭小的空间里，穿上衣服不是一件容易的事情，但是安德森早已驾轻就熟。不到一分钟他就穿上制服，扣好靴子，沿着狭窄的过道快速向舰桥奔去。舰长贝利艾德一定已经在那里等他了。作为执行军官，安德森的任务是将舰长的命令传达到士兵那里……并且保证命令正确地执行下去。

任何战舰上，空间都是最宝贵的资源，安德森对这一点深有体会，尤其是在撞上一个迎面而来的船员时。这时，他们总是将自己紧贴在舱壁上，让安德森先过，当他挤过去的时候，他们还要向自己的上级摆出尴尬而且难看的敬礼姿势。虽然受到诸多约束，但是整个过程还是精准高效地完成——以联盟舰队的特有风格。

安德森快到他要去的地方了。通过导航系统的时候，他注意到两名基层军官正在紧张地计算数据，并将这些数据投影到他们控制台上方的一个三维星图当中。每个人都向自己的执行军官简单但充满尊敬地点了下头，尽管他们的职责使他们无法正式地敬礼。安德森也稍微点了一下头作为回应。他发现这两个军官正在计算最近的去质量效应中继站的路线。这意味着黑斯廷斯号需要对求救信号作出回应。残酷的事实是，这通常意味着他们的行动已经来不及了。

在第一次“接触战争”后的那些年里，人类的足迹已经散布得越来越远，越来越快。而他们已经没有足够的战舰在所有的边界地区确保正常巡逻。住在这里的定居者都知道，攻击与偷袭都是非常现实的威胁，而黑斯廷斯号赶过去的时候，通常只能发现原来欣欣向荣的殖民地已经变成废墟，留下的只有尸体、冒烟的建筑和少数几个被炮弹震得神志不清的幸存者。

安德森始终没有找到一个好的办法来安抚那些亲眼目睹死亡与毁灭的人们。他自己参与过战斗，但那是不一样的：战斗主要是舰对舰的攻击，从数千公里之外发射火力摧毁对手，这与从烧焦的碎石中扒出遇难者被烧焦的遗体截然不同。

第一次“接触战争”，虽然名为“战争”，但持续时间很短，而且流血很少。战争肇始于一支联盟巡逻舰队无意间闯入了突锐帝国的领域。对人类来说，这是他们第一次遭遇一个智慧种族，对突锐帝国来说，这是他们遭到了一个未知且攻击性十足的新种族的入侵。双方都有误解和过激的反应，双方的巡逻队和侦察机之间发生了几次激烈的交火。但是冲突从来没有升级成为行星间的全面战争。越来越浓的敌意和突锐舰队突然间大规模的调动吸引了位于更高层级的银河共同体的注意，这对人类来说真是一件幸运的事情。

后来的事实证明，突锐只是各自独立却又自愿联合在一起的十几个种族中的一员，他们都接受名为“神堡理事会”的管理机构的规范与制约。理事会急于制止星际战争，于是介入进来。他们向联盟表明了身份，并且在联盟与突锐之间作为中间人调停，达成了和平解决方案。战争开始后仅仅两个月，第一次接触战争就宣告正式结束。

联盟方面损失了623条生命。绝大多数受害者在突锐攻击“山西”基地之后都幸存下来。突锐的损失稍微高一些：联盟派过去解放前卫哨所的舰队下手太狠，毫不留情，没有任何保留。但是从银河共同体的尺度上看，损失微不足道。人类从可能导致自身灭亡的星际战争边缘被拉了回来，并且成为广大的星际间泛种族社会中新的一员。

安德森爬上位于前舰桥甲板与战舰主甲板之间的三级步梯。他看见舰长贝利艾德正坐在一个小小的显示屏前，仔细研究传输过来的一大串数据。安德森跑过来敬礼，贝利艾德直起身，向安德森回了一个军礼。

“我们遇到麻烦了，上尉。我们连接到通讯中继站的时候，接到了紧急求援的信号。”舰长以一种比较和缓的方式向他解释。

“我也正担心这个，长官。”

“信号来自西顿。”

“西顿?”安德森知道这个名字，“我们在那儿不是有个研究基地吗?”

贝利艾德点了点头：“一个小型基地。十五名守卫，十二位研究员，六名后勤人员。”

安德森皱起了眉头。这绝对不是一次简单的攻击。攻击者一般喜欢袭击没有什么守备力量的定居点，并在联盟增援力量到达之前就逃之夭夭。一般来说，像西顿这样防御良好的基地不是他们的目标。这更像是一个战争行为。

至少在官方声明中，突锐现在是人类联盟的盟友。而天连边界地区离突锐帝国还有相当的距离，他们不可能到这儿来挑起纠纷。但是可能有其他的种族会垂涎人类对这一块区域的控制权。事实上，联盟正与巴塔瑞政府展开直接的竞争，争相在这一边界区域建立起自己的实权。但截至目前，两个关系紧张的种族还是避免任何真正的暴力冲突。但是安德森怀疑他们会以这样的小型冲突开始挑起事端。

当然，还有很多其他的团体组织有动机和办法对此类联盟要塞发起攻击，一些这样的组织甚至由人类成员组成。与其他黑帮处于竞争关系的恐怖组织或多种族混合组成的游击队派系急于打击可能和他们争山头的力量；而非法准军事组织的部队可能要搞一些先进武器；独立的雇佣兵战队或许希望干一票大的。

“如果知道西顿的那帮人在研究些什么东西，也许会有所帮助。”安德森建议道。

“他们那里是最顶级的安全许可设施。”舰长摇了摇头算是回答，“连我都不知道那个基地的布局如何，更没有人告诉我那个基地在研究些什么玩意。”

安德森皱起眉头。没有布局图，他的攻击小队就会无从下手，如果知道基地设施的分布，在战斗时就会占有战术先机，现在只好全部放弃。任务现在越来越有趣了。

“我们还有多长时间到达，长官？”

“大概46分钟。”

最后一句话算是好消息。“黑斯廷斯号”走的是非常规巡逻路线，他们离求救信号源如此之近纯属偶然。如果运气够好的话，他们赶过去还来得及。

“我会让地面战斗小组做好准备，舰长。”

“你总是做好了准备。”

“是的，长官！”

安德森向他的长官致以简单的回答，转身离开。

在黑暗的太空中，肉眼几乎看不见黑斯廷斯号。战舰被自身产生的质量效应场包围着，以超出光速五十多倍的速度飞行，它只是一团快速移动的模糊印记，连续飞行时如空中一根波动的纤维。

舵手快速修正航向后，战舰稍微改变了飞行路线，轨道指向距离最近的五十亿公里之外的质量效应中继站。以每秒钟一千五百万公里的速度巡航时，战舰用不了多长时间就可以到达目的地。

在离目标还有一万公里时，舵手断开零号元素①发动机核心，解除了质量效应场。当超光速发动机关闭时，蓝色的能量波向战舰四周发射出去，像一团火焰点燃了黑色的宇宙空间。

---

① 零号元素：在电流的作用下，这种稀有物质会产生一个暗能量场，增加或降低场内所有物质的能量。这种“质量效应”被广泛应用，最显著的用途是使超光速航行成为可能。

在视野中，远方水平线上越来越大的中继站被战舰发出的光芒照亮。尽管中继站完全由外星人设计，却非常像一个巨大的陀螺仪。中继站的中心是由两个绕着同一轴旋转的同心环所组成的球体，每一个环的直径都大约为五公里，两只十五公里长的旋臂从圆环上伸出。整个建筑闪烁着亮光，白色的能量射线不断飞溅出来。

联盟战舰的信号激活了质量效应中继站，它开始笨拙地绕着自己的轴心旋转，将自己的方向指向千百光年之外的另一个中继站。黑斯廷斯号又开始加速，沿着预先计算好的进入角度一头扎向硕大的外星建筑圆心。中继站的圆环绕动越来越快，速度快得让人看不出这是圆环，而只是一团模糊的白光。从它的核心迸发出来的能量形成一圈耀眼的脉动光芒，能量越来越强，越来越密集，直刺得人眼无法睁开。

中继站开始燃烧之时，黑斯廷斯号离它只有不到五百公里的距离。一股黑暗能量从旋转的圆环四周像水波一样发散出来，紧紧罩住战舰。刹那间战舰闪了一下微光，然后消失，似乎被什么东西吸走了。在此同时它又在一千光年之外的某个地方形成了实体，从另外一个质量效应中继站附近空无一物的空间当中，伴着蓝光突然浮现出来。

黑斯廷斯号的驱动核心重新咆哮着恢复了生机，开启了超光速飞行。战舰爆发出强劲的红色热量和辐射，又消失在黑暗之中，把作为接收站的质量效应中继站远远甩在身后。接收站开始关机，中心圆环的速度缓慢下来。

“我们已经脱离质量效应中继站，正在启动驱动核心。预计 26 分钟后到达西顿。”

与其他四名地面作战小队的队员挤在一起，事实上几乎不可能从发动机的轰轰声中分辨出舰载通讯系统中传出的声音。不过安德森不用听取情况进展也知道发生了些什么。而且由于质量跃迁，他的胃还在翻江倒海。

从科学上讲，他知道运动不适根本不应该发生。在中继站中的运动——从开始跃迁，传输，到达目的地或者说是接收，中转——是一件同时发生的事情，它根本不需要时间；因此，跃迁对人的身体也根本不应该有任何影响。安德森知道虽然理论上是这样，但他从自身的经验来看，实际中根本不是那么回事。

也许这一次他胃里的痉挛只是某种应激反应——当他们到达西顿后因为发现情况不妙而造成的感觉。任何想要攻击西顿研究所的人都要解决至少十五名联盟士兵，就算他们采用突袭的方式，也至少要动用一支可观的力量。联盟至少应该派一支舰队过来作为增援力量，而不是一艘只能遣出五名地面小分队队员的巡逻驱逐舰。

但是再没有其他的战舰靠得这么近，能够及时地对救援信号作出反应，而且绝大多数联盟战舰都太大了，没法在行星上着陆。黑斯廷斯号非常小巧，正好可以进入它的大气层并在表面着陆，而且还能够自行起飞。任何比驱逐舰更大的战舰都只能靠穿梭机或者转运舰作为渡船运送部队，而他们根本没有这样的时间。

不过他们至少全副武装。每名地面小队的成员都身着护甲，护甲上都装备有充好电的动能护盾生成器，还有视野达到270度的头部护具。他们每个人身上都挂了六枚手雷，并端着联盟标准配发的哈涅－凯达尔G－912突击步枪。每支枪的弹夹中都有超过四千颗子弹，尺寸比沙粒还小。当以足够的速度发射出去之后，这些只有靠显微镜才能看清楚的子弹将造成极为可观的伤害。

这才是真正的问题所在。不管防御技术有多先进，它总是落后进攻武器一步。联盟不遗余力地保护自己的士兵：他们的躯干护甲是顶级的，他们的动能护盾是最新的军用型。但是这都不能挡住近距离重武器的直接攻击。

如果他们想在这次任务中活下来，那绝对无法依靠护具。最终总要落实到两件事情上：训练与指挥。他们的性命现在握在安德森的手里，而且他能够感受到手下的不安情绪。所有的联盟士兵都受过良好的训练，来应对人的身体面对战斗或者飞行时所自然产生的生理和心理压力，这些训练比面对可能发生的战斗时极速分泌的肾上腺素要可靠得多。

他小心翼翼地不让自己流露出任何疑虑。他必须展现出绝对自信和镇定沉着的形象。但是他的小队成员也不傻，都在自己分析形势。他们也都像安德森一样把所有的情况都拼在一起分析。就像上尉一样，他们知道普通的袭击者不会攻击一个有不少兵力把守的联盟基地。

安德森一向不相信对大家做慷慨激昂的战前演讲有什么大用，他们这里的人都是职业高手。但是就算对于联盟士兵来说，执行任务之前最紧张的几分钟里如果四周保持完全的沉默，也很难熬。而且，隐瞒事实也没有什么必要。

“大家给我听着！”他说道。他知道尽管外面的发动机还在轰鸣，但是指令还是可以通过头盔内的无线电清晰地传送到每个人的耳边，“我感觉这不是几艘贩奴船抢一把就跑这么简单。”

“是巴塔瑞人么，长官？”

问这个问题的人是机枪手军士长吉尔·达。她比安德森还大一岁，但当他还在大角星接受 N7 特训的时候，吉尔就已经是一线联盟士兵了。第一次接触战争时，他们在同一支部队服役。她身高也足有一米九，宽宽的肩膀，手臂上强劲的肌肉，以及高大但匀称的身形，比自己的绝大多数男同事都要强壮。部队里有的士兵管她叫“亚米”，也就是“亚马逊”（神话中的强力女战士，参见《暗黑破坏神》中对女战士的称呼。——译者注），不过他们可不敢当着她的面叫。一旦发生战斗，他们都愿意有吉尔在身边。

安德森很喜欢吉尔这个人。但是她行事总有些个人英雄主义，把身边的人弄得极为恼火。她不相信搞好人际关系这回事，如果她自己有什么观点，一定会弄得尽人皆知，这也说明了为什么她到现在还不是一名指挥官。不过，安德森知道如果她提出了一个问题，说明其他人很可能也在琢磨这个问题。

“我们先不要下任何结论，军士长。”

“我们知道他们在西顿搞些什么名堂吗？”这次提问题的是技术专家阿麦德·奥莱利下士。

“这是机密。我也只知道这么多。所以无论什么事情我们都要做好准备。”

小队里还有两名队员，分别是二等兵印迪戈·李和上等兵丹·沙伊，他们都没有说什么，小队又重新陷入令人不安的沉默中。没有人对此次任务感觉良好，但是安德森知道他们会听从自己的指挥。他已经带领手下多次经受战火洗礼，赢取了他们的充分信任。

“接近西顿了，”通讯系统打破了沉默，“所有频道上都没有应答。”

现实就是很残酷。如果联盟还有人活在基地内部的话，他们应该对黑斯廷斯号的呼叫发出回应。安德森拨下面罩护住头部，小队其他人也一一照办。一分钟后，飞船进入了这颗小行星的大气层，他们感觉到船体剧烈地颤抖。安德森一点头，全体都开始最后一遍检查武器、通讯系统和护盾。

“我们已经看到了基地了，”耳机传出呼叫，“地面上没有飞船，我们在附近也没有发现任何非联盟战舰。”

“该死的胆小鬼总是打了就跑。”安德森听见吉尔在头盔的无线电里嘀咕道。

黑斯廷斯号这次反应速度够快的了，安德森本来指望能赶上接敌和他们直接交火，但是现在没有发现任何飞船，他反倒不是特别吃惊。要袭击一个类似于西顿这样戒备严密的目标，至少需要三艘战舰一起下手。两艘大的战舰登陆后放下人进攻，还要留一艘小的侦察舰在轨道上监视中继站，一有什么风吹草动马上报信。

一定是黑斯廷斯号在发送端的中继站跃迁之前，侦察舰就看到这边的接收站被激活，然后立即通知在西顿的攻击者。提前警报使他们有足够的时间起飞，飞出西顿的大气层，然后在黑斯廷斯号到来之前打开超光速发动机逃之夭夭。参与攻击的战舰肯定早就撤了，但是他们撤退得一定很匆忙，有可能还会落下几个攻击者。

几秒钟之后随着一声钝响，战舰在西顿研究所的登陆港着陆了。漫长的等待终于结束。黑斯廷斯号货舱的压力门向两侧吱吱打开，放下走道斜板。

“地面小队，”耳机中传来贝利艾德舰长的声音，“准许你们向基地进发。”

第二章

机枪手军士长吉尔和李率先冲下舷梯板。他们端着枪向有可能藏有伏击者的地方扫描了一遍。安德森、奥莱利和沙伊留在舰上掩护他们两个。

“着陆点安全。”吉尔通过无线电报告。

小队下到地面，安德森检查了一下地形。登陆港面积不大，只能容纳三艘驱逐舰或者两艘货运舰。数百米外就是通往基地建筑的两扇重型大门。基地本身不大，只是一座单层的四方形建筑，看上去仅能勉强容纳指派到这里的33个人，至于什么研究实验室就别指望了。

从外表来看，这栋建筑平庸得有些怪诞，除了另一个着陆泊位附近的六个大板条箱，实在没有任何不正常的地方。

攻击一定就是从这里开始的，安德森想。进来的装备和给养都要通过补给舰，从船上到建筑内部需要运输橇，西顿的人也一定知道补给舰要来。攻击者着陆之后先放下箱子，基地内部的人先打开自己的大门，然后会过来两到三名守卫来帮忙搬箱子，接着他们就被攻击舰内的枪手打死……

“但是，很奇怪，外面竟然没有看到尸体。”吉尔提示道，打断了安德森的思绪。

“他们拿下着陆港之后肯定把尸体拖走了。”安德森说。但是他实在不理解他们为什么要把尸体拖走。

他打出手势，让小队穿过空荡荡的登陆港，来到基地入口前。重型大门表面平整，也没有什么特别的地方——只不过是由墙上的一个安全面板控制。但门是关上的，这点让安德森隐约感觉有些不对劲。

安德森蹲下身子，高举起拳头，大家都停了下来。他竖起两根指头，示意奥莱利过来。奥莱利低身快跑到小队最前面，在安德森身边单膝着地，半跪下。

“有什么原因一定要关上这扇门吗？”上尉低声问他。

“看起来是有些奇怪，”奥莱利承认，“如果有人想清洗基地的话，为什么在离开之后还要把门关上呢？”

“迅速检查一下，”安德森告诉他的技术专家，“慢慢来，仔细些。”

奥莱利按了一下自己突击步枪上的按钮，枪支的手柄、枪托、枪管立即折叠起来，差不多成了一个只有原来一半长度的四方形。他把这支枪塞到屁股后面挂着的皮套里，又从腿袋里拿出一个万用仪，身子向前趴下，用它扫描附近的地方，搜寻所有异常的微弱电讯号。

“情况不妙，长官，”他看着搜寻结果，低声说道，“门上连接有近爆感应地雷。”

下士调整了一下万用仪，发出一束短短的能量脉冲，阻断了地雷上的感应器信号。然后他爬向地雷，将雷排掉。整个过程用了不到一分钟。安德森一直屏着呼吸，直到奥莱利转过身来，向他竖起大拇指表示危险已被排除，才松了一口气。

安德森点了点头，大家一拥而上开始准备攻陷大门。安德森和沙伊一人背靠在建筑的外墙一边，军士长吉尔则蹲在门前几米开外，她身后的李已经端好突击步枪瞄准大门方位，随时为她提供掩护。

奥莱利弓着腰走到安德森身旁，又直起身开始在控制面板上输入进入密码。大门滑开，吉尔立即从腰带上抽出一颗闪光手雷扔进大厅，接着冲向大门的一侧，找好掩体。手雷发出耀眼的强光和一股轻烟，李也闪到了一旁。

闪光过后，安德森和沙伊拧身进入门内，端着枪，准备射杀房间里的敌人。这是一次教科书式的闪光弹 - 清场战术，执行得精准无误。但是除了地板和墙壁上的斑斑血迹，内厅空无一物。

“安全了。”安德森说道，小队其他人都跟进来站在他的身后。这个入口只是一个房间而已，后墙上有一条门道通往基地深处。房间角上有一个翻倒的小桌子，还有几把椅子也躺在地上。墙上的监视器显示着登陆港的图像。

“守备室，”吉尔说，这里的证据显然证明了安德森早前的猜测，“可能有四个守卫驻扎在这里看着着陆港。他们的战舰一着陆，守卫就立即打开门去帮忙卸货。”

“我在这儿发现血污的轨迹一直延伸到门道里，上尉。”列兵印迪戈喊道，“好像尸体从这间房里拖出去，一直拖到里面。”

安德森还是弄不明白为什么他们要把尸体拖走，但是这至少给了他们一条清晰的轨迹。地面小队沿着血迹慢慢走向基地深处。血迹带他们通过餐厅，他们发现那里有几张翻倒的桌子、椅子，墙上和天花板上到处都是弹洞——显然这间房不久前才发生了短暂而激烈的交火。

基地更深的地方是两侧的翼室，这里也是他们的寝室。每扇门都被踢开，就像餐厅一样，房间里都是弹洞。安德森脑子里形成了这么一幅画面：攻击者一进入基地，就开始有系统地从一个房间到另一个房间开枪屠杀每一个人……然后再把尸体拖走。

直到基地的后面，他们也没有看到敌人的影子。然而他们在最后面发现了之前谁都没有预想到的东西：一部通往地下的电梯。

“难怪这基地看起来这么小，”奥莱利喊道，“好东西都埋在地底下！”

“见鬼，我们要是能知道他们在研究些什么东西就好了，”过了一会儿，他又阴森森地说道，“天知道我们要去一个什么样的鬼地方。”

安德森点头同意，不过他又注意到另外一个细节。根据墙上电梯控制板上的指示灯显示，电梯现在在底层。如果有人下到了基地底层，接到黑斯廷斯号赶来增援的消息后又匆忙逃走，那么现在电梯应该在上面才对。

“有什么问题吗，上尉？”吉尔问道。

“有人坐了电梯下去，”他说，头向电梯控制面板稍微一偏，“但是他们没有坐电梯上来。”

“你是说他们仍然在下面？”军士长反问道。她的语气显示她希望对手还留在地下。

上尉点了点头，嘴角露出一丝笑容。

“那他们的战舰跑到哪儿去了？”列兵沙伊似乎还没有认识到当前的局势。“攻击这个基地的人一定是为了什么东西才来的，”安德森解释说，“不管他们在找什么，反正不会在地面上。他们一定要派出一支小队到下面去找。可能只在地面上留了几个人看守，防止意外。”

“但是他们没有料到联盟的巡逻舰这么近，接到求救信号之后来得这么快。他们的侦察舰发来有人通过质量效应中继站的消息的时候，他们知道自己只有二十分钟的时间完成任务并撤退。我敢打赌，他们一定连通知都没有通知下面的人。”

“什么？为什么不通知？为什么上面的人不通知下面的人？”

“这些电梯到达地下两公里之深，”下士奥莱利插了一句，向这个毫无经验的列兵解释道，“看来下面的通讯控制器在交火中被打坏了。无线电信号不可能通过这么厚的岩层和含有金属成分的矿石到达下面。而电梯单程就需要运行十分钟。”

“如果他们想要向下面的同伴发出警报，至少要花半个小时的时间：十分钟把电梯从下面升上来，再送一个人花十分钟下去对他们的同伴送出警报，然后再花十分钟升上来，”他继续说道，“但是那样就太迟了。最简单的办法是赶快滚蛋，把其他人都留在下面。”

沙伊的眼睛睁大了，不相信：“他们就这样抛弃同伙吗？”

“这就是雇佣兵与联盟士兵之间的区别，”安德森告诉他，又将注意力转回到了任务当中，“情况发生了变化。现在下面有敌人，而且他们还不知道上面有联盟士兵等着他们。”

“我们可以设好伏击，”吉尔说，“只要电梯门一开，我们就立即开火，把这些龟孙子打成马蜂窝！”她说得很快，眼里闪出狠毒的目光。“他们没机会的！”

安德森想了一下，摇了摇头：“显然他们的任务是搜寻并摧毁，而且不准备留下任何活口。联盟的人员可能还活在下面。如果我们可能营救他们的话，一定要试一试。”

“这可能非常危险，长官，”奥莱利警告道，“我们现在假设他们不知道我们在这里。如果他们通过什么方法知道了，我们很可能陷入他们的伏击圈。”

“我们必须要冒这个险，”安德森说道。他将拳头放在电梯按钮上，将电梯升到地面上来，“我们跟着他们进去。”

小队其他人，包括奥莱利，一起高声回答：“是的，长官！”

电梯缓慢下行，漫漫路途中的沉默比任务开始之前在舰上的静默还要揪心。时间一分一秒地过去，他们下得越来越深，人也越来越紧张。

上尉可以听见电梯绞盘的轻微咯吱声，就像一只蜜蜂在脑袋后面爬，感觉越来越轻微，但是绝不会真正消失。他们沿着电梯井越下越深，空气开始变得沉重、温暖而潮湿。他感觉自己的鼓膜受到空气压力，而且发现空气里有一股奇怪的气味，是一股不太熟悉的臭味，可能是含有硫黄的煤气和外星地下霉菌混合在一起所发出的气味。

安德森裹在盔甲里的身体开始大量出汗，他还要留出一只手来擦掉凝结在头盔目镜上的雾气。他尽量不去想如果下面的敌人都已经严阵以待的话，结果会怎么样。

当他们抵达井道底下时，敌人的确已在等着他们，但是安德森的小队相信敌人没有准备好。电梯一开，面对的是个宽敞的前厅——一个到处都是石笋、钟乳石和粗壮的天然石灰柱子的天然洞穴。人工安装的灯光从天花板上直射下来，照亮了整个大厅。无数奇形怪状的金属矿石蜿蜒出厚重的矿脉，一闪一闪地折射着灯光。远处有一条小路，是这个洞穴的唯一出口。这条隧道弯了个弯，后面什么都看不见了。

大概有十来个敌人，都身着护甲，有说有笑地从大厅的另一端走了过来。他们的武器挎在身边，走向安德森他们，以为这部电梯要将自己接回地面。安德森即刻判断出他们看起来像是攻击者而不是联盟工作人员，立即下令开火。他的小队早已经举起枪，电梯一开门就立即对队长的命令作出反应，电梯内喷出数道火舌，第一波齐射就准确地击中那群雇佣兵。如果不是他们身上的护甲和动能护盾，战斗就已经结束了。

三名敌兵应声倒地，但是带来死亡的子弹有不少都被石笋挡住或者弹飞了，雇佣兵们很快挪位，躲在岩洞里四处可见的石块和钟乳石后面掩护好自己。

接下来的战斗异常混乱。安德森的小队利用洞里的岩石作掩护向前推进。他们必须快速呈扇形散开，如果都挤在一起的话，就会被敌人的交叉火力锁在一个地方。洞里四处不断响起突击步枪的突突声，子弹划破空气的嘶嘶声，打在岩石和墙壁上的砰砰声。每五颗子弹里就有一颗是弋光弹，照得洞穴里的气氛无比诡异。

安德森冲到附近的一株大石笋后面，感觉到了一阵熟悉的冲击——护盾替他挡了几枪，不然这几颗子弹就要在他身上留下印记了。他靠在地上，一梭子子弹打在他前面不远的地方，把石头打得火星四溅，石粉和水珠弹到他的面罩上，又顺着面罩流到脸上，滑进嘴里。

他蹲下身把嘴里的石粉吐了出去，本能地看了下护盾的能量。现在只有 20%——如果还需要无掩护地冲过敌军弹幕的话，这是完全不够的。

“护盾状态!”安德森在无线电里喊道。数字像机枪子弹一样不断过来：“二十!”“二十五!”“二十!”“十!”

他的小队还没有伤亡，但是护盾也都挨了几枪。现在他们已经失去最初突袭的战术优势，面对的敌军人数几乎是他们的两倍。但联盟士兵是作为一个团队训练的，他们都能互相掩护，看守好队友的后方。他们相信队友，相信队长的指挥。他相信这将给他们足够的心气战胜任何雇佣兵战队。

“吉尔，李，向右移动!”他高声喊道，“打他们侧翼!”

上尉从石笋后面一跃而出，滚向右边，同时向敌人的方向射出一串子弹。他开枪的目的不是为了打中敌人；虽然联盟士兵的每支枪都集成了智能瞄准技术，但是想要击中人体那么大的目标至少也需要半秒钟以上的瞄准时间。开枪也不是想造成什么损害，纯粹是为了扰乱敌人的注意力，这样李和吉尔在交替前进的时候就不会被敌人瞄准，可以飞奔到下一个掩体之后。

两秒钟的射击后，他滚回到自己的掩体后面。把自己过长暴露在视线当中不是什么好办法。在他暴露的时候，沙伊也从一块大石头身后探出身来射出一串子弹掩护队友移动。当沙伊蹲下身时，奥莱利就立即填补火力的空白。

奥莱利的火力一停下来，安德森就立即伸出脑袋开火。这次他出现在石笋的左边。连续两次从掩体的同一方向跳出来是吃敌人子弹找死的最好方法。

他蹲下身，听到吉尔在无线电里说道：“已就位，火力掩护！”

现在轮到他移动了，“我要走了！”他大喊一声，俯身冲过一片开阔地，压低身形拼命向洞子附近的一个大石柱后面跑去，后面正好可以让他隐蔽起来。

跑到石柱之后，他停下来喘了口气，射出一串子弹，命令沙伊和奥莱利向下一个地方移动。

他们一次又一次地重复以上过程：安德森指定一个人移动，其他所有的人都向敌人开火迫使他们不敢抬头，被掩护移动的人也尽可能不被瞄准射击。每次需要转移位置的人都不一样。关键在于使整个小队不断移动，把敌人打得无法首尾兼顾。如果只待在一个地方，敌人会形成交叉火力压得自己的队员抬不起头来，更糟的是容易被找到机会扔手雷。但是移动一定要有目标和方向，他们必须要有人运筹指挥。

上尉在之前的战斗中受过伤，历经艰险困境，这给了他足够的经验。他接受的训练是，战斗就像下棋一样，完全靠战略和战术。保护和防御己方的各个部分，操纵局势，逐步形成整体优势。一个联盟的小分队就是一个整体，慢慢移动到可以从侧面打击敌人的位置，迫使他们离开掩体，再用交叉火力收拾他们。

雇佣兵一方也显然明白发生了什么。他们被安德森小队的协同火力死死压在一个地方动弹不得，逐步落入口袋，无助地被动挨打。他们或者做一次自杀式冲锋，或者绝望地撤退，这只是一个时间问题。此时他们选择了后者。

似乎只是一瞬间发生的事情，雇佣兵突然从自己的掩体后离开，拼命向身后的小道跑去，一边跑一边把枪朝向身后漫无目的地胡乱扫射。这正是安德森和他的小队所期待已久的。所有的雇佣兵都在向回跑，安德森从掩体后面站起身，露出头部和肩部。逃跑中的人随手射击如果能击中战舰侧舷那么大的目标都算运气好，打中半个人身那么大的目标基本上不可能。安德森把枪架在石头的上面增强稳定性，仔细瞄准其中一个雇佣兵，让武器的自动瞄准系统死死锁住那个家伙，缓缓扣动扳机。一长串稳定的子弹流先是耗尽护盾的能量，接着撕开护甲，最后穿过那家伙的身体，血肉飞溅出来。那名雇佣兵磕磕绊绊地跳了最后一支死亡之舞，一命归西了。

整个过程从开始到结束大概持续了四秒钟——如果他们下电梯的时候敌人像他们所担心的那样已经冷静地瞄准好，四秒钟足以成为永恒。现在威胁已经解除，安德森甚至有足够时间去保证他的瞄准准确致命。现在他甚至还有时间瞄准另外一名雇佣兵，并轻易地把她放倒。

安德森不是唯一一个利用了有利局势的人，在雇佣兵撤退的过程中他们一共打死了七个人，只有两个人成功逃命。通往小路的道路被清理干净，而那条小路消失在拐角。

第三章

安德森没有立即派他的队员去追击逃跑的雇佣兵。他们的对手一消失，自己就成了愚人游戏的玩家。每个角落、拐弯或者门口后面都可能被设下埋伏。

相反，吉尔、奥莱利和李都占据好防守位置守着路口，防范雇佣兵可能组织的反冲锋。唯一一个有可能出现紧急情况的点被看死，安德森和沙伊可以放心地开始翻检尸体。

战斗中他们一共打死了十名雇佣兵。现在开始搜查尸体——一个食尸鬼式的举动，却是每次接敌后的必要步骤之一。第一步是看有没有受伤的幸存者，防止他们开冷枪。安德森发现所有倒下的雇佣兵都死掉了，稍微松了一口气。联盟的政策是不准射杀放下武器的敌人，所以如果有人还活着的话，押送俘虏、给予救护是一整套很麻烦的事情。现在的局势已经够乱的了，如果再有俘虏真是雪上加霜。

下面一步是确定他们为谁效力。五名死者是巴塔瑞人，三名是人类，还有两名是突锐人。八个男人，两个女人。他们的武器是大杂烩，都是市场上可以买到的型号，制造商也各不相同。如果是官方有组织的军队，一定会用统一的制式武器，武器和防具只会有一个厂牌。这是军队的武器由政府监督，向制造商签订独家供货合同的必然结果。

最大的可能性还是雇佣兵，边界地区许多佣兵组织中的一支。谁出价最高，谁就可以雇他们卖命。许多佣兵都有文身或者是烙印，刻在肉体上，宣誓向某个佣兵组织效忠。一般都刻在胳膊、颈部和面部。但是安德森从尸体上唯一能够找到的印记只是粗糙结痂的皮肤上模糊的斑点。

他有些失望，但并不吃惊。对于保密性很强的任务，他们在开始行动之前先要用脱皮酸清洗掉身上的印记，等任务完成了再刻上去。过程简单但痛苦，而这笔费用会向雇主讨要。显然雇佣他们向西顿发起攻击的组织惧怕联盟的报复，如果事情有什么不对，也尽力不留下任何痕迹暴露自己。

安德森和沙伊清点完尸体，从他们身上剥下手雷、急救包和其他所有既小又便于携带的东西，雇佣兵还没有发动反击。

“看来他们不会再从那里出来了。”吉尔嘟囔道。安德森走到了她身边。

“那我们就杀进去追他们，”安德森回答道，为自己的动能护盾发生器换上了一个新的能量包，“我们不能一直在这里等下去，而且我们还有可能在里面发现有自己人活着。”

“也许还有更多的雇佣兵。”奥莱利说道，也为自己换上了新的能量包。

下士只是说出了他们想说的话而已。他们只知道基地深处还有另外一队雇佣兵，而从战斗中跑掉的两个人已经对雇佣兵增援力量发出了警告。但就算他们现在面对的是陷阱，也没有回头路可走了。

上尉给了自己的手下一点时间整理装备，喊出指令：“吉尔、沙伊掩护，我们出发!”

他们以标准联盟巡逻阵型前进到了那条好似刀砍斧劈的小路上——两名士兵打前站，安德森和奥莱利退后三米跟在他们身后，李再退后三米看守后方。他们都端好枪准备随时开火。

他们缓慢但稳妥地在这条坎坷不平、上下四周都是石块的小路上推进。现在他们正式处于作战地区，细心、警觉远远比速度重要，一刻的疏忽或者注意力未集中都可能给全队带来灭顶之灾。

前进了十米后，小路向左急转。吉尔打出手势，全队都停了下来。吉尔趴下身子，从拐角伸出头看了看里面——这有可能使她暴露于敌人的火力之下。她缩回身子，打出了“安全”的手势，全队又继续前进。

绕过这个转角，二十米外又是一道锁住的安全门。这道门也被关住锁好。安德森打手势让奥莱利过来，下士赶紧过来，掏出他的万用仪破解了锁定码。全队散开站好位置，又形成了另一个闪光弹－清场的阵型。

“如果这些雇佣兵能够锁住安全门，”等待门开的时候吉尔向指挥官低声说道，“这意味着他们拥有基地的密码。肯定有内部人员和他们通消息。”

安德森没有回答，只是肯定地点了点头。他不愿去想象西顿内部有人背叛了联盟，但这是唯一有道理的解释。雇佣兵们知道基地在等待一艘外界补给飞船的到来，而且也知道正确的着陆代码，这样才有可能在不触发任何警报的情况下降落到行星的表面；他们对地面建筑的布局非常熟悉，这样才会直达电梯，在路上把所有的人杀光，一个也没有跑掉；而且他们还能够搞到严格保密的锁定码，这样才能够锁死安全门。所有的这些证据都指向了一个无可避免的结论——西顿内部有叛徒。

安全门向一边滑开，全队马上行动。先向里面扔了一颗能刺瞎人眼的闪光弹，然后冲了进去，却发现里面空无一人。他们现在站在一个大大的方形房间里，每边大概有二十米宽。闪亮的金属墙壁和天花板以及加强型地板清楚地告诉他们，这里是研究所的核心地带。每样东西都有光洁圆滑的现代感，与他们刚才经过的自然形成的粗糙隧道形成了鲜明对比。有一个门厅通向左边，另一个门厅通向右边。

“我发现这里有血迹，”左边的奥莱利说道，“新鲜血迹，还没有干！”

“我们跟着血迹走，”安德森作出决定，“李和沙伊，你们在这里留守。”他不愿意分散队伍的力量，但是他们不知道基地布局如何。他可不希望两倍于他们的敌人从身后突然出现，然后直奔电梯逃之夭夭。“吉尔、奥莱利，就位！”

留下两名大兵守住唯一的出口，安德森和另外两个人开始向左侧的门厅进发。他们越走越深，越走越复杂。里面也有几个岔路口，但是安德森不愿意再次分散小队的力量，三个人只是一路跟着血迹走下去。一路上他们经过了许多房间，从桌子和桌上的电脑来看，绝大多数是小型办公室。就像上面的寝室一样，每一间都被火力清理过。从地面开始的屠杀狂欢一直蔓延到了地下，毫无衰减的迹象，而且雇佣兵还是和在上面一样，杀死遇害者之后不留尸体，将他们全都拖走，真令人费解。

五分钟后他们终于找到了一直跟踪的血迹源头。一名突锐人面朝下趴在一个中等大小房间的地板上，腿部的伤口还在大量流血。安德森认出他是从刚才的战斗中逃走的两个雇佣兵的其中一个。他小心翼翼地靠过去，单膝跪下想要看看是否还有脉搏，但可惜没有。

房间只有一个出口，不过又有一道安全门，从另外一边锁死了。

“你觉得他的同伙会在里面吗？”吉尔问道，用突击步枪指了指那个入口。

“我表示怀疑，”安德森说道，“他的同伙知道我们会跟着血迹追过来。他可能早在之前的岔路口就已经抛弃了这个流血的家伙，只等我们经过就拼命往回跑向出口。”

“我希望沙伊和李没有打瞌睡。”吉尔说道。

“他们可以搞定他，”安德森向吉尔保证，“我对这扇门后有什么东西更感兴趣。”

“也许可以到达主研究实验室，”奥莱利这样猜测道，“也许我们可以在那里找到一些答案。”

他们把死掉的雇佣兵搬到一边。如果门后面还有一场恶仗要打的话，可不能一不留神让尸体绊自己一跤。根据安德森的指令，下士又破解开了这一道安全门。安德森和吉尔就位准备好另一次闪光弹-清场。

这次是吉尔第一个冲进了房间，这个房间里还是没有人，至少是没有活人。

“老天发发慈悲吧。”吉尔倒抽一口凉气。

安德森也走进房间，看见眼前的悲惨景象，胃里已是翻江倒海。奥莱利说得没错，他们这次到达了主实验室的中心，中心服务器占据了大部分空间。唯一的出入口就是他们刚刚经过的安全门。就像基地里的其他房间一样，所有的仪器都被打得稀巴烂，绝不可能再修好。

不过这些都没有能够吸引他们的注意。至少有三十具尸体堆在房间里，大部分沿着墙堆在门旁边。他们的制服显示了自己联盟工作人员的身份；在研究中心其他地方被杀死的警卫和研究人员都堆在这里。尸体的谜团解开了，虽然安德森还是不明白为什么他们都被拖到一个地方。

“寻找生还者吗，长官?”吉尔问道，语调中不抱什么期望。

“等一下，”安德森说道，高举起自己的手，示意小队原地不动。“一下也不要动。”

“哦，我的上帝。”奥莱利轻声说道，当他发现安德森看见了什么东西。

整个房间布满了炸药，不是简单的感应触发雷，而是不计其数的十公斤[①]一包的炸药精心安放在实验室各个地方。对安德森上尉来说，一切都豁然开朗。

实验室里的炸药足以将一切都化为尘土，其中就包括遇难者的尸体，这就是为什么所有的尸体都堆在这里的原因。爆炸之后不可能再辨认出谁是谁，这也就是说背叛西顿的人也会被认为在爆炸中和他人一起死了。他们可以为这个叛徒再弄一个新的身份，靠罪恶的金钱逍遥法外而无须担心后果和影响。

一声“嘀嘀”让安德森意识到，找出谁是叛徒是当前最不重要的事情。

“计时器!”奥莱利倒抽一口凉气，声音明显恐惧而紧张。

一秒钟之后嘀嘀声又响了起来，安德森忽然意识到那具流血的雇佣兵尸体将他们带进了这个陷阱。爆炸在倒计时，而整个小队的命运——死或生——将取决于他的下一个命令。

在嘀嘀作响的倒计时中，他的脑子开始飞快地分析和评估形势。这些炸药所带来的冲击波将会非常强大，不仅能把这一个地下实验室化为灰烬，甚至有可能造成隧道塌方，电梯旁边的天然洞穴也会塌下来。就算他们跑得足够远没有被炸死，等救援队还来不及发现他们，空气也早已经耗完了。

奥莱利是个技术专家；他有可能在爆炸之前就将引信排掉：如果他们有足够的时间找到引信的话；如果这里没有备用引信的话；如果引信的制造商是奥莱利熟悉的厂家的话；如果引信

① 公斤为非法定计量单位，为表述需要选用。1 公斤 =1 千克，后同。

没有内置欺骗装置防止别人动手拆弹的话……

太多如果了。不可能选择拆弹。这意味着他们唯一的选择就是——

“跑!”其他两个人一听到命令就开始飞快地跑，好像脚下生了轮子。他们沿着过来时的原路连跑带跳，玩命飞奔。

“沙伊、李，”安德森通过自己的无线电喊道，“去电梯那里，现在就去!”

“是，长官!”一个人喊着回话。

“尽可能地在电梯里多等我们一会儿，但是如果我向你下令先走，你就不要等我们了，自己走，明白了吗?”

无线电那端只有静默——安德森能听到的唯一的声音就是这三个人跑向门厅时靴子蹬在地上的声音和沉重的呼吸声。

“列兵，你听见我的话了吗?如果我说要走，你他妈的就自己走，别管我们到了没有!”

他听到了一声不情愿的回答：“明白，长官。”

他们一直在通道里拼命跑，遇到障碍就跳过去，绝望地想要跑赢随时可能爆炸的计时器。没有时间去想暗处是否有敌人伏击，他们只能寄望于根本没有伏击。

快要到达门厅的时候，好运也到头了。军士长吉尔跑在最前面，归功于她的两条长腿，每个步子都比其他人要大一些。面对障碍也能快速跳过去，所以她比两位男队员领先了几米。她全速冲进了房间……然后冲到了一排打过来的子弹上。

那个唯一幸存下来的雇佣兵是个巴塔瑞人，他正在那个门厅等着他们。他一定是在沙伊和李接到安德森的撤退命令之后走到这个门厅里来的。然后他就开始耐心地等待，希望能够抓住机会以自己的方式进行一下小小的复仇。

子弹的力量放倒了吉尔，她一下子向前栽倒在地。她自身向前的力量使她翻了一个筋斗才停下来，趴在房间角落里一动不动。

安德森是第二个冲进房间的，上好膛的突击步枪开始喷射火苗。正常情况下冲向一个端着枪的敌人无异于自杀，但是这个雇佣兵愚蠢地将注意力全部放在吉尔身上，只看到了她跌倒趴下，却没有注意到安德森。当他想转身向对方开火的时候，上尉几乎已经冲到了他的身上。两个人离得如此之近，安德森即使边跑边瞄准也能在他的胸口打开一个大洞。

奥莱利也随后冲进了门厅，看见吉尔身下的血泊快速蔓延开来，也停了下来。

“快走！”安德森冲他喊道，“去电梯那里！”

奥莱利稍微点了点头继续奔跑，留下安德森查看自己倒下的同伴。

上尉单膝跪下将她的身体翻过来，看到吉尔的眼睛瞪得大大的，几乎吃惊地跳了起来。

“那蠢货瞄准得太低了，”她从牙缝里挤出一句话，“他打中了我的腿。”

安德森朝下看过去，果然如此。一串子弹穿过了她身体的护盾，但是被身体的护甲弹开，没有造成任何损害，只在外面留下了几个像是牙齿咬过的痕迹，护甲有些变色；但是右腿是护甲相对薄弱一些的地方，穿透力强的子弹又已经消耗完了护盾的能量，右腿那里被打得不成样子。

“你玩过背人的游戏吗，士官长？”安德森问道，将自己的武器扔到地上，又开始脱自己身上的护甲。

“我从来不是玩背人游戏的小女孩，长官。”她回答道，解开自己的皮带，把所有没有捆扎住的装备都扔到地上。

“没关系，”他解释道，蹲下身，把她扶成坐姿。她的身上还穿着头盔护甲，但是他们已经浪费了太多时间了，“你只要抓紧我就行了。”

他尽力帮她将胳膊环到自己的脖子和肩膀上，然后站起来，这个女人庞大的体重让他趔趄了两步。他把手伸到背后支撑住吉尔的体重，托住她的大腿和臀部，而她的手臂紧紧环绕在安德森的脖颈上。

“头晕。”吉尔低声说道，忍受着移动给她带来的痛楚。

安德森跌跌撞撞走了两步，寻找一个背着这么沉重的队友也能快速走动的方法。当他终于走出通往充满钟乳石的天然岩洞的小道时，总算找到了一个能快步前进的姿势，不过不那么好看。这时，计时器引爆了炸药。

从研究基地的主实验室奔来了热浪、火球和冲击波，所过之处尽为灰烬。门挣脱铰链倒下，地板崩起，墙壁熔化。

即使是远在电梯旁的天然洞穴也感受到了爆炸。爆炸的效果分三个阶段传来。首先，安德森脚下的大地似乎在颤抖，他几乎要摇晃着倒下去，吉尔的脚一碰到地就开始尖叫，但是她的声音很快被第二阶段的效果淹没了。轰轰的爆炸声震耳欲聋，在狭小的洞穴中回荡，淹没了其他的一切声音。最后是热浪像一堵墙一样推进过来，从过道中游龙一样前进，将他们裹住，推到地上。他们的肺在燃烧，大口喘气。

安德森努力呼吸，有一下子眼前一黑差点晕过去。他挣扎着保持清醒。爆炸所推过来的超热气流在洞中渐渐消散，他感觉刚才好像有一只看不见的手按压着自己的胸部，要把他向地上推，这股压力也越来越小了。

但他们还没有脱离危险。爆炸的力量波及到了整个岩洞。人工灯光的电线晃来晃去，摇摇欲坠，在洞中投下疯狂缭乱的影子。虽然安德森的耳朵一直在嗡嗡作响，但是他还是能够清楚地听到墙壁和顶上的岩壁裂开所发出的嘶哑的巨响，这个洞要塌了。

“奥莱利！”他通过无线电吼道，希望电梯里的三个人依旧可以听到他的命令，“这个地方在塌方！到地面上去！现在！”

“你和吉尔怎么样了？”安德森的头盔里回答的声音很小，却仍可以分辨出这是奥莱利的声音。

“你们到地面上去以后再下来！”他喊道，“现在就走，这是命令！”

他没有去等手下的回应，挣扎着先看看军士长吉尔现在如何了。吉尔腿上的伤再加上爆炸的冲击所带来的痛苦超出了她的耐受力，她已经晕了过去。上尉聚集起身体里最后的力量挣扎着站了起来，就像消防队员一样把吉尔扛在了自己的肩膀上。

岩洞即将裂开，他开始向自由世界绝望而蹒跚地冲击。石笋轰然倒下，就像巨大而粗糙不平的石灰长矛。这些脆弱的石柱在洞里支撑了千百万年，终于倒下。巨大的裂缝从脚下、墙壁和头顶向两端伸展，越来越大。巨大的石块好像被剪刀剪开，向地面翻滚着砸下来，激起一阵尘土，小石块四处飞溅。

安德森只能尽量避开这些石块，他现在除了尽力向前走，并且祈祷不要有一块大石头砸在他的头上，其他的什么也做不了。所以他强迫自己的精神集中在把这只脚移动到那只脚之前这件事上。他也不知道自己能否活着回去。吊灯的光线晃来晃去，这让他很难看清脚下崎岖不平的道路，踩实一步越加困难。刚才冲击波的震撼让他像是挨了一顿打。筋疲力尽的感觉袭来，他腿部和屁股上的肌肉如同烧着了一样。

任务开始时分泌的肾上腺素已无影无踪，他的身体里再也提供不出任何能量了。他走得越来越慢，肩膀上没有知觉的女人感觉就像身边如雨点般落下的石板一样沉重。

电梯终于映入视线，他看到了奥莱利、沙伊和李仍然在那里焦急地等他，但安德森并不吃惊。看到他们的指挥官像个活死人一样蹒跚而行，他们三个人一下子冲了过来。安德森实在筋疲力尽，无法拒绝。他把吉尔交到了两名大兵的手里。他们一个托着吉尔的肩膀，一个抱着她的大腿。

重担猛然卸下，安德森失去平衡，几乎倒下，但奥莱利扶住了他，安德森终于走完最后的二十步，身后的洞穴开始大规模塌方。

电梯门关上，轿箱向地面艰难地行进。这一段也并不平稳：电梯一阵一阵地向上升，齿轮吱吱呲呲地尖叫。没有人说话，好像他们担心哪怕谈论一下目前的倒霉形势都会使事情变得更加糟糕。安德森只是躺在他倒下的地方，不停地喘气，困难地呼吸。

在他们到达顶部，全队重新在地面上集结的时候，安德森终于积聚起了足够的力量说话。

“我告诉你们不要等我，”全队在向黑斯廷斯号进发的时候，安德森说出这样的话惩罚他的小队，两名大兵还抱着失去知觉的吉尔，“我应该给你们每个人降一级，因为你们违反了命令！”他停下来，让大家好好想想他的话，“或者，向上面举荐你们每个人都获得一枚勋章。”

第四章

中尉卡莉·桑德斯是个聪明的女孩：她是联盟最顶级的计算机与系统技术专家之一。她很有吸引力：她不执勤的时候，基地的其他士兵无论干什么总是希望捎上她。她还很年轻：她现在才26岁，至少还可以享受半个世纪健康而富有成果的年头。而现在，她知道自己处在铸成终生大错的边缘。

她警惕地朝酒吧四周看了看，紧张地喝着自己的饮料。桑德斯把身体又向自己的小角落里挪动了一下，希望没人能注意到她。她的身高和身形都很普通，唯一一点引人注目的地方是她的一头及肩金发——在这个基因特性越来越不明显的时代，天生的金发几乎绝种了。不过她的金发也不那么纯——有几缕像是棕色的头发。这个年代，依然有不少人类把自己的头发染成金色。她站在人群中也并不出众，这令她在这里很轻松地没有成为大家瞩目的焦点——黑洞酒吧被人群挤得满满的。

人群当中绝大多数是人类。这并不奇怪，这间酒吧坐落在空间港口伊莱修姆的高级消费区里，从着陆港走路就可以到。伊莱修姆港是联盟在天连边界地区资格最老也是最大的殖民地。但是这里至少有三分之一的老板是其他种族。巴塔瑞人影响力最大，桑德斯总是可以通过强壮颈部上窄窄的脑袋从人群中轻易地把他们分辨出来。他们的鼻孔非常大，三角形的鼻子却几乎缩在面孔里，鼻尖指向扁扁的嘴唇和尖尖的下巴。他们脸上的毛发又细又短，就像马鼻子上盖着的天鹅绒——尽管嘴巴边上的毛发又长又厚。他们的脑后有一条隆起的软骨，从头骨一直长到颈椎后面。

不过，显然巴塔瑞族最独特最毫无争议的特点是他们有两对截然不同的眼睛。一对分得很开，长在面部角上突出来的骨槽中，这也让他们的头骨都长成了钻石的形状。第二对眼睛就小一些，之间的距离近一些，长在脸的上部，前额中间的下面一点。巴塔瑞人和你说话的时候总是习惯用他们的四只眼睛盯着你，对于只长了两只眼睛的种族来说，要想弄明白究竟应该看着他们的哪一双眼睛总是非常困难。不能保持眼接触总是让其他的种族不知所措，而巴塔瑞人总是利用这一点在谈判或者讨价还价之类的情况中谋取好处。

就像联盟政府一样，巴塔瑞政府也积极在边界地区安营扎寨，想要建立起自己的立足点向外形成扩张带。但是起码目前黑洞酒吧还在接待所有的异族人。卡莉在人群中还看见了几个突锐人，他们之间的主要区别都被脑袋上布满花纹的硬壳掩盖住了，这层壳盖在他们的脸上，像是难看的异教徒面具。她注意到行动敏捷，有着标枪一样眼睛的一小撮塞拉睿人正直接向房间中央走去；两个巨型的克洛根人栖身于入口外的阴影之中，守卫着大门，他们的两条后腿就像史前的恐龙一样粗壮有力。几个圆形的沃勒人在房间里踯躅而行，还有一位轻盈美丽的阿莎丽族服务小姐在人群中穿梭自如，从一张桌子到另一张桌子，托盘中的酒水一滴都不会漏出来。

卡莉只身一人来到了这里，但是好像酒吧里其他所有的人都成群结队。他们或者靠在吧台上，或者挤在高高的圆桌旁边，或者在舞池里疯狂地扭动，或者干脆靠在墙边。似乎每个人都在尽情享受欢乐的时光，与朋友、同事或者生意上的伙伴谈笑、聊天。卡莉感到很奇怪的一点是，他们竟然能够听得清楚对方在说些什么。这里至少有五十对人在交谈，喧嚣永不停止，似乎要将房顶掀开，像浪潮一样把她打翻在地。她试着把自己往小小的角落里塞得更深一些，以逃避这里的声浪。

当她刚刚来到这里的时候，还觉得人群的出现会让自己有一种安定感。也许她在千人一面的人群之中就会消失。但是黑洞酒吧的饮料果然名不虚传，她的第二杯才一半下肚就感觉意识有些模糊。这里太吵闹，太多干扰，她无法把注意力集中在周围发生的事情上。这里没有人怀疑这个躲在角落里的孤身女子有什么不对劲的地方，但是她发现自己总是一遍一遍地扫视房间，看有没有人在盯着她。

至少现在没有人在向她的方向看。不过就算知道没有人朝她的方向看，她也没有感觉更好受一点。她现在处境不妙，再喝酒也不会让事情好转。卡莉把自己的饮料放在酒吧墙壁里凹进去的小台子上，希望能集中精力整理一下思路，看看目前形势如何。

十六个小时之前，她未经许可离开了西顿研究中心的基地。离开基地本身就是违法的；而且她在八个小时之后轮到她值班的时候还没有出现，这就罪加一等。擅离职守是相当严重的事件，可能在她的档案里留下永久的记录；而且，再过四个小时，她的状态就会正式变成UA——未经允许缺勤，这是一项有可能被交给军事法庭审判的罪行，后果可能是遭到不体面的开除军籍，甚至是坐牢。

她又端起了酒杯，深深抿了一口，希望酒精能够束缚住她野马一般狂乱的思绪。当她昨天离开的时候，一切都似乎非常简单：卡莉有证据表明她的上级正在秘密从事非法的研究，而且她决定向上面汇报此事。

她先是侵入管理安全档案的电脑为自己伪造了一张通行证，接着刷卡登上了一艘离开基地的太空飞船，几个小时前到达了伊莱修姆。她准备在这里思考下一步该怎么办。

现在有了充足的时间让她考虑自己行为的后果，她发现自己的行为并不像一开始认为的那样非黑即白。她并不清楚由于她的报告会让基地里的多少同事接受正式的官方质询。如果和她一起工作的那些她认为是自己朋友的人也卷了进来，怎么办？她真的希望他们因此下岗吗？她甚至有一种感觉，认为自己的行为就是背叛。

她的犹豫很快超越了自己作为一名士兵的忠诚：她正以自己的职业生涯为代价进行冒险。她有证据表明西顿正在从事超出正式确定的范围之外的研究项目；但是她的证据是顶级机密文件，这些证据来源于非法的泄密，在法庭上将不被采信，作用不会比她自己的怀疑和直觉更大。她的直觉后来被证明是正确的，但是从技术上讲，她这种私自调查的行为已经构成了对联盟的背叛。

她越想越多，越不知道自己下一步将向何处去。她不敢说自己的上级就是一个人操办此事，也不敢说这项非法的研究不是来自更高级别的命令。如果她找去汇报的那个人正好是第一个下命令让他们从事此项非法研究的人呢？事情会有所改变吗？还是被他们隐瞒起来？她是否有可能把自己的整个职业生涯搭进去，或者冒了这么大的风险，后果却是白白蹲大狱？

实际上，如果他们真的想要找到她，并不是一件难事。她以自己的假通行证留下了搭乘前往伊莱修姆港的穿梭机的记录。但是她怀疑联盟会派个人跟在她后面。

直到她持续失踪超过二十个小时才构成犯罪，所以她还有一点点时间考虑一下该做什么。

其实这几个小时也不会有什么不同。从她一开始接触这个棘手的问题，心里就一直不断地在挣扎。卡莉太烦，睡不着觉，也不敢回到西顿面对那些指控，她害怕那些压力。她从一个酒吧走到另一个酒吧，每个地方都只喝上一点点就走，这样才能让自己冷静一些。她从来不在一个地方待太长时间，害怕吸引不必要的注意。她一路经过了酒吧、休闲屋和夜总会，期望能够找到突然闪现的灵感奇迹般解决自己现在的烦心事。

她瞄了一眼安装在酒吧另外一端墙上的大屏幕的新闻，一幅熟悉的画面吸引了她的眼球。虽然她听不清播音员在说些什么，却认出了西顿研究中心的资料图片。她正迷惑不解，皱了皱眉，眯起眼睛努力读取屏幕下方不断滚动播出的小字：

联盟研究基地遭受攻击……

她的眼睛睁得大大的，一挥手将吧台上的玻璃杯扫在了地上，没喝完的酒都流了出来。她顾不上这些，走出了她自己小小的角落，在人群中挤出一条路，下意识地推开前面的人，也不管自己是否太过用力。直到她靠得足够近，才听到播音员的话：

“细节仍不清楚，但是我们已经从联盟接收到了官方的正式确认，西顿研究中心遭到了恐怖分子的袭击。”

卡莉想听得更多更清楚，她向前挤过去，把一个人类推到了一边，结果那个人的饮料脱手洒了出来。

那个人转过身来，愤怒地吼道：“嗨，你看清楚了再走……”当他看到刚才是个清秀标致的女孩子推了他一下，喊叫声立即小了。

卡莉甚至没有看他一眼表示道歉，眼睛仍然死死盯着头上方的屏幕。

“该地区仍然在联盟的调查之下，所以我们目前仍无法向您提供实时图片……”

那人也跟着抬头看屏幕，假装对这个事情感兴趣，希望和她套套近乎。“应该是巴塔瑞人干的好事。”他简直就是没话找话。

刚才同这个人说话的朋友也插了句话，期望将这个令人心悸的不速之客拉进自己的聊天之中。“联盟几个月之前就已经说过这种事情一定会发生，”他摆出在这件事情上极有权威的样子，以一副无可辩驳的语气说道，“我侄子就在军中服役，他告诉我说……”

卡莉狠狠瞪了他一眼，他闭上了嘴。现在没有恼人的声音了，她又将视线转回到了屏幕，正好追上了新闻报道的尾巴。

“据报告没有幸存者。另据消息，人类联盟派驻卡马拉的大使最近举行了一个新闻发布会，宣布签署了一项新的贸易条约……”

没有幸存者。这几个字让卡莉几乎失去了知觉，就好像后脑上遭受了一记重击。她昨天还在基地。昨天！如果她不是从这项愚蠢的研究中跑路，现在死定了。房间突然空出了一边，卡莉知道自己要昏过去了。

就在卡莉步履蹒跚，拼命让自己不要有因为晕厥而倒下去的一刻，她刚才撞到的人一把扶住了她。“嗨，怎么啦?”他的声音中透出真心的关切，“你没事吧?”

“嗯?”卡莉喃喃说道，甚至根本没有意识到自己身体的重量正靠在另外一个完全不认识的人身上。这个人把她扶正，然后放开——虽然他准备如果她再次倒下就马上再把她扶起来。他用手抓着卡莉的胳膊安慰她，也可能是帮她保持平衡。

“你认识基地中的人吗？你在那里有朋友吗?”

“是的……我的意思是没有。”她的酒喝得太多了，她的觉睡得太少了，西顿发生的事情对她又是个很大的冲击，刚才她竟不能够控制自己。但是她现在又能逐渐自己站稳脚跟，感觉安定了一些。她敏捷的思维又开始跳跃，刚才发生的一切所暗示的事情终于串了起来：她从一个顶级机密的研究中心逃了出来，而几个小时以后这个基地就遭到了攻击，她不仅仅是个幸存者，现在更是一个嫌疑犯！

这两个人既迷惑又关切地注视着这个年轻的女子。她自然而然地将自己的胳膊从那个人的手中移开，抱歉地朝他们笑了一下。

“对不起，这个报道让我失态了。我……我在联盟中认识几个人。”

“我们可以帮什么忙吗？”第二个人说道。她能感觉到他愿意帮忙完全出自善意，只不过是一个好人想要帮助另外一个同族而已。但是现在她只是想尽快离开，不要做任何可能使别人记住她的事情。

“不，不。我没事的。谢谢你，谢谢。”她说话的时候退后了一步，“我要走了。不然我就要迟到了。你的饮料……实在对不起。”她一转身，消失在后面的人群里，直奔大门。她悄悄回了回头从肩上扫了一下那两个人，他们都没有追上来的意思。他们只是耸了耸肩，不再理会刚才奇怪的遭遇，又开始接着他们刚才的话题谈下去。

她走出酒吧时，感觉又暗又冷。西顿遭受灭顶之灾的新闻让她忍不住抽泣了起来，但夜晚的凉风让她脑子更加清醒。

黑洞酒吧位于伊莱修姆港的一条主干道上。现在还不算特别晚，人行道上熙熙攘攘。她在繁忙的街道中穿行，漫无方向，只是觉得要不停歇地走来走去。走在川流不息的人群中，她的脑子在飞速运转。妄想症又缓缓盘踞了她的心智，她想躲开每一个擦肩而过的人，还有每一个不经意的声响。在这陌生的人群当中，她感觉太容易被伤害，而且也没有必要暴露在这么多人面前。

一条偏僻的小巷成为了她的临时庇护所。她向这条窄窄小巷的深处飞奔，直到这个街区的尽头才停下来。刚才主干道上嘈杂的人声和单轨电车的鸣笛声现在都成了窃窃私语。

西顿的新闻改变了一切。她不得不重新考量一下目前的形势。是不是因为她消失了，所以才发动了攻击？很难想象这只是偶然的巧合，但是她也看不出来两个事情有什么联系。

有一件事情是肯定的：他们现在正在找她。她一定要掩饰自己的行踪。她现在要找个办法订一张出港的机票，而且还不能让他们追踪到她。她现在需要找一个假的身份，再不然就是贿赂某人让她非法登机。如果她还待在这里，一定会有人——

一只有力的手按在她的肩膀上，她尖叫了起来。那只手把她的身体拧转过来，卡莉只看到前面是一个巨人的胸部，而且这个巨人还紧紧抓着她。抬起头，她看到了这个人冰冷坚硬的目光。

“卡莉·桑德斯？”这声音不像是询问，倒像是审讯。

她心中一阵警觉，想要退后一步，左扭右转想要挣脱这个人的控制。不过这个人的手指深深地掐住了她的锁骨，她疼得够呛，只好停下。

“卡莉·桑德斯中尉，你因为涉嫌背叛联盟而被逮捕。”

听到这些话卡莉有些吃惊，瞥了一眼这个人穿的是什么服装：联盟宪兵的制服。他们已经发现了她。他一定在主干道上就已经发现了卡莉，然后跟着来到这条荒凉的小巷子里。

她放弃了抵抗。她的头垂了下来，向命运屈服了。“不是我干的，”她低声说道，“和你们想的不一样。”

他哼了一声，根本不相信她所说的话，但是却把他的手从肩膀上放了下来。卡莉能感觉到自己T恤下的皮肤开始发热。

他从腰带上抽出一副手铐，在她眼前晃了晃。他简单地命令道：“转过身去，中尉。把手放在身后。”

她先是犹豫了一下，然后点了点头。抵抗只会使事情变得更糟。她是无辜的，现在她只能在军事法庭上证明自己的清白。

“别想跑，”他警告道，“我有权在必要的情况下使用致命的武力。”他的这番话让卡莉遵从他的命令转过身去的时候，不由自主地看了一下他别在腰带上的武器。眼角的余光一扫，卡莉认出他的皮套里装的是一把阿西艾尔财团所生产的打击者手枪。

当他把手铐铐在卡莉的右腕上的时候，她的下意识给出了一个尖锐的警告信号：哈涅·凯德尔P7才是所有联盟人员标准列装的制式手枪，而不是打击者！

就在意识到这一异常的瞬间，她感觉自己的左腕也被铐上了。在求生本能和肾上腺素的共同作用下，卡莉猛地一甩头，与这个冒牌联盟宪兵的面部撞了个正着。

卡莉转身，被撞到的这个家伙疼得跪在了地上。这一出乎意料的攻击竟然使他一时眩晕过去。他的胳膊无力地摆在身边，一条血液泉水般从他的鼻子、嘴巴里流出来，脸上现出一块又湿又暗的血污：这正好成了卡莉的新目标，她用膝盖狠狠地磕他的脸，让受伤的地方伤势更重。

这下重击让那家伙向后倒下去，软软瘫在地上，血液阻塞了他的喉咙，他不停咳嗽，发出低声呻吟。他的身体不断抽搐，腿却不断地摆动想要抵挡卡莉的攻击。但是卡莉现在没有一点怜悯之心。她并不知道这个冒牌货是谁——雇佣兵或者是刺客——不过她知道如果不能摆脱他，自己只有死路一条。

卡莉仔细回想着所有联邦工作人员在入职培训时所接受的基本格斗训练，轻松避开两条乱蹬的腿。她的手还靠在背后，所以现在她唯一的武器就是自己的双脚。她在这个四仰八叉的人身边，仔细找准了面部和胸部，用基地配发的战斗靴的金属制足尖和重重的后脚跟拼命踩他。

她的对手蜷成一团想要保护自己。卡莉犹豫了一下，看见他的手正向腰部的枪套摸去，想把枪掏出来。她上前一步狠踩他的手指，踩完又踩，直到把他的手指踩得血肉模糊，露出森森的白骨。

这个家伙嘴里满是碎牙和血污，挤出模糊不清的求饶声和惨叫声，但卡莉不去理会。他现在还是清醒的，所以依旧是个威胁。卡莉猛踢他的太阳穴，可能把他的头骨都踢碎了。他的身体一阵痉挛，接着软软地摊开了。卡莉又朝他的肋骨上狠狠踢了一脚，却没有任何反应，这样卡莉才敢确认他确实完蛋了。

卡莉赶紧从他的身体旁边跑开，以防有人走到这条小巷子里看刚才的一阵动静究竟是怎么回事。这个冒牌宪兵把她的手铐在了身后，不过没有铐死。手腕上金属圈非常松，卡莉甚至可以上下活动她的小臂——说不定她还能够彻底挣脱手铐。她挣扎着蠕动着身体，不断地扭动，先是臀部从双臂在身后圈成的环之间向后伸过去，接着大腿后侧也滑过了双臂的环，一直到了膝盖后侧；她又躺在地上，向旁边一倒，又将自己的腿穿了过去。她的手腕还是被铐着，但现在至少都在身前。

她强忍住呕吐的本能，用手和膝盖顺着袭击者的血爬到了他身旁，他还是一动不动，但仍在缓慢而断断续续地呼吸。卡莉长出了一口气，她自己甚至都没有意识到自己一直憋着这口气。她刚才狠狠打这个家伙的时候没有任何怜悯之情，那只是为救自己一命，但是现在她很高兴自己终于不用为别人的死亡而负担良心的责任。

良好的训练以及肾上腺素挽救了卡莉。当然，还要加上对手的漫不经心。但是她的肾上腺素开始褪去，目睹眼前的可怕的一幕，她感到自己有了些发慌的迹象。她是个联盟士兵，但是从来没有见过实战。她以前从来没有遇到过这样的事情。

挺住，加油，桑德斯！她脑子里响起了前任教官的声音，虽然具体的话是她对自己说的。你还没有脱离麻烦呢。

她咬紧牙关，决定把一切都搞定，不留尾巴。那个人的皮带浸满鲜血，卡莉摸索的时候一直瑟瑟发抖，直到她终于发现了手铐的钥匙才停止发抖。打开手铐比把手铐从身后绕到身前还要麻烦。她用牙齿咬住钥匙，往锁孔里面塞。这几分钟令人崩溃，但她终于听到了打开的声音，左手腕上的手铐应声而落。一只手自由了，她又只花了几秒钟就把另外一只手腕上的手铐打开。现在她自由了。

卡莉迅速扫了一眼四周，发现还没有别人蹿到这个小巷中来，轻轻地出了口气。她从那个人的枪套里抽出了手枪，确认保险是关着的，然后塞到了夹克里面皮带中间。她站起身来，一动不动。

她并不知晓倒在她身下的这个人为谁卖命，但是她可以肯定这个人是专门来寻找她的。这就是说，还可能有其他的人也在寻找她。他们可能已经在港口设好了岗哨，等她想要逃离的时候就收网；她现在身处陷阱之中，甚至不能回到大街上，更何况她现在衣服上全是血。

她现在只有一个选择。她又深深地吸了一口气以冷却狂乱的神经，离开了刚才袭击她的人，向远离喧嚣大街的方向走去。

她整个晚上都穿梭于伊莱修姆的背街小巷当中，小心翼翼，避免被发现，慢慢靠近唯一能够寻求到帮助的人的房子。而她曾向母亲许诺再也不和这个人说一句话。

第五章

在发现巴塔瑞巡逻舰之后不到十年的时间里，卡马拉成为了天连边界地区最重要的行星之一。绝大多数殖民地一开始都只有一个中心城市，而这个中心城市旁边稀稀拉拉地分布着驻扎少数人口的定居点。而卡马拉和其他殖民地都不太一样，它拥有两个人口超过百万的大都市：首府尤琼和规模更大一些的哈特尔，卡马拉的最大空港也在哈特尔。

这两个城市之间的距离大概有 500 公里，分布在辽阔荒凉的沙漠两边。沙漠正是卡马拉经济快速增长的根源。在薄薄的一层橘黄色沙粒和坚硬的红色岩石之下，蕴藏着边界地区最丰富的零号元素。零号元素丰富的储量——银河系中最宝贵的资源——有力地推动了卡马拉经济的发展，寻找财富的殖民者一拥而上，他们建立起了多达数百个开采和炼化公司，分布在沙漠各处。这个世界里的主要人口是巴塔瑞人，而且只有他们才在当地的法律中拥有完全的权利。但就像所有繁荣昌盛的殖民地一样，所有神堡理事会下属种族的来访者和移民源源不断地涌入。

卡马拉轻松地成为巴塔瑞殖民地中最富庶的一个，而伊丹·哈达是卡马拉最富有的巴塔瑞人之一。他也很可能是整个天连边界地区最有钱的前十人之一，而且他也从不害怕让其他人知道这一点。一般来说他总是身着最时尚的服装：式样由阿莎丽族最顶尖的设计师设计，而那些高档原料则从希西亚自己进口。他自己最中意于身穿超长拖地的黑色长袍，奢华的袍子上点缀红色斑点以突出自己皮肤的色调。但是为了今晚的会面，他只穿上了一套简单的灰色西服，外面又套了一件高级外套。对于伊丹·哈达这样爱炫耀自己臭名的人来说，一套普通的装扮可以算是伪装了。

一般来说，以往这个时候伊丹正在尤琼豪宅的私人房间里，沉浸在睡眠前的温柔之乡中，品味最上等的哈纳酒。但是今晚显然与以往不同：他没有在豪华舒适的房间里休息放松，而是守在哈特尔旁边沙漠的一个破旧仓库中，坐在一条坚硬的凳子上。他正在等待边界地区最具威名的赏金猎人，而伊丹不喜欢等待。

他不是一个人在等待：至少还有其他十二个人也和他一起等。他们都是蓝太阳雇佣兵的成员，正在仓库外巡逻。六个是巴塔瑞人，两个是突锐人，剩下的都是人类。

伊丹不喜欢人类。就像巴塔瑞人自己一样，人类也是两足动物。巴塔瑞人的身高和人类差不多，但是人类的躯干、胳膊和腿都要粗壮得多。人类的脖子又短又粗，脑袋方方正正。就像其他所有的双眼族类一样，人类的脸缺少个性，看起来就不够有智慧。人类的鼻子奇怪地从面部突起，而不是和他们一样只有两个鼻孔。甚至连人类的嘴巴都很奇怪，他们的嘴唇又厚又肥，居然没有影响到他们说话！他觉得人类和阿莎丽族非常相似——而他也不喜欢阿莎丽族。

但伊丹不是一个让个人喜恶左右生意判断的人。天连边界地区也有其他的所谓私人安全组织可以雇佣，而且他们的报价比蓝太阳要低得多，但是蓝太阳已经确立起自己胆大心细、残忍高效的声誉。伊丹以前在“非传统的商业机会”出现的时候雇佣过他们几次，因此从他个人的体验来说，蓝太阳绝非浪得虚名。他不会仅仅因为蓝太阳最近开始吸纳人类成员而将如此重要的任务委托给他人，虽然说确实有一个人类成员在伊莱修姆港把事情办砸了。

一般情况下伊丹绝不会直接与他所雇佣的佣兵队见面。他喜欢通过代理或者中间人隐藏他的身份——而且还要避免让那些全社会都知道是他的手下的人充当中间人。但是今晚他所雇佣的人坚持要和他见上一面。伊丹可不想把一个赏金猎人带到自己的家里……或者是和他单独会面。所以他穿了一件不那么惹眼的衣服，离开了他自己的宅邸，坐上私人飞机飞行数百公里穿越沙漠，来到了尤琼的姊妹城。他整个晚上都在阴冷而脏乱的地下仓库里，旁边是他的雇佣兵。他坐在一条冷板凳上，脊背开始感到腰酸背痛，腿也发麻抽筋。现在赏金猎人已经迟到超过一个小时了！

但是目前他好像也没有后悔的余地了，他已经陷得太深。仓库里的蓝太阳成员知道他的身份；现在他只能雇这些人四处察看动静，作为自己的保镖，一直到这个事情搞定才能算完。这也是防止他们向蓝太阳的其他成员泄露自己身份的唯一方法。西顿发生的事情已经吸引了太多人的关注，而伊丹不能去冒有人揭露他牵涉其中的风险。他也需要完全保证不会有什么纰漏，以免有人将他和攻击联系起来，这就是为什么他同意安排此次会面缘由。

“他来了。”伊丹听见声音几乎吓了一跳。一名蓝太阳的巴塔瑞人悄无声息地走到了他的背后，近得可以在他的耳边轻轻耳语。

“带他进来。”他应道，又重新回到威严的姿态中。雇佣兵点了点头，离开了房间。主子站了起来，终于不用再坐在那个干巴巴的硬板凳上硌屁股了。过了一会儿，恭候的贵客终于现身了。

他在伊丹所见过的克洛根人当中显然是能给人留下最深印象的一个。他体型硕大，体重几乎达到二百公斤，甚至按照他自己那个爬行类种族的标准来说也算大块头了，当然不算大得特别离谱。就像所有的克洛根人一样，他的脊柱顶端一直延伸到头部并有轻微的弯曲，稍微有点驼背的样子；而且，他的上背部、颈部和肩膀上又生出粗壮的骨头和肌肉，像是一层厚厚的壳，而大脑袋就从壳里钻出来。粗糙的皮肤像盘子一样盖在他的头骨和颈背上，看起来就像一只史前猛兽。他没有明显的鼻子和耳朵，分开在硕大的脑袋两边的两只小眼闪着狡诈的光。

一名克洛根人可以活上好几个世纪，他们的肤色会随着年龄的增长而逐渐变暗变黑。这个人的皮肤上布满了棕色和茶色的斑点，这个种族年轻个体所特有的黄色和绿色斑点都已经消逝得差不多了。他的脸上和喉头上布满了伤疤和刻痕，好像是画上了迷宫的图案；老伤一条条地突起，形成了奇怪的花纹，又好像是他的血管钻到了皮肤外面，马上就会爆裂出来。他只身着轻型护身盔甲，但没有携带武器——根据伊丹的命令，武器在门口就已经被卸掉了。尽管已经被解除了武装，但是他四周还是散发出一股威胁和毁灭的味道。

克洛根人以一种奇怪而略显笨拙的优雅姿态行进，仓库的地板似乎在一种无可抗拒的力量下无情地震颤。四名蓝太阳的成员护送着他走了进来，一边两个。他们在这里颇有胁迫这个赏金猎人的意味。如果谈判进行得不那么顺利，他们要阻止他可能的攻击性反应。不过从目前看来，感到威胁的倒是那几个蓝太阳雇佣兵。他们小心翼翼，每一步都显露出他们自己的紧张，好像是走在即将喷发的火山口旁边。一个年轻的人类在他的左眼文上了蓝太阳的标记，总是摸身边的手枪，好像只要碰一碰自己的手枪就可以汲取到勇气。

伊丹如果不是需要他们保护的话，一定会发现雇佣兵们的不适非常搞笑。这位巴塔瑞人早已决定不择手段地使谈判顺利进行下去。克洛根人走近，向后咧了咧嘴发出低沉的吼声，露出了锯齿状的牙……也许这算是他的微笑。克洛根人在距离伊丹几步的时候停下来，四名雇佣兵依旧站在他的身后。

"我叫斯卡尔。"他的喉间发出低沉而沙哑的声音，震得地板直颤抖。

"我是伊丹·哈达。"巴塔瑞人回答道。稍稍向左偏了一下脑袋，这在他自己的种族当中是崇敬与友好的表示。斯卡尔也偏了一下他自己的脑袋，不过是向右偏，在巴塔瑞人中只有向下级才这样致意。

伊丹不知不觉地毛发直竖，也许是斯卡尔侮辱了他，或者是他不明白这种姿势的含义。他继续下去，待会儿再寻找机会向他解释，虽然从伊丹对他的了解来说，他相信斯卡尔很有可能是在有意不鸟他。

"一般来说我不会和我所雇佣的人见面，"他解释道，"但因为是你，我可以破例。你闻名遐迩，技术精湛，值得我破坏自己定下的规矩。"

斯卡尔嘲笑似的从鼻孔中哼了一声，不理会这些肉麻的客套话："以你的大名，我觉得你应该穿得更有派头一些。你确信你请得起我吗？"

房间里其他的巴塔瑞人中传出了声声骚动。怀疑一个社会地位更高的人付不起钱在他们的文化中是一种极大的侮辱。伊丹再一次忍不住怀疑斯卡尔是否有意说出这句话。幸运的是，他以前就同银河系中的这种低智商种族打过交道，他雇佣斯卡尔可不是因为大家公认他不懂礼节。

“这个你放心好了，我有足够的钱付给你，”他回答道，声音安定而平和，“只是一个非常简单的任务。”

“这件事情和西顿基地有关吧？”

伊丹的内眼闪了一下，显露出他有多么吃惊。谈判是一种欺骗和误导的微妙舞蹈，每一方都在保守秘密的同时努力争取先手，而伊丹已经丧失了先手。他无心的反应出卖了他想要保守的秘密——如果这个克洛根人足够机敏地捕捉到他的不安的话。

“西顿？你怎么这么认为呢？”他问道，小心地使他的语气语调中不流露出任何吃惊的痕迹。

斯卡尔耸了耸宽大的肩膀：“只是直觉而已，现在我的价码上涨了。”

“你之所以被请来，仅仅是要找到并且消灭你的目标而已。”伊丹反击道。他的声音没有出卖任何秘密，但是内心他暗暗地咒骂自己在讨价还价的第一轮就干脆地输掉。

“目标？只有一个？”

“只有一个。一名女性，人类。”

克洛根人转头环视四周，扫视了一遍仓库里四处散落的蓝太阳雇佣兵：“你在这里就雇了许多人。为什么不让他们干这个脏活呢？”

伊丹怔住了。他习惯于咄咄逼人地问其他人问题，而不喜欢被人审问。他提醒自己不要在谈判中再犯第二个错误。但就是这么一个勉强的表情泄露出来的内涵比他想掩饰的东西还要多。

斯卡尔爆发出一阵狂笑：“是这帮蠢货把事情搞砸了，没错吧？”

听到他的话，仓库的每一名雇佣兵都绷紧了，尽管他说的是事实。不过这并不重要。伊丹已经明白斯卡尔将看穿任何否认事实的企图，于是点了点头，向他的对手又退让了一步。

“怎么了？”克洛根人想要知道结果。

“我雇佣了蓝太阳，想要找到她，把她带回来审讯。”伊丹承认道，“其中一个人在伊莱修姆港发现了她的行踪，但是几个小时之后他们在港口的一条小巷子里发现了我们的人被揍得趴在那儿满地找牙。”

“如果你太穷请不起真正的职业高手，只会发生这种事情。”

侮辱一次已经足够了。

他身边那个有文身的年轻人抽出手枪用握把狠狠地砸向克洛根人的脑袋。重重的一击使斯卡尔的脑袋偏向一边，但并没有让他摔倒。斯卡尔发出一声震耳欲聋的吼叫，反身一抓，拧断了动手的那个人的脖子。

未等自己同伴的尸体落地，其他三名雇佣兵一拥而上，这三个人加在一起的力量将体形巨大的克洛根人拖倒在地。在此次会面之前，伊丹曾经下了命令，不到万不得已不要干掉斯卡尔……他需要斯卡尔找到那个失踪的女人。所以这三名雇佣兵没有开枪，只是把自己压在克洛根人的身上，想把他按在地面上，用枪托把他打晕。

不幸的是，没有人告诉斯卡尔他不能干掉雇佣兵。他手中突然出现了一把带有锯齿的长刃，没人知道他是从腰带、靴子还是手套里抽出来的。当这把利刃切开了一个雇佣兵喉管的时候，伊丹从战团旁退后几步。接着利刃又出现在了第二名雇佣兵膝盖和大腿的连接处，那里正是身体护甲的弱点，这名雇佣兵的大腿动脉被切开了。他本能地用双手捂住鲜血四溅的伤口，斯卡尔趁机将刀插进了他的胸膛，穿透护甲，扎入心脏。

刀刃被雇佣兵的肋骨卡住，克洛根人摇了好几下才抽出来。这也给了最后那个幸存的人类雇佣兵宝贵的机会从战团中滚下来。他挣扎着站好，躲在了长刃的攻击范围之外。雇佣兵掏出手枪指着浑身血污的赏金猎人，斯卡尔现在还躺在地上。

“不许动!”雇佣兵高喊着，声音因为恐惧而发抖。

斯卡尔的脑袋又转了转，没有理会面前的敌人，只是发现仓库里的其他八名雇佣兵都用突击步枪瞄准了他准备开火。他把刀扔到地上，双手高举过头，缓缓站起身来。斯卡尔转向伊丹，用手枪指着他的雇佣兵又退后了几步，以保证自己更安全一些。

“现在是怎么回事，巴塔瑞人?”

伊丹在谈判当中终于占据了上风，他已经等不及要展示一下自己的优势：“我可以现在就下令让他们在你站着的地方干掉你。”他的瞳孔死死盯着斯卡尔，但是另外一双眼睛却扫了一下房间，确认赏金猎人已经被包围了。

克洛根人对空白无力的威胁报以一阵大笑：“如果你想干掉我，等不到我抽刀子他们就已经开枪了。但是他们没有。所以你肯定已经命令他们不准干掉我，所以对你而言我比这些挂了的雇佣兵要重要得多，所以我的价格又要往上涨了。”

就算身处一个到处都是用枪指着他脑袋的雇佣兵的仓库里，克洛根人依旧非常敏锐，并且将局势变得对自己有利。伊丹曾经低估了斯卡尔的智力，他发誓绝对不再犯这个错误。他只是在想，曾经有过多少人也和他一样低估了斯卡尔?他们付出了怎样的代价?

“你只要为我的这条线做事，可以弄到不少钱，斯卡尔。”伊丹不准备隐藏自己很少显现出来的对他人的尊敬。

“我在这条线上做事已经弄了不少钱。我将杀人视为振奋精神的好办法。我们不用再废话了，谈谈正事吧。”

伊丹轻轻点了点头，四只眼睛同时眨了一下，示意雇佣兵们把枪放下。斯卡尔杀了他们三名同伴，他们也心中不爽，但金钱无论在什么时候都比忠诚来得重要。而且死掉三个人以后他们分到的奖金也多一些。

只有最接近克洛根人的那个雇佣兵，也就是拿着手枪的那个人类没有听从命令。他难以置信地扫了一眼他的同伴，手中的枪仍然指着斯卡尔。

“你们在干什么?”他向其他人吼道，“我们不能就这么放过他!”

“别傻了，小孩子。”斯卡尔甩出一句话，“干掉我并不能让你那些死掉的同伴活过来。这是一桩吃亏的买卖。”

“你闭嘴!”他反击道，全部注意力都集中在斯卡尔身上。

克洛根人低声威胁道：“考虑一下你下一个动作吧，人类。其他人都闪开，现在我和你一对一。”

人类雇佣兵开始发抖，但是手枪一直对着他的目标，而斯卡尔似乎根本漠不关心。

“你现在有个机会，我数到三之前你把枪放下。”

“你想怎么样?”人类雇佣兵叫道，“你动一动我就打死你!”

“一。”

伊丹突然注意到克洛根人的周围出现了一圈奇怪的光晕，光晕非常暗淡，即使用四只眼睛也很难看清楚。赏金猎人身边有一层细微的波纹，仓房里的灯光在通过他身体四周这一圈波纹时发生了轻微的扭曲。

斯卡尔是个生物异能者！他属于那种极为稀有的可以操纵

暗黑能量的生物属类。宇宙中的所谓真空中都蕴藏着这种感觉不到的量子能量，这种能量在普通的物理世界中极为微弱，以至于根本感受不到这种能量的任何效果。但是生物异能者能够用精神调节的力量将这些能量调集到一起，形成密度极大的能量区。这些拥有异能的人又在神经系统之中手术植入了数以千计的微型增幅器，可以通过生化回馈将聚集起来的能量在一个方向上全部爆发出来。斯卡尔正在做这件事，他一直在拖延时间以聚集起足够的能量，给这个仍然傻乎乎拿着枪指着他脑袋的年轻人致命一击。

但这名雇佣兵还不知道发生了什么。人类没有任何个体拥有潜在的生物异能；伊丹怀疑他甚至不知道有所谓生物异能这么回事。不过这名人类雇佣兵很快就要知道了。

“二。”

佣兵张了张嘴想说些什么，但是他再也没有机会说出来了。斯卡尔向他的方向挥出一拳，一波黑暗能量随之澎湃而出，撕开空气直扑对手。年轻人没有料到他现在就出手，凌空向后飞出几米。他重重摔在了地上，一时喘不过气来，手枪也从手中飞走。

他只眩晕了一秒钟——这一秒钟足够斯卡尔大步跨过两个人之间的距离，用他的三只手指的爪子擒住雇佣兵的咽喉。他只用一只手就轻松地把雇佣兵向天花板举起来，同时缓缓捏碎了他的气管。雇佣兵的脚不停摇摆，四处乱蹬，两只手在斯卡尔满是疤痕的前臂上乱抓，这只手正将雇佣兵的生命吸干。

“你的死是拜一位真正的克洛根族战斗大师所赐，”斯卡尔轻声提醒他的牺牲品，雇佣兵的脸先是变得通红，接着又变成蓝紫色，“我希望你能好好珍惜这份荣誉。”

蓝太阳的其他雇佣兵都站着不动，什么事情也不做，只是冷漠地注视着事情发生。伊丹从他们的表情看，这些雇佣兵也并不是在享受这样的事情，但是他们没有一个人愿意上前制止。如果逆了雇主的意或者惹毛克洛根人都不是好玩的。

雇佣兵的挣扎越来越微弱，原本突出来的眼珠慢慢缩回了眼眶，整个身体也一动不动。斯卡尔又晃了晃他的身体，最后狠狠掐了一下他的脖子，完全掐断了气管，轻蔑地把他扔到了地板上。

“我记得你说过要数到三的。”伊丹说道。

“我撒谎。”

“演出非常精彩。”伊丹承认，朝尸体的方向点了点头，“我希望卡莉·桑德斯在你手下和他的下场一样。当然，你要先找到她才是。”

“我会找到她的。”克洛根人毋庸置疑地说道，“我就是干这个的。”

午夜，乔恩·格里斯姆被一阵敲门声惊醒了。他嘟嘟囔囔地抱怨着，滚下床。他穿上了一件碎布睡袍，但并没有打算扣好。任何胆敢粗鲁地在三更半夜把他叫下床的来访者一定会让他奶奶的吃足老拳。

实际上自从他从新闻中看到西顿被攻击时就料到早晚会有人找上门来。或者是联盟新闻部门的某人出现，试图说服他公开亮相，发布声明；或者是什么记者想看看被视为人类最认可的偶像有什么反应。无论是哪种人都不是什么好事。他已经退役了；他曾经被塑造成为一个英雄。他已经厌倦了在某种意义上成为全人类的代表。现在他只是一个不居住在自己军官公寓的暴躁老头子。

他打开了墙上的壁灯，灯光刺得他的眼睛眯了一下，仍然想从残余的睡意中挣脱出来。他的卧室位于这个单层建筑的后面，他从卧室缓缓向前门走去。敲门声在继续，更固执也更狂乱。

“见鬼，我来了！”他高声喊道，但是脚下并没有加快速度。这里的响动至少没有惊动邻居——他旁边也没有多少邻居。至少没有非常近的邻居足以听见这边的动静。在他而言，这是这栋房子的主要卖点。

伊莱修姆是一个退休的好地方。这里离地球和其他主要的定居点都非常遥远，人们不会仅仅因为好奇而找到这里；作为一个拥有数百万人口的大城市，伊莱修姆也足以让他消失在人群当中，更不用说这里有多么安全、稳定和完善的防备。他也可以在更偏远的地方找到住所，但是在那种小殖民地里他有被视为救世主的危险，而在意外事件发生的时候，他说不定会被视为事实上的领导者。

当然这里也不完美。他在五年前来到伊莱修姆港的时候，本地的那些政客总是前来骚扰：或者想让他成为本党的代言人，或者想让他支持自己成为参选人。格里斯姆处理这些事情的方式非常公正，不偏不倚：他告诉每一个人去死。

一年之后这帮人再也不来骚扰他了。每隔六个月他就会从联盟收到视频短信，鼓励他回去继续为人类效力。他们这样说，他现在只有五十多岁，还不到歇下来颐养天年的年龄。他从来都懒得搭理这些短信。格里斯姆觉得自己已经为人类做得够多的了。他在戎马生涯中总是将军事放在第一位，这让他付出了家庭破裂的代价。但这只是一个开始。

他从卡戎中继站领军回来之后，长达五年的时间里一直陷于媒体的喧嚣中，一千次访谈之后又是一千次访谈。而在他所效力的第一次接触战争结束之后情况变得更糟糕：更多的新闻访谈，更多的抛头露面，频繁的与政客、元帅和将军们的私人会面；联盟遇到的每一个恶心的异星种族代表所召开的正式外交庆典都少不了他。现在这一切都结束了。让其他人去扛大旗领跑吧——他只想从人群中走开。

然后就是一群混球去攻击了一个伊莱修姆港门户边上的联盟基地，现在弄得全银河系尽人皆知。总会有人觉得这是个来骚扰他的充分理由，逃都逃不掉。但是他们非要在半夜三更地来敲门吗？

他站在门口，敲门声丝毫没有停下来的意思。如果有什么和刚才不同的话，那就是他等的时间越久，声音却越来越急切密集。他打开门的时候下定决心，如果来人是联盟的什么人，他一定让他滚蛋，如果是一个记者，他就一拳朝那家伙的嘴巴上打过去——不管记者是男是女。

一个被吓坏了的年轻女人站在门口，在阴冷的黑暗中瑟瑟发抖。她身上到处是血污，格里斯姆看了第二眼才认出她究竟是谁。

“卡莉？”

“我遇到麻烦了，”她颤抖地说道，“我需要你的帮助，爸爸。”

第六章

“神堡控制塔说我们目前可以降落。”舵手的声音从舰载通讯系统中传了过来，“预计到港时间为 17 分钟。”

从黑斯廷斯号的主舷窗向外望去，安德森可以遥望远处的“神堡”。这座巨大的空间站是银河系的文化、经济和政治中心。从数千公里之外的黑斯廷斯号看过去，它就像是一个五角星：中空的圆环四周伸出五只又粗又长的手臂。

尽管安德森已经多次看到过这个场景，但依然为其庞大规模而惊叹。中心圆环的直径有十公里，每条悬臂有二十五公里长，五公里宽。理事会定都于神堡空间站已经有二千七百多年的历史，每条悬臂都已被建设成为颇具规模的大都会，悬臂也被称为行政公寓区。每条空间站的悬臂内部都是一个多层城市。大概有来自全银河系不同地域的四千万不同种族的居民居住在这里。

没有任何其他空间站能与神堡相比，甚至大角星空间站在它面前也只是个侏儒。但是它令人惊异之处绝不仅仅在于其庞大的规模：就像质量效应中继站一样，神堡也是普罗仙人创建的。它的外壳也与质量效应中继站一样使用了不可损坏的材料——这种材料简直就是技术奇迹，五万年前普罗仙人消失后再没有一个种族能够生产这种材料。甚至用最先进的武器攻击数天它也能保持稳定的特性，集中轰炸也很难对它造成什么明显损害。

从来没有人考虑过进攻神堡。空间站位于一片稠密的星云中一个大型质量效应中转枢纽的核心区域，独特的地理位置为它提供了几重天然的防护——密集的星云当中导航就是个大问题，任何入侵舰队在这里都不得不放慢脚步，很难进行有组织的攻击；距离神堡不远的地方就有数个中继站，银河系每个地方的增援舰队都可以在几分钟之内到达。即使有人突破了神堡空间站的外围防御，太空站的五条悬臂也可以沿着中心环缩成一团，神堡外形会从一个五角星变成一个长长的圆柱形管子。一旦悬臂紧缩起来，空间站实际上无懈可击。

最后一层保护来自于理事会舰队，突锐族、塞拉睿族和阿莎丽族战舰所组成的特混舰队在神堡附近不断巡逻。安德森一眼就认出了舰队的旗舰——涅槃号。涅槃号不仅仅是一艘阿莎丽族战列舰，更是理事会权力的庄严象征。它比人类最大的战舰还要大上三倍，上面有将近五千名船员。涅槃号是有史以来最令人望而生畏的战舰，就像神堡一样无与伦比。

当然，空域内的飞船不仅仅包括理事会特混舰队。毒蛇星云是银河系质量中转网络的枢纽，事实上所有去向神堡的道路都要经过这里。这里的交通永远繁忙，是银河系中为数不多的需要担心太空船相撞的地方。

在空间中自由飘荡的放电站任务非常繁重。为了产生质量效应场以进行超光速飞行，战舰内部的驱动核心将产生强大的电荷。如果驱动核心不加以抑制，将导致电荷处于过饱和状态，最终的结果就是大规模的能量爆发冲出发动机壳体——不但会烤熟战舰上所有未接地的人，烧毁所有的电子系统，而且连战舰的金属壳体也不能幸免。

为了防止这样的灾难发生，许多战舰每过二十到三十个小时就要对驱动核心进行一次放电操作。通常这样的放电操作在一个荒凉的行星上着陆后进行，或者让能量在大型恒星体的强磁场附近消散，比方说在太阳或者其他气体巨星周围。然而，在神堡空间站附近没有足够大的恒星体。所以在这里特别设计了一圈放电站，战舰可以排成一排释放出驱动核心中的能量，然后打开传统的亚光速驱动核心继续前进。

幸运的是，黑斯廷斯号到达这片空域前一个小时已经释放了驱动核心的能量。之后战舰进入待机模式耐心等待，直到刚才接到神堡控制塔的准许通行指令。

安德森无须为常规路线巡航中自己船员的表现担心，这种活儿他们之前已经做了几百次。相反，他收住思绪，静静观赏这壮观的景色，看着神堡在视野中慢慢靠近，占据舷窗越来越大的位置。行政公寓区万家灯火闪亮，这些闪烁的光亮正好与背景上雾蒙蒙的旋涡状星云相映成趣。

“太漂亮了。”

安德森被身后传来的声音吓了一跳。

士官吉尔一阵大笑：“对不起，上尉。我不想吓到你的。”

安德森看了看她腿上从臀部一直绑到膝盖的绑带和行走支架。

“你总是特别擅长把人吓一大跳，士官。我甚至都没有听到你从我身后溜过来。”

吉尔耸了耸肩：“医官说了我会完全康复的，没有任何后遗症。我欠你一个人情。”

“根本不是谁欠谁这么回事，”安德森笑答道，“我知道如果是我负伤了，你也会来搭救我的。”

“我也会这么想。但是想和做不是一回事情，所以……还是谢谢你。”

“别告诉我你从医务室赶这么老远过来只是为了感谢我。”

她咧开嘴笑了笑：“我过来是为了看看你是否愿意再背我一次。”

“省省吧，”安德森大笑答道，“我一开始把你背上来的时候差点闪了腰。你应该减几磅体重的。”

“小心点，长官，”她警告道，把绑了护具的腿抬起来了一英寸，“我用这玩意踢人可厉害得很。”

安德森向身后的观景舷窗回过身去，也笑了：“闭嘴观赏风景，吉尔。这是一个命令。”

“是的，长官。”

着陆之后安德森花了几分钟时间通关。他们在一个联盟港口降落，而军队人员在执行任务的时候拥有最高级别的优先权。神堡安全官员查看了他的联盟身份证，接着扫描了他的指纹加以确认，然后草草看了一下他的个人物品包裹，挥手让他出关。安德森看到这两个人都是人类，非常满意；上个月由于各个种族人手短缺，还指派了几名塞拉睿官员到联盟港口。神堡承诺招募更多的人类进入他们的工作序列当中，看来他们遵守了诺言。

他离开着陆港，走到电梯里，电梯会将自己带到主圈层。他伸了个懒腰。现在与在港口不同，他不在执行任务的状态当中，之前一直压抑着的疲劳感开始向他全身袭来。他简直等不及走到他在行政公寓区的私人房间里去——考虑到他大部分时间都待在巡逻舰上，在神堡支付一间公寓的租金是件极为奢侈的事情。但是就算他四周里只回来住一周，他依然感觉需要有一个自己的空间。

电梯停了下来，门打开，安德森被淹没在了公寓区混乱嘈杂的喧嚣当中。人行道拥挤不堪，各个种族的人穿梭不停，熙熙攘攘。头顶悬空轨道上的单轨穿梭车厢满载着上班族、学生和目光呆滞的乘客呼啸而过，下面的街道车行线上塞满了小型地面交通车辆，编织成大道上流动的经纬线，司机一个比一个着急。神堡永远都是高峰时间。

幸运的是，他不用挥手叫司机停下来或者去公交中继站。他的公寓只要走二十分钟就能到，所以他只是简单地拎起自己的行李挎到肩上，融入到人群之中，在疯狂的人堆里为自己挤开一条道路。

他走在路上，感觉无时无刻不被各种形式无休无止的电子广告短片所包围和攻击。不管他看向哪里，到处都是闪动的全息图像。未来气息的公告牌展示着来自于一百个世界的一千个公司的广告。食品、饮料、汽车、时装、娱乐：在神堡你可以买得到一切。然而只有一少部分广告专门针对人类成员。人类在空间站还是少数民族，而公司总是要将自己的广告费花在拥有最大市场份额的种族当中。但是安德森走过一个又一个街口的时候，他发现越来越多的同类匆忙穿梭在人群之中。

安德森知道，人类一定要与其他恒星际种族融入到一起，这对人类自身非常重要。还有比神堡更好的地方能够完成交融吗？各种迥然不同的文化都在这里展示自己的风貌。这就是安德森在这里留有自己公寓的真正原因。他想了解其他的种族，而最快的了解方式就是与他们居住在一起。

他到了自己的公寓楼前面，在大门前停了下来，报出自己的名字，让语音识别系统放他进去。他的公寓房间就在二楼，所以他没有坐电梯，而是拖着包上了楼梯。在他的个人房间前面，他又报了自己的名字，跨进了房间，把包裹扔到房间中央。他挪过小小的厨房，来到公寓后面的卧室，因为太累，甚至都懒得开灯，也没有注意到房间的门在他的身后是否自动合上。他到了卧室甚至都没有脱衣服，只是把自己摊在床上。虽然筋疲力尽，但回到家总是非常幸福。

几个小时后，安德森醒了。昼夜的分别在神堡这个永远繁忙的都市里没有什么特别大的意义。但是他翻起身，查看了一下床头灯的数字读数，现在是十七点整。在人类殖民地和联盟巡逻舰上仍然使用大家熟悉的以地球统一宇宙时间为基础的 24 小时制。这个时间系统最初建立于二十世纪晚期，用于取代古老陈旧的格林威治标准时间系统。而在神堡，大家的一切行为都以银河标准时间为准。可能还嫌这不够麻烦，这个时间系统里每一小时有 100 分钟，而每分钟有 100 秒。不过每秒钟的时间差不多只有地球秒的大概一半那么长。

最后的结果是，一个 20 个银河小时的银河标准日大概比 24 个小时的地球统一宇宙时间标准日长出 15%。光是想一想就令安德森头疼不已，这几乎毁了他的睡眠周期。当然这在预料之内，因为人类数百万年来的进化都以 24 小时作为前提和基础。

还有 3 个小时就到明天了，已安排好他要给大使做一个关于西顿的情况简报。他只要中午十点钟赶过去就可以了，这就是说，他还有不少时间需要打发。也许在会面之前他需要睡几个小时，但是现在他一点都不困。所以安德森又滚下了床，脱下了衣服，把衣服塞进了洗衣机。他快速冲了一个澡，换上了新的衣服——便服——然后登录进数据终端，看有什么新闻和消息快报。

跨越银河系的通讯可不是一件简单的事情。舰船可以通过质量效应中继站以超光速前往目的地，而传统方式中信号穿越冰冷的真空以光速飞行，也要花上好几年才能从一个恒星系到达另外一个恒星系。

跨越数千光年的距离，传递信息、个人消息或者是原始数据只有两个办法，一个是用邮差无人机携带文件，这种预先编好程序的无人飞船通过质量效应中转网络以最直接的路线行进，但是邮差飞船价格昂贵，维护保养也不便宜。如果他们需要通过若干个跃迁中继站，也许需要好几个小时才能到达目的地，这种解决方案对于实时通讯来说不太现实。

另外一个办法是使用超网。这是一套放置在银河系内的浮标，专门设计用来实现银河系内各个系统的实时通讯。信息可以通过传统的无线电信号送往最近的通讯浮标阵列，这些浮标等距地排列在相隔数百至数千光年的阵列中，由质量效应场的密集束发射信号进行连接；这种空间连接相当于20世纪晚期地球上所使用的光纤。信息在这种窄窄的信息走廊中可以以超过光速数千倍的速度传播，无线电信号可以瞬间从一个阵列传导到另一个阵列。只要阵列排列得没有问题，银河系两端的通话至多只有十分之一秒左右的延迟。

然而，尽管超网使实时通信变得可行，但是这不适合为大众所使用。数以千计的世界中有数以百万亿的居民每分每秒都在访问超网，这使超网有限的带宽总是处于超载的状态。为了协调这个问题，信息总是以仔细调谐的数据脉冲的形式发送。每个脉冲空间里数据都经过打包，空间的使用由经过严格规定的优先级确定。每个脉冲内的容量最优先保留给直接负责银河系安全的部门所使用，其次是神堡参议院空间内各个种族的各种政府部门和军事机关；接下来是各个媒体巨头；剩下来的空间则拍卖给出价最高的公司。

事实上超网中未被使用的每一点空间都被超网服务商公司

所买走。他们将自己购买的空间分成无数小块卖给个人订户。根据服务商的不同以及订户愿意出多少钱，个人的信息可以以小时、天甚至是周脉冲进行更新。

不过安德森并不用担心更新的时间间隔。作为一名联盟军官，他的个人超网账号每隔十五分钟就会接收到官方脉冲。在官方脉冲中挂载个人信息是他这个军阶的人员所享有的一项奖励。

他的收件箱中只有一条信息。他认出了发件人的地址，皱了皱眉头。看见这封邮件并不令他吃惊，但是这并不愉快。他本来决定无视它，但是转念一想这也太孩子气了。不管怎样，还是看看为佳。

他打开文件，下载了一大串电子文档，一段离婚律师预先录制的视频弹了出来。

视频开始播放，他的私人律师伊布·哈曼开始在终端显示器上喋喋不休。伊布六十多岁，是个胖胖的秃顶男人，他总是身着一套看起来非常昂贵的西装端坐在办公室桌子后面，安德森在过去的几年里已经太熟悉他这个形象了。

“上尉，我就不和你讲那么多客套话——问你现在如何了……我知道这对你和辛西娅来说都并非易事。”

“他妈的没错。”安德森低声嘟囔了一句，继续看视频。

“我们上次会面的时候我让你在所有文件上签了字，我已经向你发送了副本。辛西娅现在也在上面签了字。”

屏幕上的那个人看了一眼他前面桌子上的文件，翻动了一下，然后又抬起眼睛看着摄像头。

“你也会看到我收费清单的副本。我知道现在再怎么安慰你也没什么用，但是至少你们现在没有小孩。如果有的话，情况会非常糟糕——费用也会变得极为昂贵。如果孩子的监护牵扯到诉讼中来，很少有能如此顺利解决的情况。”

安德森哼了一声。处理一团糟的婚姻可一点都不顺利。

“婚姻关系已经于这些文件显示的日期开始正式解除。我觉得在你接收到这些文件之前，你的离婚已经最后生效。

“如果你还有任何疑问的话，请立即与我联系，上尉。”

安德森粗鲁地将这段视频拖入垃圾箱删除，视频戛然而止。他甚至不打算再与伊布交谈了。其实这个人是个不错的律师：他的收费合理，而且在整个离婚的调解进程当中不偏不倚，公正超脱。事实上，他是效率与专业性的完美代表。而且，如果他现在就在安德森的公寓里，安德森一定会照他的秃顶来一记重拳。

安德森关机的时候觉得这是个非常可笑的事情。他只不过是被卷入了人类最古老也最顽强的习俗中来：结婚与离婚。现在他要去践行人类的另外一个古老传统：去酒吧把自己灌醉。

第七章

卓拉巢穴是安德森公寓附近唯一一家在步行范围内的酒吧。它并不是一家低级的夜总会，虽然这里的确有些破败颓废的感觉。这正是它的部分魅力所在，当然这里还有温柔的舞娘和够劲的白酒。不过安德森最感兴趣的是这里的顾客。

无论在什么时候卓拉巢穴都非常繁忙，不过这儿也从来没有爆满的时候。公寓区内还有许多人气更旺的夜总会，人们可以去那里展示自己，或者是参加狂欢派对。人们来这里吃吃喝喝，找乐子。一般人都在公寓区居住、工作——如果你愿意称如此有趣的异星种族动物园为一般人的话，那这儿都可以说是一般人。

当然，就算是人类在这里也是异星人。安德森每次走进大门的时候都能强烈地感觉到这一点。他在门口稍作停留的时候，几十双带着好奇的眼睛转过来看着他。

大家注意他的原因并不是因为人类看起来非常奇特。像半透明的哈纳族，看起来就像三米高的水母；他们种族的外形只是例外，而不是常规。银河系空间中绝大部分种族都是两足类，身高在一米到三米之间。有一些理论来解释各个种族之间为何如此相似，有些理论很平常，而有些理论匪夷所思，或者就是胡说八道。

考虑到神堡中的绝大多数种族都是因为发现自己恒星系统

内的行星上有普罗仙人的技术遗留，再加以消化吸收之后才掌握恒星际飞行技术，许多种族学家认为普罗仙人在银河系的生命进化中起了相当的作用。

然而安德森相信一种被广泛接受的理论，就是两足类有进化上的优势，可以在银河系中不断繁衍扩张。技术遗产也很好解释：普罗仙人自然要去研究那些和自己外形上类似，有一些智能但又比较原始的种族。各个种族，比方说人类率先进化，然后普罗仙人就大老远跑过去研究人类，而没有什么其他的意思。平行进化的理论又得到了不少事实的支持：神堡中的绝大多数种族都是碳基生命，高度依赖水维持生存，呼吸的气体与地球上的空气也非常类似。

事实上，几乎银河系中所有有生命存在的星球都在几个关键之处与地球颇为类似。生命一般存在于传统摩根－基南恒星分类系统表中的 G 型恒星系统之内，这种分类法目前依然为联盟所使用。这些行星的轨道都落在被称为生命区域的狭窄范围内：太靠近恒星，水会变成蒸汽；如果太远，又会永远以冰冻的形态出现。也正因为如此，几乎每个主要种族的行星家园绕自己的恒星运行一圈的时间相差不过几个星期（理解不了的同学请去复习一下角速度、距离与万有引力。——译者注）。银河标准年——阿莎丽、塞拉睿和突锐的年份平均时长只不过是地球年的 1.09 倍而已。

安德森穿过房间来到了吧台边的一个空位上。不，不是因为人类的外形或者是拥有极为特别的身体特征才让人类显得特别突出。人类只是新来者，但初来乍到时便已出手不凡。

两个突锐人鸟一样的眼睛一直盯在安德森的身上，就像一只老鹰要去扑捕一只毫无防备的老鼠。突锐人和人类差不多高矮，但是要比人类瘦得多。他们的骨架更苗条细弱，而身材更锋利骨感。他们的手上只有三只手指，更像是爪子。他们的头部和面部都覆盖着一层由软骨和硬骨组成的棕灰色面甲，上面一般都刻有不同的花纹或者是自己部落特有的文身。这层面甲从头盖骨后部和上部生长出来，布满了短小而暗钝的骨刺，向下伸展，盖住了他们的前额、鼻子、上唇和面颊，这也让分辨出他们种族中的不同个体变得非常困难。看到突锐人，总是让安德森想起恐龙与鸟类之间的进化环节。

安德森与他们对视了一眼，然后又将目光移开，尽力无视他们。今天晚上他情绪不佳，但他无意再去尝试并重演第一次接触战争。相反，他将自己的注意力都集中在舞台中央的阿莎丽族舞者身上。

在理事会世界所有的种族中，阿莎丽族分布最广泛，而且也最像人类。准确地说，阿莎丽族更像人类的女人。她们高挑纤细，身材很棒。阿莎丽族是单性种族，性别的区分对她们没有什么意义。但是在安德森眼里，阿莎丽族全部都是女人。甚至她们的面部特征也很像人类，只不过她们更有一种天使般不食人间烟火的气质。她们的面部略带一点蓝色或者绿色的色调，但是只要经过一个简单的色素修正手术，完全可以将之看成和人类差不多的皮肤。只是她们的后脑出卖了她们异星起源的身份。那里没有头发，而是波浪状有花纹的皮肤……并非完全没有吸引力，但这绝对是一个异星才有的特征，不然她们和人类在外观上简直一模一样。

阿莎丽族对安德森来说就像是一个谜团。一方面她们是外貌上颇有美感的种族，她们也对这一点颇为自得，所以总是乐于从事那些充满开放引诱性或者是赤裸裸挑逗性的职业；阿莎丽族经常担任舞者的角色，或者是收钱做情人。另一方面，阿莎丽族也是银河系中最被尊敬和推崇，也是最强大的种族。

无论按照什么标准，她们都因为自己的智慧和名望而声名远播。她们是普罗仙人灭绝之后第一个实现恒星际航行的种族，也是她们第一个发现了神堡，而且，她们还是神堡同盟的发起种族之一。她们控制的地域最为广大，影响力也非其他种族可以望其项背。

这些事情安德森都知道，然而阿莎丽族在银河系中的统治性角色很难与舞台上的这个阿莎丽人惹火的表演统一起来。他知道无法统一的原因在于自己：这是人类偏见以及拙劣的先见为主的产物。以单个个体来判断一个种族是愚蠢的。要是再深挖一下，这绝不是因为看到了几个舞者而形成的印象：阿莎丽族看起来像人类中的女人，所以她们是老掉牙的人类反母系社会习性的牺牲品。

至少他还知道自己存有偏见，并与自己的偏见不断地斗争。不幸的是，他知道自己的许多同类也存有相同的偏见，但是并不准备纠正这些错误的想法。这只不过证明了人类还要继续研究银河系中其他未知的领域。

他继续看着舞者在舞台中央的表演，又发现了她们容易被忽视的微妙生理特征。他听说过不同种族之间发生性关系的图文小说，甚至还看到过一些影视。他一向以自己开放的心态而自豪，但这种事情只会令他反感。然而，在看到这个阿莎丽舞者之后他有点理解这种超越种族的吸引力了。而且从他所听说过的一切传说中，阿莎丽族都是熟练的情人。

但是，这不是他来到酒吧的原因。

沃勒族酒吧侍应生走来问他有何吩咐，安德森的注意力才从阿莎丽族舞者身上离开。沃勒族家园的重力加速度大概是地球的一倍半左右，所以沃勒族身高也比人类要矮。他们的身体如此宽厚沉重，以至于他们看起来就像肉球。突锐族总是让人想起隼或者老鹰，而沃勒族则让安德森想起在上次回地球的时候在海洋禁猎区所看到的海牛：缓慢，迟钝，颇有喜剧效果。

神堡的空气比他们自己星球上习惯的密度要低一些，所以沃勒人一般都戴上氧气面罩。但是安德森来卓拉巢穴已经多次，认识这个沃勒侍应生。

“我需要一杯酒，马乌达。”

“当然，上尉，”侍应生回答道，他的声音经由呼吸面罩和喉部充满褶皱的皮肤挤了出来，“你想要哪种饮料?”

“能带给我特别惊喜的那种。要新的酒水，带劲的。”

马乌达从吧台后的橱柜中拿出一个蓝色的瓶子，又从柜台下面拿出了一个杯子。

“这是‘艾拉莎’”，他一边解释一边向玻璃杯中斟满了淡绿色的液体，“从希西亚进口的。”

希西亚是阿莎丽族的故乡。安德森点了点头，抿了一口。这个饮料味道很冲却感觉冰爽，但没有令人不快的口感。它的后劲很大，与刚刚入口的时候截然不同。它带有一种特别的苦味，却又浸着一层薄薄的刺甜。如果他要用一个词来形容这种酒的话，那就是“冲”。

“不错。”他赞同道，又抿了一口。

“有人管它叫忧伤伴侣，”马乌达提示道，调整了一下姿势，靠在自己与顾客之间的吧台上，“忧郁的饮料，只给忧郁的人。”

遇到这种情况，上尉微微一笑：一个沃勒族酒吧侍应生察觉到了一个人类消费者的低落情绪，而且感到非常同情，询问是哪里出了问题。这也进一步证明安德森真正相信的事实：尽管他们在生理和文化上有显著不同，但是每个种族的本质基本上是一样的，他们有相同的基本需要、欲望和价值观。

“今天我有些坏消息，”他回答道，一根手指在杯子的边缘不断摩挲。他对沃勒族的文化了解不是很多，所以不太清楚如何解释自己面临的局面，“你知道什么是婚姻吗？”

侍应生点了点头：“伙伴之间的正式联盟，没错吧？交配行为得到了制度化正式的承认。我的种族也有类似的传统。”

“很好，我离婚了。我和我老婆再也不在一起了。我的婚姻今天正式结束了。”

“我为您的损失而感到遗憾，”马乌达喘息着说，“但是我一点都不吃惊。因为你之前来了那么多次，从来没有提过你有一个伙伴。”

这就是问题所在。辛西娅还在地球上，而安德森不在。他或者在神堡，或者在天界地区巡逻。他首先是个士兵，其次才是个丈夫……而辛西娅有权享受更好的生活。

他将自己剩下的饮料一饮而尽：“再给我倒满，马乌达。”

侍应生听从客人的要求。“也许这种情况只是暂时的，对吧？”他一边给杯子重新斟满酒一边问道，“但愿过一阵子你们就会恢复这种伙伴关系。”

安德森摇了摇头：“不可能了，彻底完蛋了。我要继续自己的生活。”

“说起来容易，做起来难。”沃勒人颇有同感地说道。

安德森又喝了一口，不过这次只是抿了一下。第一次喝以前没有喝过的酒就使劲灌不是个明智的举动。每种鸡尾酒都有其独特的效果。他已经发觉一种不一般的感觉在身体中弥漫开来。一种麻酥酥的温暖从他的胃部开始向上爬，一直伸展到他的胳膊和四肢，脚尖麻拉拉的，手指发痒。这种感觉并不是不爽，只是不习惯而已。

“这玩意的劲有多大？”他问侍应生。

马乌达耸了耸肩："那就要看您喝了多少了。如果您想爬着出去，我可以把瓶子留在这儿。"

沃勒人的提议听起来不是很美妙。安德森现在所想的就是一直喝下去，直到把所有恼人的事情都抛到九霄云外去：离婚的钝痛，西顿基地中惨不忍睹的尸体，从巡逻任务中撤下来的头几天中萦绕不去无以逃避的压力与紧张。但他明天早上还要与人类驻神堡大使会面，如果出现的时候一身酒气就太没职业风范了。

"对不起，马乌达，我要走了，明天早上要开会。"他站起来将杯中物一饮而尽，满意地看到整个房间并没有围着自己在眼前打转，"记在我账上。"

他又向阿莎丽族舞者投去了最后一瞥，转过身向门口走去。那两个突锐人在安德森经过他们桌子的时候狠狠地盯着他，一个人嘴巴里还不干不净地嘟咕些什么。安德森不需要听懂他们的单词就能知道狗嘴里吐不出象牙。

他犹豫了一下，感觉自己肝火上冒，拳头也不自觉地捏了起来。但是只有一秒钟。明天一副宿醉的样子出现在会面当中不是很好；还要解释为什么神堡警察局因为他狠揍两个不知道闭嘴的突锐人而拘捕他会更糟糕。

这就是成为联盟军官所要承担的责任。作为自己种族的代表，他的行为和反应代表了人类整体。就算满脑子不爽再加上一肚子烈酒，他也不能享有随意扁人这份奢侈。他深深地吸了一口气，走开了。他将自己的尊严咽到肚子里去，不去理会身后放肆的嘲笑，因为这是他的义务。

他永远首先是个士兵。

第八章

安德森于早上七点整准时醒来。他有点轻微的头疼，显然是昨晚造访卓拉酒吧的轻微后遗症。但是在公寓里蹬了四公里左右的脚踏车之后又是一个畅快的热水澡，艾拉莎酒最后的一点痕迹也从体内被冲得无影无踪。

他穿上昨晚洗好并且叠得整整齐齐的军装后，感觉原来的自己又回来了。他把所有关于辛西娅和离婚的念头都扔到脑后；是该继续下一步的时候了。今天上午只有一件重要事情要做：找出关于西顿的一些答案。

他走到街上，来到了公共交通岗亭。他出示了自己的军官身份证，然后搭乘高速穿梭梯，从低层行政公寓区前往高层主席团所在地。

安德森一直乐于造访主席团区域。行政公寓区都修建在从神堡伸出去的旋臂中间，而主席团区占据了神堡的中心环位置。尽管各式各样的政府办公室和各个种族的大使馆密密麻麻布满了中心环，但还是与他身后快速离开的喧闹都市形成了鲜明对比。

主席团区设计的目的就是让人回想起温带草原的生态环境。区域中央是一湾广大的湖泊，苍翠的草坪环绕在湖岸的四周，人工制造的微风徐徐吹过，吹皱湖水，也吹香了主席团区每一个角落里的树林和花丛。模拟的蓝天中洒下人工制造的阳光，朵朵白云在蓝天中自由自在地漫步。这一幅场景是如此逼真，以至于包括安德森在内的大多数人辨不出它与真正的自然场景有什么区别。

处理政府公务的建筑都着眼于以自然美感的眼光审视它们的建造过程。它们在空间站中心环柔和的曲线上比肩而立，与背景和谐地融为一体。田园牧歌式的主席团核心区仔细规划建造，宽广疏阔的步行道蜿蜒在每一栋建筑的前后，把各处连接起来——外在形式与实用功能的完美结合。

然而，当安德森跨出电梯的时候，觉得主席团区最博得他赞赏的地方并非其美轮美奂的景色，而是主席团区里安德森感觉不像其他地方一样总是有汹涌不断的人流冲击。因为有权进入神堡内环的人通常仅局限于政府官员和军官，或者是依法处理外交事务的人。

当然，这并不意味主席团区空荡无人。银河系的官僚机构仅为维护主席团区的一个使馆就从包括人类在内的各个种族里当中雇佣了成千上万的公民，但是与行政公寓区数以百万计的人口相比，其数量相去霄壤。

当他走过湖边的时候，全身性沉浸在这一片安详之中。当他想向将要进行会面的人类大使馆走去，却放慢了脚步。从这里，他可以远远地望见神堡塔，理事会在那里召开会议，接受大使们所提出的各项星际法律和政策议案。神堡塔的塔尖威严耸立，比所有的其他建筑都要高。即使是在中心环区域的曲线最远处，也能依稀看见人工地平线上的神堡塔尖。

安德森从来没有去过那里。如果他有此意的话，完全可以通过正常的渠道参与；最大的可能是大使代表他请愿。这对安德森而言是一件好事，因为他是个士兵，而不是一个圆滑的外交官。

他经过了一个护工的身边。护工是个谜一般的沉默种族。他们维护并控制神堡的内部勤务。总是让安德森想起体形巨大的蚜虫：绿色的身体肥肥胖胖，身上伸出很多棍子一样的手和脚，总是匆匆忙忙地从一个地方到另外一个地方执行任务或者是出公差。

人们对护工了解得很少。在银河系中他们只存在于神堡；阿莎丽族三千年前发现神堡的时候他们只是简单地在这里等待。他们对新种族的到来好像只是忠实的仆人等到了主人归家。他们东奔西走，什么事情都做，只为阿莎丽族生活更轻松，接管神堡和城市的运营。

所有与护工直接交流的尝试都只得到了无声被动的抵抗作为回应。除了维护修缮神堡并为主人服务，他们似乎别无生存的目的；而且银河系中一直有争论说他们不是真正的智能体。有些理论说他们实际上只是有机体的机器，普罗仙人为了照看神堡而对它们进行了基因编程，他们盲从于进行服务这个目标。这个理论说他们只是根据本能行动，所以还不知道他们的创造者早在五万年前就已经消失了。

五分钟后，他来到了人类大使馆楼前。一个漂亮的年轻女孩坐在前台，安德森的嘴角微微翘起。他走过去，腼腆地笑了笑。女孩子抬起了头，回给他一个灿烂的微笑。

“早上好，奥罗拉。”

“我看你在外面转了好一会儿才进来，上尉。”她的声音悦耳动听，就像她的笑容一样迷人：温暖、热情、自信——对大使馆的所有来访者都是最完美的欢迎。

“我简直觉得你是在躲着我。”她开玩笑道。

“不，我只是不想惹上什么麻烦。”

她空出一只手在面前的终端上敲了几个键，盯着屏幕。

“哦，喔，”她故意装出一副非常着急的样子说道，“你与格伊利大使本人有一个会面。”

她扬起一边眉毛，淘气地将他领到执行任务的地方：“我记得你说过不想惹上什么麻烦的。”

“我是说过不想要惹上什么麻烦，”他回敬道，“可是我从来没说过我已经成功了。”

回答他的是一串轻快的笑声。尽管这笑声听起来经过刻意的修饰和训练，但依旧温暖而真诚。

“上尉已经来了，我现在就通知他们你已经到了。”

安德森点了点头向通往大使办公室的楼梯大步走去，然而他的脚步比刚才轻松了一些。他不会愚蠢到以为奥罗拉对他有什么别的意思。她只是在做自己的工作：因为她有能力使人们感到舒适放松，所以她能成为前台接待员领取那份工资。但是他也不否认自己因为刚才的一些奉承话而感到惬意。

大使办公室的门还关着。奥罗拉说他们在等安德森，但是他仍然停下来敲了敲门。

“进来。”门那边传来了一位女士的声音。

他一进来就知道这次会面可不是闹着玩的。办公室里有几把舒适的椅子和一张小咖啡桌，当然还有大使的办公桌。但是大使和上校都在站着等他。

“请你关上身后的门，上尉。”安德森按照大使的指示关好门，走到房子中间，紧张地立正站好。

安妮塔·格伊利是人类政坛上最有影响力也是最重要的人物，而且她总是以一副强力的形象出现。六十出头的她大胆而自信，颇富决断力。她中等身材，颧骨很高，长长的银发烫成卷挽在脑后。她看起来像是中东人种，绿色的眼眸与咖啡色皮肤形成了鲜明的对比。现在她的眼睛紧紧盯着安德森，而安德森不得不与她刺破人心的逼视所产生的焦虑不安搏斗一番。

“稍息。”他的上校命令道。安德森放松站姿，将手背到身后交叉。

“我不和你玩什么游戏，上尉。”大使说道。她从来不说什么冠冕堂皇的政客言辞，因此享有不错的声誉，而这也是安德森崇敬她的理由之一，“我们来到这里是为了尽力弄清西顿那里出了什么问题，我们如何加以弥补。”

“是的，夫人。”他回答道。

“我希望你能够自由地说出自己的想法。你明白我的意思吗，上尉？别藏着不说出来。”

“明白，夫人。”

“你也知道，西顿是我们最顶级的保密设施。也许你并不愿意知道那里是联盟首要的人工智能研究中心。”

要让安德森不吃惊可太难了。神堡只对很少的事项发出禁止令，而人工智能研究就是其中之一。不管是通过克隆还是制造，研发纯人工合成的生命都会被认为是对整个银河系的犯罪。

几乎每一个种族的专家都预言：真正的人工智能——比方说有能力吸收与批判分析知识的人工合成神经网络——将在自己学会学习的那一刻呈指数倍增长。它可以自学，在能力上快速超越创造它的有机生命体，而且不再受创造者的控制。银河系中的每一个种族都依靠连在庞大的数据链路——也就是超网上的计算机进行通讯、贸易、防务，以及维持最基本的生存。如果一个流氓人工智能程序能够访问并且影响这些数字网络的话，其后果将是灾难性的。

传统的理论认为毁灭之日不仅是完全可能的，而且还是不可避免的。在理事会看来，出现人工智能生命是对银河系有机体生命的最大威胁。而且他们有证据来支持他们的观点。

三百年前——远在人类出现在银河系共同体之前——奎利种族创造了一个人工合成的生命种族以供役使。作为可以繁衍而且可以牺牲的劳动力，这种名为桀斯的生命种类其实不是真正意义上的人工智能：他们的神经网络在研发的时候就被严格限制。尽管有这种预防措施，桀斯还是成功推翻了奎利主人的统治，那些可怕的预言和警告全部得到了验证。

奎利族既没有足够的人力也没有足够的能力对抗他们以前的奴仆。一场短暂而惨烈的战争之后，奎利族被抹掉了。只有几百万奎利人——不到他们种族全部人口的百分之一——躲开了种族屠杀的劫难，他们搭乘一支庞大的舰队离开了自己的家园，被迫成为流离失所的难民。

在那场战争之后，桀斯族成为了一个彻底孤立的社会。他们切断了所有与银河系有机体生命组织社会的联系，将自己的地盘扩展到英仙座星云之后广袤的未知之地。所有试图与他们打开外交渠道的努力都以失败告终：前往谈判的使节飞船只要一进入桀斯空域就被攻击、击落。

来自神堡世界各个种族的舰队曾一度聚集在英仙座的空域边缘，准备迎战桀斯族可能的入侵。但是预料中的进攻并未出现。舰队渐渐散去，直到现在，也就是奎利族被逐出自己家园之后的好几个世纪，还有少数巡逻舰队留守在那一空域，监视桀斯族是否有入侵的迹象。

然而，奎利族的教训并未被人们遗忘。他们拥有的一切输给了自己创造出来的仆人……更要命的是，桀斯族还没有真正意义上的人工智能体先进。

“好像你有什么话要说，上尉。”

安德森尽了最大努力让自己的表情不要透露自己的感觉，但是大使已经看穿了他的表情。大概这就是为什么她是联盟中最强有力的政治家之一。

“对不起，夫人，我为我们真的在进行人工智能研究而感到吃惊，这看上去有些危险。”

“我们知道其中蕴藏的危险，”大使提醒道，“我们无意在银河系中创造出一种完全形态的人工智能。这个项目的目的非常简单：创制出有限的人工智能模拟，仅供观察与研究。”

“人类现在是弱势者，”她继续道，“我们正在扩张，但是我们没有足够的舰队与理事会世界内的主要种族展开竞争。我们需要建立起自己的某种优势。理解并掌握人工智能技术有助于我们参与竞争并生存下去。”

“你们所有的人都知道，”上校说道，“若非我们拥有尚不算完善的人工智能，现在我们已经在突锐族的统治之下了。”

这倒是真话。联盟军事战略战术高度依赖于极为先进的战斗模拟程序。模拟程序每秒钟比较数百万个环境变量，分析当前情境下的海量数据，向每一艘联盟战舰的指挥官源源不断地提供最优化战略战术并且及时更新。如果没有战斗模拟程序的话，人类在第一次接触战争时面对规模更庞大而且更富有经验的突锐族舰队，绝没有还手的机会。

“我理解你的担心，”格伊利大使可能感觉到安德森上尉尚未完全接受这一事实，又接着解释道，“西顿的研究中心在最严格的安全与防护措施中展开研究。项目的牵头人钱抒博士是银河系中最顶尖的人工智能研究专家。”

“他负责监管项目的所有细节。钱博士甚至坚持我们用来创造人工智能模拟的神经网络系统一定要自足并且自我遏制。所有的数据都由手工登记和记录，然后人工输入到一个隔离的系统中去，以免与神经网络系统交叉感染。无论发生了什么事情，人工智能模拟都不可能影响或者感染基地内的保密数据系统。我们采取了所有可能的预防措施，以保证事情不会出什么岔子。”

“但是最后还是出事了。”

“你太过分了，上尉!”上校高声喝止。

大使扬起了手，为上尉辩护：“我已经告诉他可以自由发言的，上校。”

“我没有任何不敬的意思，夫人，”安德森有些歉意地说道，“你不用向我说明西顿基地存在的正当性。我只是个被送来收拾局面的海军陆战队士兵。”

一阵尴尬的沉默过后，大使打破了宁静：“我已经读过你的报告，”她说道，小心而颇富策略性地把谈话引向另一个方向，“你似乎并不认为这个攻击纯属偶然。”

“没错，我不认为是巧合，夫人。我认为西顿是被人专门刻意攻击的目标。我直到现在才明白为什么。”

“如果一切都是真实的话，攻击西顿的人不管是谁，一定是专门奔着钱博士去的。他在这一领域的工作无人可比，再没有人比他更了解人工合成智能。”

“你认为钱博士还活着?”

“我的直觉告诉我他还活着，”大使答道，“我认为，不管是谁进攻了西顿，他们摧毁基地的目的都是为了掩盖踪迹。他们想让我们认为基地内的每一个人都已经死了，这样我们就不会再费力寻找钱博士了。”

上尉原来假想爆炸是为了掩饰叛徒的身份，但是现在看来其目的更是为了掩饰钱博士并不在尸体当中这一事实。并没有什么事实来证明这一猜想，但是就像大使一样，安德森开始相信自己的直觉。而且他的直觉告诉自己，大使是对的。

“你是否认为有可能有人说服钱博士利用自己的研究帮助

联盟之外的什么人研发人工智能?”

“钱博士并非军人,”一股担忧的神情浮现在她脸上,“他有一个聪明的大脑,但是那个大脑只存在于一个虚弱的老人体内。他也许有勇气去拒绝帮助一个非人类的种族,甚至就算他们威胁要杀了他也没关系。但是几个星期的刑讯逼供很可能击溃他的防御。”

“所以现在开始我们要分秒必争。”

“看起来的确如此,”大使承认,“我在你的报告里还注意到了其他一些东西。”她继续说下去,自然而然地又一次将谈话的焦点转移开,“你说你相信进攻者从项目内部的人中得到了帮助?”

“是的,夫人。”

“我们可能知道那个人是谁。”上校插了一句。

“长官?”

这次是大使回答了安德森的问题:“我们的一名顶尖技术专家在进攻之前的几个小时未经许可离开了基地。卡莉·桑德斯。我们有报告称最后一次看见她是在伊莱修姆港,但是之后她就消失了。”

“您认为我们只要找到她,就可以找到钱博士?”

“直到我们找到她才能知道是不是如此。”

安德森吃惊不已:“你派黑斯廷斯号去跟踪她?”

“不,”大使回答道,“只是你一个人。”

他下意识地转向了自己的上校:“长官,我不明白。”

“你他妈的是为我效力过的最好的执行军官,安德森,”上校说道,“但是大使现在说指派你执行其他的任务。”

“明白,长官。”他尽力想使自己的声音听起来职业一些。但是格伊利一定看到了他的失望表情。

“这并不是一个惩罚，上尉。我已经查看过你的服役记录。你在大角星的时候是班上的头名。在第一次接触战争中因为战功被授予了三枚不同的勋章，职业生涯中获得无数好评和推荐。你是联盟能找到的最佳人选，而这是我们历史上最重要的任务。”

安德森感激地点了点头：“你可以相信我，大使。”他是个士兵，曾经宣誓要保卫人类。这是他的责任，而且接受这样的重任是他的荣誉。

“这项任务中你必须单独行动，”上校告诉他，“我们派出去寻找卡莉的人越多，房间外面的人发现我们的秘密的可能性越大。”

“从官方的角度来看，这项任务根本就不存在，”大使又加了一句，“人类在银河共同体中还是个新来的小孩子。我们唐突莽撞，我们傲慢无礼，其他种族正等着看我们的好戏，等着我们自乱阵脚。

“边界地区之外是怎么回事我也不用对你多说，上尉。你也知道，建立起一个殖民地并且维持下去是多么艰难。我们为每一点收获而抠挖，搜刮，甚至战斗，只是为了生存下去。但是如果神堡听到了这件事情的风声，事情会变得无法收场。

“如果我们幸运的话，我们会收到官方的正式抗议与贸易制裁。如果我们不那么走运的话，他们会撤销我们在神堡的大使馆。他们可以宣称任何理事会种族与我们在任何层面上的交往为非法。

“人类还不够强大到自己完成一切事情的程度，远远不够。”

“我知道自己应该小心谨慎。”安德森向她保证。

“不光是你的事情。卡莉·桑德斯也多多少少知道一点。

向基地发起攻击的人也知道一些。这些人还要多长时间才会被幽灵抓住呢?”

安德森皱了皱眉头。他最不愿意看到的就是“幽灵”也卷进来。“幽灵”是神堡的秘密特勤战术与侦察分部的精英特工，直接向神堡总部负责。他们的每一个人都受过严格的训练，而且被授权超越法律许可的范围自行采取行动。幽灵特工只遵守一个简单的命令：不惜任何代价保护银河系的稳定。天连边界地区一向是叛军、起义者以及恐怖组织的避风港，这一点闻名于理事会世界。幽灵特工在这种地方也最活跃。而一伙绑架了银河系最顶尖人工智能专家的土匪无疑是幽灵特工最擅长跟踪并清除的威胁。

“如果幽灵知道了这件事情，一定会汇报给神堡理事会，”安德森仔细地选择了措辞后说道，“为了保住这个秘密，我能走得多远?”

“你在问我们是不是在命令你干掉理事会的官方特工?”上校问道。

安德森点了点头。

“我不能为你作出决定，上尉。”大使告诉他，“我们相信你的判断。如果形势需要，你自己决定是否下手。”

“不过我认为这其实无关紧要，”她又说了一句，语带不吉，“当你发现幽灵特工卷进来的时候，说不定自己已经被干掉了。”

第九章

暮色慢慢笼罩了朱克西星。橘黄色的太阳向地平线上落下去，扬多星——朱克西星两颗卫星中较小的那一颗——升到了天顶。之后的二十分钟天空将完全笼罩在黑暗中，直到扬多的孪生星巴德米星升起，天空才会散发出诡异的微光，驱散黑暗。

突锐族幽灵特工萨伦·阿特里乌斯正在耐心等待太阳落下。过去的几个小时里，萨伦一直趴在朱克西星首府峰德市郊外沙漠的一块岩石上，监视一处外观普通的小仓库。这座隐藏在沙漠峡谷中的小仓库破败不堪，实在没有什么招人注意的特点——除了那里将要进行的非法武器交易。

买家已经到了仓库里面：一群歪挎着枪的土匪，只受过基本的军事训练。“冷血骷髅”只是天连边界地区活跃着的许多私人军事组织中的一支。在今晚之前，“冷血骷髅”这样由几个流窜的雇佣兵组成的小杂碎根本不会引起萨伦的注意。但他们犯下了一个错误：他们以为自己够格购买前不久一艘突锐族运输舰上被盗的军用级武器。

萨伦的耳朵捕捉到了远处发动机的声音，几分钟后，一辆六轮装甲运输车轰鸣着出现了，在仓库旁边停下。装甲运输车内出现了六个人：两个突锐人，剩下四个是人类。虽然天色已晚，但是萨伦还是立即认出了一名突锐人：他是卡马拉港口的一个港口工人。

自从他查看货物丢失时的交接班记录时开始，萨伦跟着这个突锐人已经有好几天了。货物丢失以后只有一个人再也没有露面，找出谁是贼真是太轻松了。

跟踪他也不是一件难事。整个行动透露出业余玩家的味道，从偷窃的人到买家，每个参与者头上都冒出“我真水”几个大字。一般来说萨伦会把这件事情交给当地的警察局然后去对付更大的麻烦，但是他不得不过问一下突锐族向人族出售武器的事情。

货棚的门开了，包括两名突锐人在内，四个人从装甲运输车后面的门卸下来一个大板条箱，搬进了货棚。另外两个人则站在门边岗哨的位置上。

萨伦难以置信地摇了摇头，打开了自己的夜视仪。四周一片空旷，你放两个人在门口有什么作用呢？他们没有任何掩护，完全暴露在外。

萨伦举起了自己的伊扎里狙击步枪，瞄准，放倒了两名守卫，尸体都扑倒在地上。他一边迅速而专业地移动，一边把狙击步枪折好，塞到身后背包特别设计的插槽上。一次具有专业水准的行动应该派人定时查看自己的哨兵，而更具专业水准的行动则根本不应该把他们放在这里送死。

他花了十分钟时间才从原来待的岩石上爬了下来。两个月亮都已浮现在天空中，发出的光亮足以让他把夜视仪取下来塞回到包里。

萨伦从腿袋的枪夹上拔出哈利亚特半自动突击步枪，靠近库门。他早已侦察过这个仓库，知道此库房没有其他的门或者窗户，里面的人一个也别想跑掉——进一步充分证明了他要对付的人是一群白痴。

他压低身形靠在门上，仔细倾听房间里的声音。他听见里面好像在激烈地争吵些什么。显然没有人想到要在交货之前把条件谈好，再不然就是有人想要重新谈判。专业人士不会犯这种错误：会面，钱货两清，然后走人。这种情况下你停留的时间越长，出岔子的可能性越大。

萨伦从腰带上取下了三枚燃爆手雷，拉开弦，自己默默数数。数到五的时候他猛地拉开了门，把三枚手雷都扔进门里，然后立即把门关上，跑到装甲车的后面掩护好自己。

爆炸产生的气浪震飞了大门，之后烟雾、火焰和碎屑呼啸着从门口冲了出来。他听见里面传出惨叫声和开火的枪声——里面的人都吓坏了，慌成一团。他们身上着火，又什么都看不见，于是拔出枪四处乱打。每一方都确信自己被对方骗了，接下来的二十秒钟时间里仓库的金属墙壁间回响着激烈的枪声，其他所有声音都被开火的声音淹没了。

随后一切又都归于沉寂。萨伦用枪指着门口，几秒钟后他的耐心得到了回报：两个人冲了出来，手中的枪胡乱扫射。萨伦瞄准第一个人的胸口短促而猛烈地开火，把他打死。另一个活着的雇佣兵向他开火还击，而此时萨伦已蹲在运输车的尾部后面掩护好自己。他一个翻滚从装甲车的前面出现，那个活着的雇佣兵还在傻乎乎地举枪瞄准装甲车的尾部。萨伦的突击步枪一个近距离平射打出一梭子子弹，掀开了那个雇佣兵的半个脑袋。

为了稳妥起见，萨伦又朝空门内扔出了两颗手雷。这两颗手雷没有震耳欲聋的爆炸，只是引爆之后放出一片毒雾。他又听见了一阵惨叫和嚎哭，随后又是一阵剧烈的咳嗽。三名雇佣兵一个个蹒跚着走出了仓库，每个人都因为毒气而看不见东西，而且剧烈地喘气。萨伦开枪把他们放倒的时候甚至没有人开火还击。

他又等了几分钟，让致命的毒气散去，轻巧地从装甲车后跳开，走到仓库门边。他探出头向仓库里面看了看，又收身掩蔽好。

仓库里都是七零八落的尸体，一些人是被打死的，还有一些人是被烧死的。剩下的人由于吸入了毒气，在死前肌肉奇怪地收紧、抽筋，面部扭曲，露出恐怖的表情。武器散落在房间的各个角落，死前的剧痛和挣扎使它们的使用者疯狂地甩动，把它们扔开在一旁。“冷血骷髅”到来时搬进来的板条箱还放在仓库中间的地板上没有打开。此外，仓库就没有什么其他的东西了。

萨伦手中紧握武器，从门口到仓库后面一个一个地检查尸体，看还有没有人活着。他用自己的脚尖将板条箱旁边一个烧焦的突锐人翻过身来，他的面部已经有一半被烧掉，面部的甲壳都被烧脆了，渣滓一点点往下掉。甲壳下面的血肉也糊成一团，左眼皮烧焦粘在了一起。他的嘴唇艰难地开合，挤出几个字，那只没有被烧掉的眼睛费力地睁开。

“你……你是谁?”他咳嗽几声才说出话来。

“我是幽灵。”萨伦回答道，立在这名突锐人身前。

这个突锐人又是一阵剧烈的咳嗽，吐出一大口凝着黑血和毒气的浓痰。

“求求你，救我一命。”

“你违反了星际间法律。”萨伦冷冷地回答道，听不出任何感情，“你是一个贼，一个走私犯，是我们种族的叛徒。”

这个要死的人想说些什么，但只是又咳嗽了几下。他现在喘口气都困难。燃爆手雷的气浪撕开了胸口，他的肺部遭受到了严重的损害，结果就是毒气手雷爆炸的时候他没有吸进足够的毒气来享受死神的仁慈。如果他现在能立即得到救治的话，也许还有一点点希望活下来……不过萨伦并不准备把他送到医院里去。

萨伦把突击步枪又插回到腿上的卡槽里，单膝跪下，把脑袋靠到那个突锐人烧焦的脸旁边："你从自己的人民手里偷取武器，然后把它卖给人类?"他咬牙切齿地低声说道，"你知不知道我见过多少突锐人惨死在人类手下?"

不成样子的突锐人耗尽所有的力气才从微微翕动的烧焦嘴唇中挤出几个字，表达自己微弱的抗议："战争……已经……结束了。"

萨伦站起来，干脆利索地抽出了腿上的手枪："这些话你去对我们那些死掉的兄弟们说吧。"他朝突锐人的脑袋上连开两枪，结束了谈话。

萨伦手里握着枪，继续检查尸体。他发现两具人类的尸体躺在仓库的后部，显然不像其他的尸体那样惨。手雷在仓库靠近门的地方爆炸，仓库后面的雇佣兵没有受到特别大的损害。甚至是毒气蔓延到这里来的时候也被稀释了不少，这就是为什么这两具尸体不像其他尸体一样扭曲狰狞。他们一定是被谈判对方开枪打死的。

萨伦小心翼翼地靠近第一具尸体，看到这个家伙确凿无疑死去之后松了口气：他的胸前有六个手指粗细的洞并排排在一起，显然是霰弹枪抵着他的胸口发射，打穿了他的护甲，子弹穿出他后背的时候留下了一个拳头大小的洞。

最后一具尸体面部朝下泡在自己的血液里。杀死他身边的人的霰弹枪就在他的手边，只是那只手已经失去了生命，再也无法举枪。

萨伦突然之间凝住不动，警觉起来。有些地方不太对劲。他又扫了一遍这具僵住不动的尸体，检查他的致命伤口在哪里。

这个家伙的大腿上部有个大洞冒出了不少血，可能所有的血都是从这里流出来的。但是因为他面朝下，萨伦一时也没有发现其他的伤口。

他的目光又移回到了腿上：血液这个时候应该不断向外冒才对，可是现在已经凝固住了。似乎有人快速包扎处理了一下。

“把你的手从枪旁边拿开，翻过身来！”萨伦高声喊道，双手握枪举起，指着这具尸体，“不然我现在就开枪！”

那只手立即缓缓从霰弹枪旁边移开。那个人翻过身，背朝下，大声喘气：他从萨伦靠过来检查的时候就屏住呼吸，想要装死。

“求求你别杀我，”萨伦靠近一步，手枪指着他的眉心，那人苦苦哀求，“第一次接触战争，没有我的事情，我根本没有参加！”

“有些幽灵特工会逮捕犯人，”萨伦平静说道，“而我不会。”

“等一下！”那人尖叫道，挣扎着坐起来，背靠在墙上，“等一下，我有情报！”

萨伦什么也没说。相反，他放下了枪，稍微点了点头。

“这是另一伙雇佣兵干的，蓝太阳。”

天连边界地区的每一名幽灵特工都知道蓝太阳是个需要认真对付的角色。他们的人数不是特别多，但是名头很响。他们的成员个个经验老到，极为专业。和这伙雇佣兵简直就是完全相反的对比。

“继续。”

“他们现在在做其他事情。一票大的。”

“什么？”

“我……我不知道。”这人断断续续地说道，又努力向后缩，好像以为刚才已经被枪毙了。可是他马上发现自己还活着，又向前欠了欠身，快速说道。

“这单货本来是蓝太阳接手，但是他们撤出了。我们就卷了进来。我听说他们干了一票大的。因为那件事情更大，所以他们不想因为买这件武器而被幽灵特工盯上。”

他的这番话激起了萨伦的兴趣。蓝太阳已经谈定的事情几乎没有不兑现的。如果蓝太阳宁可放弃已经谈好的生意以换取幽灵特工不关注此事，不管他们究竟做的是什么事情，一定来头不小：萨伦决定要把他们真正的目的搞个水落石出。

“还有什么其他的情报吗？”

“我就知道这么多，”那人说道，“我发誓！如果你还想知道的话，只有自己去问蓝太阳了。所以……我们该成交了吧？”

萨伦嘲笑地哼了一声：“成交？”

“你知道的，我给你蓝太阳的情报，你放我一条生路。”

幽灵特工又一次举起了手枪：“你不应该先掏心掏肺地都说出来再和我谈什么条件。而且你现在也没有什么东西再和我讨价还价了。”

“什么？别，求求你，不要……”

一声枪响终止了抗议，萨伦转过身静静回到仓库外面。他不用再去理会仓库内的大屠杀，一回到峰德市就会通知当地的警察局，被盗的武器也会完璧归赵……乱成一团的现场也会收拾得干干净净。

萨伦的思绪已经转到下一个任务上。一开始他没怎么理会西顿被摧毁这个新闻。他觉得要是追查下去，肯定会找到一群分裂出去的极端巴塔瑞叛军头上，他们的目的是报复人类，想把天连边界地区最大的对手挤出去。但是这次攻击如果不是政治性恐怖组织干的好事，那么蓝太阳是这个地区少数有能力完成此次行动的私人军事组织。

萨伦要全力以赴查明谁雇佣了蓝太阳，为什么要雇佣蓝太阳。而且他知道从何处下手去查。

过去两天的大部分时间里，安德森都在研究卡莉·桑德斯的个人资料，想要从中挖点什么东西出来。

个人健康数据再简明不过：年龄26岁，身高1.65米，体重54.5公斤。她的档案中身份证上的照片显示她身上主要表现出高加索人种的特点：肤色，白色；眼睛，淡棕色；头发，暗黄色。她很有魅力，但是安德森觉得不会有人认为她非常可爱。因为她的表情非常冷酷，好像想要找茬打架。

但看一看她的个人背景资料，这种表情就不令人吃惊了。资料显示她成长于德克萨斯州——由休斯顿、达拉斯和圣安东尼奥组成的都市群联盟——当中，这是地球上的贫困区域之一。她由单身母亲抚育长大，而母亲在工厂中领取最低限额工资。加入联盟军队也许是她唯一能够改善生活的途径，不过她直到二十二岁才与联盟签约成为一名士兵，此前不久她的母亲就已经去世了。

大部分联盟士兵在不到二十岁的时候就与联盟签约。安德森是在自己满十八岁那天签约的。尽管卡莉签约成为联盟士兵的时间比较晚但她在基本训练中表现优异。尤其是在一对一的空手格斗训练和武器枪械训练中，她的成绩都可圈可点，不过她的天赋还是在于技术领域。

她的资料显示，在入伍之前的几年里，她只参加过入门级计算机应用的培训课程，但是入伍后，她就全身心投入到高级编程、数据通信网络和基础系统构架的课程中，她只用了两年的时间就修完了三年的课程，并且以全班第一名的成绩毕业。

性格测试和精神评估都显示她极为聪敏，自我认同感和自尊心都非常强。从同僚和上级的评价来看，她善于与人合作，在同事当中很受欢迎，任何她所参与的项目中她都是一份积极的力量。难怪她被指派到西顿基地的研究中。

这就是一切都显得非常奇怪的原因。安德森知道优秀的士兵和糟糕的士兵之间的区别。卡莉·桑德斯绝对是一名优秀的士兵。尽管她一开始加入联盟只不过是为了逃避，想要寻找一个比在地球上要更优越一些的生活。但是她入伍之后寻找到了自己真正想要的一切。她加入军队之后经历的除了成功就是赞美，再不然就是奖赏。而且，她的母亲也去世了，她再也没有其他家人，除了几个同胞之外也没有真正的朋友。

安德森实在找不到哪怕是一个可以让卡莉背叛联盟的理由。甚至贪婪也不能成为借口：在西顿的每个人都领取极高的薪资。而且，安德森也非常了解人性，不可能仅仅是因为贪婪，就能引诱一个人协助他人把天天与自己共事、共同生活的同僚们杀得干干净净。

还有一件事情也困扰着安德森。如果桑德斯就是叛徒的话，为什么她要在袭击开始之前的一天突然消失，从而把大家的注意力都吸引到她自己身上呢？她所要做的不过是正常上班，出现在大家面前，然后就会被认为死亡，而尸体也随着那次惊心动魄的爆炸而灰飞烟灭。

似乎有人在设局陷害她。

不过安德森也不能否认她的突然消失着实令人起疑，仅仅以巧合来解释似乎行不通。他需要搞清楚究竟发生了什么事情，而目前为止他唯一有可能的线索还不在她的档案里。卡莉·桑德斯的父亲在档案中留下的记录是“不明”。这年头为了对付越来越多的人口已经实行了生育控制，而且大规模的 DNA 数据库业已建立，搞不清一个孩子的父母这种事情实际上不可能发生……除非，有人刻意隐瞒。

他沿着官方档案记录追查下去，所有关于卡莉·桑德斯父亲的线索都被抹得干干净净：医疗记录、免疫报告……一点蛛丝马迹都找不到。似乎有人主动将他从她生命中赶了出去。这人一定是个大人物，竟然够格伪造改动政府档案。

卡莉和她的母亲一定也参与了掩盖行动。如果她的母亲想要查明她父亲的真实身份，没有任何力量可以阻止她。而且卡莉也可以在随便什么时候做个 DNA 测试。她们都知道此事，但她们却不希望别人也知道此事。

然而，她俩无论是谁都既没有财力也没有足够的政治影响力来达成此目标。这意味着其他人——也许是卡莉的父亲——也卷了进来。如果安德森能查出卡莉的老爸是谁，以及为什么他从卡莉的档案中被擦去，也许能够弄清楚卡莉与袭击西顿的事件有何瓜葛。

不幸的是，他用尽了所有官方的渠道也没能有所进展。幸运的是，还有其他办法把秘密挖出来。所以他现在站在行政区的一个小巷当中，等待着一名黑客的经纪人。

他比约定的时间早到了几分钟，着急想要看到掮客研究的结果能否有用。不出所料，对方还没来。他又等了好几分钟，不断走来走去，希望挨过这焦心的时刻。

安德森的手表“嘀”的一声报出整点时间，一个人影钻出阴影，走进他的视野。她现身的时候，安德森一眼就看出她是一名塞拉睿人。塞拉睿人比人类要矮小一些，像是蜥蜴或者变色龙的杂交物种，也很像二十世纪晚期地球上那些声称自己是异星诱拐事件受害者报告中所描述的“灰人”，可惜这些报告往往被草率地认为是臆想。安德森怀疑其实她一直等在这里看他有什么不对劲的地方，一直耐心地等到他们约定好的时间再现身。

“你有什么发现?”他问那个女人。安德森付钱要求她翻遍整个超网寻找卡莉父亲的线索。

每天有不计其数以特拉为单位的数据脉冲在超网上传输，里面一定有一些有用的数据。但是在无限量的数据中搜索特定的信息可能让人先是筋疲力尽，然后抓狂。不仅要花好几天的时间收集、处理扫描每一个脉冲……而且处理后的数据打印出来至少有几百万页。这就是信息掮客大显身手的地方了：他们是应用复杂精密算法的专家，自己定制改装搜索引擎，将最后得出的数据分类并限定在一个狭小的范围内。搞定超网更像是艺术而非科学，而塞拉睿人正好擅长收集机密信息这一艺术。

塞拉睿人眨了眨她的大眼睛。“我先要提醒你我没有找到特别多的信息。”她快速说道。塞拉睿人说话的速度一向飞快，“你们种族连上超网之前的信息总是零零碎碎的。”

这和安德森估计的差不多。第一次接触战争之前的各个文档资料由各个不同的政府机关慢慢加入超网，但无论在哪一个政府机构，输入旧数据这一工作都不是什么要紧的事情。想一下桑德斯的年龄吧，可能在人类社会融入银河系共同体之前很久，她老爸就已经无影无踪了。

“所以你一无所获?”

塞拉睿人微笑答道：“我可没有这么说。追踪信息比较困难，但还是找到了一些消息。似乎你们联盟的新手不知道如何去做正确的事情。”

塞拉睿人递给了安德森一张小小的光盘。

“我的日子好过多了，”安德森说道，接过光盘塞进口袋，“告诉我将从光盘中找到些什么。”

“卡莉·桑德斯从你们在大角星的军事学院毕业的那一天，一条加密信息通过联盟加密讯道传到了你们在天连地区一个殖民地的某个官员那里。几秒钟之后这条信息就被抹掉了。”

“你究竟是怎么访问联盟加密讯道的？”

塞拉睿人一阵大笑：“你们种族在超网上传输数据还不到十年的时间。我们种族为神堡理事会提供间谍和侦察服务以及情报处理已经有两千多年了。”

“大概明白了。你说消息被抹掉了？”

“没错。从记录中被删除并且抹掉了。但是任何东西只要连上超网，就不可能真正消失。对于我这样的人来说，总是有些痕迹或者原始信息反射出来的信息可以追踪。超网建立在……”

“我不需要细节，”安德森打断了她的话，挥了挥手让她停下，“消息究竟说什么？”

“非常简短。一个文本文件，包括卡莉·桑德斯的姓名、期末考试成绩和在班上的名次。什么她的成绩给我留下了很深的印象。如果她肯为我效力，她干我这一行一定前程远大……”

安德森又一次打断了她的话，越发不耐烦：“这在她的个人档案中全部都有。我给你钱可不是为了让你查她的分数。”

“你根本没有给我钱，”她指出，“这由你在联盟的上级直接埋单，你记得吧？我怀疑你付不起请我出马的费用。这就是为什么是你主动来找我。”

安德森的手不自觉地抬起来猛揉太阳穴。“对了，我不是这个意思。”塞拉睿人东拉西扯，不断更换谈话的主题。这让安德森很是头疼，似乎总要花两倍的时间才能扯到自己需要了解的话题上，“我希望老天保佑你找到的东西不只是刚才说的那些。”

“信息的发送者是军事学院的一名管理人员。此人已经退役很久了。不过初步的追踪表明，他与调查之间没有什么特别紧密的联系——他只是根据接收者的命令行事，而且似乎对为何发送信息一无所知。

“虽然我没有直接的证据，但是我还是怀疑接收者是卡莉·桑德斯的父亲。他作为一名联盟高级军官，有条件去有计划有系统地掩盖他们父女之间的关系，而且可以不留下什么可以追踪的痕迹。不过，我无法判断他们父女之间为何形同陌路——”

“拜托，”他简直在哀求道，又一次打断了她滔滔不绝的讲话，“我需要的只是一个名字。其他的都别扯了。告诉我接收信息的是谁，我在哪儿能找到他。”

她又眨了眨眼睛。安德森觉得他可能伤害了她的感情。但她终于大慈大悲地说出了他需要的东西。

“这则消息是发送给联盟海军少将乔恩·格里斯姆的。他现在身在伊莱修姆。”

第十章

“这是一家私人会所，巴塔瑞人。”一名克洛根保安在格罗托·伊布巴准备进入圣殿夜总会的大堂时拦在了他的面前，咆哮道。

“今晚我就是会员。”巴塔瑞雇佣兵回答道。他亮出自己的银行卡向扫描仪一扫，直接从他的银行账户上扣除了四百点服务费。克洛根保安一动不动，直到交易完成才不再拦在他面前，其间只把目光从格罗托身上移开了一秒，快速扫了一眼屏幕上显示的姓名和头像照片。他其实是要查看格罗托的这张卡是不是偷来的。但是登记照片明白无误就是他面前的这个巴塔瑞人；蓝太阳的文身刻在他的前额上，就在他左侧内眼上面。

从克洛根人的表情来看，他仍然不愿意走开放格罗托进去：“你刚才支付的服务费只是让你进门而已，”他提示道，“里面的任何服务都需要另外收费。价码可不低。”

“我知道是怎么回事，”格罗托回击道，“我有的是钱。”

克洛根人想了一下，打算找出其他的理由把格罗托轰出去：“不得携带武器进入俱乐部。”

“我知道里头有啥名堂。”格罗托骂道。这名保安仍在犹豫。

巴塔瑞人抽出自己的枪放在一边：“现在搜一下我，放我过去。”

克洛根人退后一步，投降了。“没必要。”他向左歪了一下头，做了个巴塔瑞人表示尊敬的姿势，“对不起，伊布巴先生。海兰达在大堂柜台后面，她会按照您的需要为您服务。”

格罗托垂下了自己的枪，有些吃惊。金钱能买到这种尊敬真是让人吃惊不小。如果他真的想过有可能不被检查就进到里面去，他一定会想办法在腰带底下藏一把手枪，或者至少在靴子里别把刀。

不过他缓缓把头偏向右边，表示接受克洛根人的道歉，虽然这家伙刚才还是很瞧不起他的样子。他昂首走过门卫，进到卡马拉最高档的妓院里面。虽然表面上看起来非常平静，但是心还在怦怦直跳。

他紧张的部分原因是就算他已经付了入门费，但夜总会还是有可能让他滚蛋。显然他并不属于这里：圣殿夜总会是为阔佬和精英人士所准备的——有钱的人，而不是为钱拼命的人。一般来说，入门费就足以将格罗托这样的人拒之门外。卡马拉还有其他很多地方可以花钱找到晚上的伴侣，但没有一个像圣殿夜总会这么昂贵。

但是蓝太阳的新雇主为他们这几个月的包干独家服务支付了一笔可观的资金，包括成功袭击西顿基地后的一大笔奖金。格罗托自己并没有直接参加对西顿的进攻，而且当他们的雇主在仓库里与斯卡尔会面时也没有在场。如果他当时在场，就会知道他们的雇主是谁，不过他也有可能成为丧命在斯卡尔手下的一名雇佣兵。

不过蓝太阳依然支付给每名雇佣兵一样多的钱，所以格罗托除了丧命的风险，没有错过其他任何东西。在仓库待着的雇佣兵依旧在执勤；他们已经签约成为金主的私人保镖。而格罗托可以自由地四处逛荡，享用自己分到的奖金。而且，他生命中总算有一次，能够享受仅专属于比他有钱的人的那份奢侈与快活。

他拿一部分钱出来买了新衣服，不过尽管如此他在穿过房间的时候还是自惭形秽。他与这里格格不入，而且这里的主顾——绝大部分是巴塔瑞人——都毫不掩饰地显露出对他的怀疑和好奇。社会等级制度在巴塔瑞人的文化中占有非常重要的地位，而格罗托与传统规范显得非常不和谐。但是当他注意到连这里的服务生都以轻蔑的眼神看着他的时候，他的尴尬不安变成了出奇愤怒——他们凭什么瞧不起他？不过是一群服务员和婊子而已！

他大步走向大堂后面的柜台，穿过几个克洛根族保安，暗暗发誓要让这群人付出代价。只要他在自己的房间里和一名小姐单独在一起，他会把她的蔑视变成担忧和恐惧。

“欢迎来到圣殿夜总会，伊布巴先生。”柜台后面的巴塔瑞族女人甜甜地说道，“我叫海兰达。”

“对于门口发生的事情，我表示诚挚的道歉，”她继续说道，“奥达克有时候在工作中太过死板了。我个人向您保证，下次他见到你的时候一定会表示应有的尊敬。”

“很好。我希望下次来这里的时候你们的接待更好一些。”虽然他再也不会来第二次，但是格罗托不会告诉海兰达。

“我们有各种各样的服务，”海兰达解释道，暗暗地将门口警卫那里所发生的不快转移到生意上来，“圣殿夜总会致力于满足我们客户的所有欲求，不管您需要什么隐私的服务……您可否告诉我对什么服务最感兴趣？我将帮您选择一个最合适的伴侣——几个伴侣也行——您做什么都行。“

“我对你感兴趣。”他说道，向柜台前倾过身体，回应这暧昧的服务。

“我在这里不进行这种服务，”她简明干脆地拒绝了伊布巴的要求，向后退了半步，内眼厌恶地眨动了几下。他意识到她的魅力只不过是职业的需求，她不过是在玩他而已。而她不情愿的表现揭示了这样一个事实：她也瞧不起他，就像这里的其他服务员一样。

格罗托眼角余光一扫，看见一名克洛根族保安似乎漫不经心地走过来。理智告诉他现在可不是报复的时候。

伊布巴挤出一阵干笑，好像觉得她的拒绝非常有趣：“实际上，我对人类女性最有兴趣。”

“人类女性吗？”海兰达问道，似乎不能肯定自己听清了伊布巴的话。

“是的，我对她们很好奇。”他冷冷回答。

“没问题，伊布巴先生。”她边说边按了柜台后面的一个按钮，面前升起了一个小屏幕，“我提醒您，不同种族之间的服务价格比同种族之间的服务要贵许多。每个伴侣的价格都列在各个人旁边。”

她将屏幕旋转到了伊布巴面前。上面显示了几个候选人，旁边都标明了价格。格罗托看到这些价格的时候费了很大的劲才让自己没有倒抽凉气。与他经常去逛的窑子不同，这里根本没有计时价格可选。在圣殿夜总会待一整晚上的价格比他的整个奖金还要多好几百信用点。那一刻格罗托甚至想转身走出去，不过如果他走人的话，在门口花的那几百信用点就白扔了。

“就是她了。”他指着其中一幅图片说道。其实还有一些更便宜的货色，但是如果伊布巴让圣殿夜总会再抢劫他一次，连门都没有。他永远不会再到这里来了，所以他决定这一次别约束自己，想要什么就要什么。说实话，他对人类没有什么了解。但是他选的这个女人似乎有一种特别的魅力。她看起来娇柔温润，惹人怜爱。

“选得很好，伊布巴先生。我会安排人送你到房间里共度良宵。您的伴侣马上就去。”

几分钟后格罗托就一个人待在隔音房间里了。他来回踱步，咬牙切齿，愤怒地挥舞拳头。他一路回想进入圣殿夜总会后所经受的种种侮辱和蔑视，气得冒烟。他拿定主意一定要让那个不幸的人类女孩成为他今晚的牺牲品。

从外形上来看，他对人类没有什么吸引力……尤其是对人类女性来说。但是今晚的内容不光是做爱。格罗托不喜欢人类。人类就像害虫一样繁衍扩张，整个天连边界地区都被他们盘踞着。他们贪婪地攫取各种殖民地的资源，其他的种族都被挤兑得没有容身之地——比方说巴塔瑞人。在蓝太阳一起共事的人类同胞虽然在战斗中很有一套，但是他们平时就像他那个种族一样，傲慢自大，自以为是。今晚他将在这个傲慢的种族中选出一个，让她吃些苦头。他要凌辱她，玩弄她，惩罚她！他要撕碎这个人类女孩！

门口响起敲门声，声音柔软而怯弱。他打开了门，伸出手一把抓住那人的手腕，想把那人甩进房屋。但当伊布巴看见面前站着一个突锐男性时，整个人僵住了。

“你是……啊！”

他的话只说了一半就被切断了——突锐人一拳打在了他的喉咙上。格罗托剧烈地咳嗽和号叫，他向后趔趄几步，倒在了房屋中间的大床上。突锐人慢慢走进来，关上身后的门。格罗托听见了落锁的声音，现在房间里只有他们两个，他被锁在里面了。

格罗托的脚一阵乱蹬，终于喘过气来，捏好拳头。他等着突锐人走过来，然后一拳结果这家伙。但是门被锁好之后，突锐人只是站在那里。

“你是谁?”格罗托终于气喘吁吁地问道。

“萨伦。”回答只有两个字。

格罗托摇了摇头，他不认识这个名字。“你是怎么绕过警卫的?”格罗托问道。

“他们又不想阻拦我，”萨伦回答道，声音不紧不慢，“我想他们大概故意放我进来收拾你。”

“什么——你是什么意思?”格罗托的声音在发抖。面前的这个突锐人异乎寻常地冷静，这让格罗托非常不安。格罗托举起手，只要这个不速之客再靠近就一拳打出去。

“你是不是真傻?你以为他们不知道你今晚打算做些什么勾当?你一要求一个人类伴侣他们就知道你准备玩什么花样!”

“什么……你是什么意思?”

突锐人向前走了一步。格罗托急急向后退了两步，双拳摆在身前。他本想跑得越远越好，但是他的身后就是墙壁，已经无路可退。

“圣殿夜总会不允许有人伤害或者弄坏他们这里的女士，”萨伦平静地解释道。他边说边慢慢向前走，每说一句就故意向前走一步，“他们监视每个房间。”一步，“只要你敢把手放在那个女人身上，会马上冲进来一个克洛根人把你的脑袋拧掉。”又是一步。

“我……我还什么都没有干呢!”巴塔瑞人抗议道，垂头丧气地放下拳头。当他胡乱挥舞拳头时，对面的人却如此冷静，他觉得自己简直像个傻瓜。

又是一步。“我说服他们让我代替他们来处理你。”萨伦继续道，“虽然他们担心会打扰到其他客人。”向前一步，“但我提醒他们房间是隔音的。”一步，“而且你已经为这个房间付了钱。”一步。

突锐人已经走到了格罗托面前，而且看起来还是不紧不慢的样子。格罗托又举起了拳头：“滚回去，不然我就——”

他没有能说完这句话，因为萨伦向他的下面狠狠踢去一脚。剧痛沿着肠子和胃部一路向上袭来，格罗托眼冒金星，什么都看不见了。他栽倒在地上，疼得只能低声哼哼。

萨伦揪住他新买的衣服，把他拎了起来，然后用自己的手指插进了他的一只内眼。眼球被挤破，他这次真的是瞎了。巴塔瑞人晕了过去，剧痛的冲击让他不省人事。

几秒钟以后他又因为另一阵剧痛而尖叫着醒了过来——萨伦拧断了他的右肘。一阵惨叫过后，他蜷成一团，滚来滚去。疼痛已经超出他能够忍受的范围。

“你真令我作呕。”萨伦说道，单膝跪下，抓住了格罗托的左手手腕。他把巴塔瑞人剩下的那只完好的胳膊伸直，锁定关节，加了点力，“你只想为了自己的乐趣折磨一个无辜的受害者。你这个恶心的王八蛋。”

“除非有什么特别的目的，折磨别人才是有用的。”萨伦接着说。不过他的声音被格罗托左肘喀喇喀喇断碎的声音和接下来的惨叫声淹没了。

萨伦面前的受害者不断抽搐，他向后退了几步，让疼痛一波一波地席卷格罗托。疼痛过了一分钟才达到最高点，他扭曲的四肢开始麻木，这才能开口说话。

“你要吃不了兜着走，”格罗托躺在地上哀痛地说道，终于忍不住开始抽泣。眼泪和体液粘成一团，从已经瞎了的眼睛中往外流，一直滴到他的嘴巴里，变成了含糊不清的威胁，“你知道我是谁吗？我是蓝太阳的！”

“你知道我为什么一直跟踪你到这里吗？”

一抹恐惧掠过了格罗托的脸庞，他终于明白过来是怎么回事。“你是个幽灵特工?”他喃喃说道。

“求求你，”格罗托哀求道，“告诉我你想要什么。什么都行。我都告诉你。”

“我要情报，”萨伦回答道，“关于西顿你知道些什么，老老实实招出来。”

“有人出钱让我们袭击那个基地。”格罗托的汗不断向下滴。

“谁出钱?”

“我不知道。我只和中间人打交道。我从来没有见过金主，连名字也没有听说过。”

萨伦叹了口气，又在格罗托身边单膝跪下。审讯中总是有千奇百怪的招数，有无数种办法折磨被审讯的家伙，让他们求生不能，求死不得。但是突锐人非常讲求实际效果，他个人只喜欢用最简单最基本的审讯技术，粗暴而有效地撬开别人的口。他抓住了那个人垂下的左手手腕，用力捏紧他的手指，然后开始向后掰。

“不!”巴塔瑞人惨叫道，“不，求求你……真的，我只知道这么多！相信我吧!”

二只指节已被生生从中向后折断，他还是这么几句话，萨伦这才相信格罗托说的是真话。

“你们是怎么进到基地里面去的?”萨伦换了个问题问道。

“雇我们的人，”格罗托嘟囔着说道，从胸腔冲出的声音生硬粗哑，几乎撕破了喉咙，“他有内应。”

“告诉我他的名字。”

“求求你了，”他以最大的声音哀求道，哀怨地哭泣，“我不知道。我根本不在那里。”

萨伦又抓住了另外一只手指。格罗托急得又是一阵招认。

“等等！我不知道谁是内应！但是我可以告诉你其他还有谁！我们袭击之后，金主又找了一个人。他是个自由赏金猎人，大块头克洛根族，叫做斯卡尔。”

“很好。”萨伦说道，把手从受伤的指节上放开，“继续说。”

“西顿那里出了些意外。有个人在袭击之后没有死。这是个疏忽。斯卡尔拿了钱，追杀她。是个人类。她在伊莱修姆港。我不知道她的名字。”

“还有什么其他的消息？为什么雇你们去袭击西顿？”

“我不知道，”格罗托恐惧地说道，“我们不知道细节。金主怕我们有人会说出去。他不想——他不想让幽灵特工追踪这件事情。”

萨伦又掰断了他的两个指节以确保他说的都是真话。

“求求你了，”巴塔瑞人的尖叫停下来后边哭边说，“我不是你要找的人。斯卡尔和雇我们的人在仓库有个会面。你去问问在场的人吧。”

这家伙供出了其他的人，萨伦并不吃惊。绝大多数审讯中这都是正常的反应。一般来说这说明审讯已经接近尾声。一旦被审讯的人意识到自己已经再没有情报可以供认，就会出卖自己的同伙以避免更进一步的刑罚。

“我去哪儿去找在仓库的人？”幽灵特工问道。

“我……我不知道，”格罗托承认道，声音直发抖，“他们和雇主在一起。雇主雇他们做近身保镖。”

“好像我在你身上再也没有什么进展了。”萨伦回答道。

“我就知道这么多了，”巴塔瑞人微弱地抗议道。他的声音中全无欺瞒、狡诈和希望，“就算你打碎我的每根骨头，我也没法告诉你什么其他的事情了。”

“我们走着瞧。”萨伦意味深长地许诺道。

萨伦又花了很长时间。巴塔瑞人被折磨得死去活来，审讯中晕过去最少三次。每次格罗托晕过去，萨伦都会坐下等他重新恢复神智——折磨一个没有知觉的审讯对象没有任何意义。

最后，结果证明格罗托说的都是真话。萨伦再也没有从他口里撬出新的情报。他想本来就是这么多了，只不过需要绝对确认一下——不确认一下太危险了。

有人雇佣了蓝太阳。这个人有足够的钱，还有足够的能量保证蓝太阳只效忠他。这个人足够小心谨慎，采取额外的安保措施，以保证幽灵特工不跟踪进来探究究竟发生了什么事情。萨伦需要知道谁下令袭击了西顿，为什么要袭击西顿。数以十亿计的生命正处于危险当中，如果他能够有一丝丝的机会找到情报打开这只黑盒子，他愿意做的事情何止是再多花几个小时审讯一个雇佣兵？

他的审讯也给自己带来了后果。房间是隔音的，格罗托刺耳的惨叫和哀号一点也跑不出去，萨伦的耳朵都被刺痛了，现在他开始头疼。

下次，他边揉自己的太阳穴边想，*一定要带上耳塞。*

刚才审讯的过程中他已经把格罗托扔到了床上，这样就免得他总是要弯下身子去够躺倒在地上的格罗托。现在格罗托一动不动地面朝天躺着，精神和体力的衰竭让他沉沉睡去，只有轻轻的呼吸。

这里要做的事情已经不多了，不过萨伦还有一个重要的事情要做。他久闻斯卡尔的大名，而且现在也知道了斯卡尔正在赶赴伊莱修姆港。在那里找到他的踪迹应该不是太难。

首先，当然，要把这里的局面收拾一下。逮捕格罗托不是个好的选择——这将会吸引别人的注意力，而且会警告蓝太阳的雇主幽灵特工已经插手此事。如果仅仅需要处理尸体的话，事情就简单得多，而且也安全得多。

萨伦把手轻轻放到了巴塔瑞人的脑袋两边，然后猛地一拧，把他的脑袋拧到了一个 180 度，拧断了他长长的脖子。一次快速而且没有痛苦的死亡。

毕竟，他并不是一个残忍的人。

第十一章

从神堡到伊莱修姆港，安德森与其他三百名订了太空飞船座位的各种族乘客一起，在公共港口下了船。

这里的港口总是熙熙攘攘。银河系中各智慧种群构成了拥挤的大杂烩，有些人到来，有些人离开，而绝大部分人站在长长的蛇形队伍里等待清关及边检。伊莱修姆港的安保工作一向绷得很紧，而且，由于附近的西顿基地遇袭，安全措施提高到了前所未有的高度。

他很理解这种做法。伊莱修姆港的位置得天独厚，几个主要和次级中继站就在这附近的地方，所以这里总是旅游和出差的中转站，联盟可承担不起将之暴露给潜在恐怖袭击的后果。尽管殖民地只有短短五年的历史，但已经是天连边界地区最繁忙的贸易港口。人口大爆炸，现已突破百万——如果你把各个种族的异星人也算进来的话，他们可占这里定居人口的一半之多。不幸的是，这也意味着伊莱修姆港一半的来访者不是人类，而他们要经过更加烦琐的安检流程。

由于安检等级太高，对绝大多数来访者来说，进站和出站都是一个漫长而乏味的历程。即使是人类成员也经常被耽误很长时间——人手总是被抽调走去检查异星游客，这意味着检查联盟公民的人手更少了。

非常幸运的是，安德森的军官证让他享有不去排长队这份特权。联盟边检站的警卫扫描了他的指纹，看了一下他的军官证，然后便举手敬礼，放他过去。

从官方手续上说，他来到这里并不是正式的公干。而只是个来这里短期度假的联盟海军军官。这是个足够可信的身份掩护，避免任何不必要的注意，隐藏起他来访的真正目的。

乔恩·格里斯姆是卡莉·桑德斯的老爸。虽然他们的关系非常疏远，但是格里斯姆仍然很有可能知晓一些事情，这有助于安德森的调查。西顿离伊莱修姆港只有几个小时的路程，有记录表明，桑德斯未经允许离开之后，订了一张来到伊莱修姆的船票。虽然格里斯姆和他的女儿之间已经有十年没有联系了，但是众所周知，联盟最受尊崇的军人已早早退役，隐居在天连边界地区人类最大的殖民地里。

安德森仍然无法搞到足够的线索证明桑德斯是个叛徒。各个事实都凑不出来这个结果。但是安德森知道桑德斯一定与此有关；她的突然消失一定不仅仅是巧合。也许她现在已经昏了头，当事情失去控制的时候她一定惊慌得不知所措。他甚至可以想象桑德斯来到伊莱修姆港的时候是怎样一副模样：惊恐、无助，不知道该去相信谁。无论她与父亲之间的关系已经疏远到何种地步，她最可能去寻求帮助的人一定是格里斯姆。

安德森在酒店寄存了自己的行李，叫了一辆出租车，来到城市边缘这块孤零零的居民区中。他花了好一阵工夫才找到格里斯姆的房子；这一块的地址太不显眼，和藏起来差不多。显然住在这里的人都非常在乎他们的隐私。

下了车，安德森走了很长一段时间的路才到达那栋离大路远得不得了的小小蜗居。安德森不理解格里斯姆远离公众视线的初衷。他敬仰格里斯姆和他的功勋，但是他无法为格里斯姆的避世找到什么合理的理由。一名联盟士兵不应该在联盟需要的时候转过身去。

你到这里来不是给谁下判决的。到门口的时候，安德森这样提醒自己。他按了按门铃，开始等待，不知不觉地以立正的姿势站好。你到这里来只是寻找卡莉·桑德斯的。

过了好几分钟他才听到那边有人过来，一边走还一边发着牢骚。又过了一会儿门开了，曾经满身荣誉的联盟少将乔恩·格里斯姆就真真切切地站在他的面前。

安德森本来已经准备好马上行一个军礼，但是拜格里斯姆的欢迎规格所赐，安德森的手刚抬起就放下了。他面前的这个老人穿着有花纹的睡衣，拖拉着一双拖鞋，头发又长又未梳理，至少三天没剃的灰白胡渣遮住了大部分脸。他的眼光强硬冷漠，一直板着脸，似乎根本不打算换个表情。

“你要干什么?”他问道。

“长官,”安德森回答道,“我是上尉大卫·安德……”

格里斯姆打断了他的话：“我知道你是谁。我们在大角星空间站见过面。”

“是的，长官,”安德森确认道，为这位传奇人物竟然还记得他而感到一丝自豪，“那是在第一次接触战争之前。您还记得我，我深感荣幸。”

“我退役了，但是还没老朽。”虽然只是个玩笑，但是格里斯姆的声音里听不出一点点幽默的味道。

安德森竭力想把当年记忆中那个联盟标识式的格里斯姆与面前这个蓬头垢面的佝偻老人拼成一个完整的形象，不由得半天没有说话，留出尴尬的沉寂。还是格里斯姆打破了沉默。

“你看，孩子，我已经退役了。回去吧，告诉那些牛皮大王们我再也不会因为我们的一个军事基地被袭击而接受什么采访或者演说或者是公开亮相什么的。我已经受够了那些狗屎玩意儿。”

格里斯姆先发制人，打了安德森个措手不及，这也说明对面的老人已有所准备：“您怎么知道西顿被袭击了？”

格里斯姆瞪着他，好像安德森是个傻瓜：“该死的新闻节目里报道铺天盖地。”

“我来这儿不是为了这个事情，”安德森说道，想要掩饰自己的尴尬不安，“我们能在里面聊聊吗？”

“不行。”

“拜托，长官。这是个我不愿意在外面公开说出来让别人听见的事情。”

格里斯姆站在原地一动不动，安德森还是进不去。

上尉意识到花招或者是外交辞令在这里都没有什么作用。是该直言不讳的时候了：“告诉我关于卡莉·桑德斯的事情，长官。”

“谁？”

这个老头儿真厉害。安德森本希望喊出他长久不联系的女儿，也就是唯一的骨肉的名字可以让他有所反应，但是格里斯姆一点吃惊的意思都没有。

“卡莉·桑德斯，”安德森又重复了一遍，这次的喊声显然更响。当然没有其他人会听见他的声音，所有的邻居都住得很远。但是他必须要做些什么事情才能进到门里面去，“您的女儿，她在西顿被袭击之前的几个小时未经许可擅离职守，我们现在视她为联盟的叛徒嫌疑人。”

格里斯姆板着的脸因为仇恨而扭曲起来：“闭嘴，滚进来！”他抱怨道，终于向旁边让开了一步。

进了院子后，安德森跟着这位极不友善的主人来到了那间小小的卧室。房间里有三把软椅，格里斯姆自己坐下，上尉却还尴尬地站着，等着主人请自己坐下。过了一小会儿他意识到格里斯姆是不会发话请自己坐下的，于是自行找了把椅子坐好。

“你是怎么找到卡莉的?”格里斯姆终于发话了，声音漠不关心，好像他们在讨论天气一样。

“这个时代没有什么秘密，”安德森回答道，“我们得知她最后一次现身是在伊莱修姆港。我需要知道她是否来到这里，和您说了些什么。”

“自从我女儿十二岁后我就没有和她说过话了，”格里斯姆回答道，“她的母亲一点也不认为我是个丈夫或者父亲，我甚至没有资格和她争辩。我觉得最好的办法就是从她们的生命中彻底消失。”

“嗨，”格里斯姆突然想起来了什么，“上次我们见面的时候你说你已经结婚了。地球上有个女孩在等着你，是吧?你现在一定还有个老婆。恭喜你。”

他想给安德森一个措手不及，打乱他的思路。格里斯姆知道一名联盟士兵想要维持婚姻是多么艰难，他这个似乎无心提出的问题却是有意向这名不速之客打出的连珠炮。也许他现在看起来是个不具任何威胁，衰朽不堪的老人，但是体内仍然蕴藏无穷的斗魂。

但是安德森不上钩：“长官，我需要您的帮助。您的女儿现在被怀疑是联盟叛徒。这对您来说真的一点也无所谓吗?”

“为什么要有所谓?”他反击道，“我和不认识她没什么区别。”

“我发现你们之间有亲属关系。最后肯定也会有其他的什么人发现你们之间的这一点关系。”

“什么?你以为我现在还在乎我的荣誉?”他嘲笑道，“你以为我会因为不想让世人知道我伟大的格里斯姆有个被怀疑背叛联盟不那么光彩的女儿而帮助你？哈哈，你就是关心这种这类狗屎一样荣誉的人。我他妈的根本就懒得鸟你。”

“我不是这个意思，长官。”安德森回答道，不受他的挑衅，“我跟踪卡莉到了这里。到了您的面前。这就意味着其他人也会用同样办法跟踪过来。我来到这里是因为我想帮助你的女儿。但是跟过来的下一个人——我们知道肯定会有其他什么人跟过来——也许就是为了杀害卡莉。”

格里斯姆身体微倾，伸手扶额，仔细掂量着安德森的话。过了好长一段时间，他终于抬起头来，眼中泪光闪烁。

“她不是叛徒，”格里斯姆低声说道，“她和这件事情一点关系都没有。”

“我相信您，长官。”安德森回答道，他的声音真诚而充满同情，“但不会有其他太多的人也这么相信您。这就是为什么我需要找到她，在不好的事情发生之前找到她。”

格里斯姆什么也没有说。

“我不会让任何不好的事情在她身上发生，”安德森向格里斯姆保证，“我说到做到。”

“她的确来过这里，”格里斯姆深深吸了口气，终于承认，“她说她遇到了麻烦，和西顿发生的事情有关。我没有问她具体发生了什么。我猜……我害怕她对我说出我不愿意知道的真相。”

他再次无力地撑住额头：“她成长的时候我一直不在她的身边，”他喃喃说道，好像马上眼泪就要下来了，“那个时候我不能拒之不理。我亏欠她太多。”

“我理解您，将军。”安德森安抚地拍着将军的肩膀，“但是你得告诉我她到哪儿去了。”

格里斯姆抬起头看着安德森，一脸无助而诚恳：“我告诉了她一个港口里的运输舰舰长的名字。艾尔辛，他是蜘蛛网号的舰长。他总是帮助那些想要从世界上消失的人。她是昨晚走的。”

“她去哪里了?”

“我没有问。艾尔辛负责打理一切细节。你需要和他好好谈谈。”

“他现在在哪里?”

“蜘蛛网号今早出发去终结点恒星系做一笔买卖。他几个星期之内都回不来了。”

“我们不可能等上几个星期,长官。”

格里斯姆站了起来,他现在的身姿比安德森刚刚到来的时候挺拔了很多,好像他的每一块肌肉都在努力回忆其当年自豪立正的标准姿势:“士兵,现在我猜你会立即让你的巡逻舰赶到那里去寻找艾尔辛舰长。他是唯一一个能够让你找到我女儿的人。”

安德森立即也站了起来:“不用担心,将军。我不会让什么意外发生在她身上的。”

他立正敬礼,但是格里斯姆却把头扭到一边去。

“别来这个了。”他又小声说道,带着几分愧意,“我不值得你们这样。再也不值得你们向我敬礼了。”

安德森却向他伸出了自己的手。老人犹豫了一下,然后伸出了自己的手,与安德森的手紧紧握在一起,安德森很吃惊他的手仍然如此有力。

“你是个比以前的我更好的人,安德森。联盟拥有你真是件幸事。”

上尉不知道该说些什么,只是点了点头。格里斯姆带着他来到了前门。

“记得你的承诺,”他说,“别让什么不好的事情发生在我的女儿身上。”

从安保系统的摄像头上，格里斯姆看到安德森离开自己的家门，一直到那个小伙子上了汽车一溜烟离开，他才转过身去，缓步走到自己房子的后面，在卧室后面的一个小门上轻轻敲了一下。

卡莉马上打开门，问道："那人是谁?"

"一个联盟密探，他竟然发现我们之间的亲属关系。我送他去打野鸭子了。两个星期之内他是不会回来找我们的，他要在终结点恒星系寻找我的一个老朋友。"

"你确信他会相信你那一套?"

"他想要知道的我都告诉他了。"格里斯姆脸上露出嘲讽的笑容，"我给了他一个机会，去帮助一个老去的落魄英雄，他确实还记得一些当年的往事。"

"但是我们不必为他担心，"格里斯姆继续道，"除非袭击西顿基地的人找上门来，否则我们不会遇到特别棘手的事情。"

卡莉抓住了自己父亲的手，放在自己的双掌之间轻轻摩挲。"谢谢你，"她看着父亲的手说道，"我是真心的。"

他点了点头，接着又感到不安，直到卡莉松开了手。

"我们再等几天，"格里斯姆转过身去，离开了卡莉的小小房间，"然后我们就想办法离开这个星球。"

一个硕大而阴暗的身影躬下身形，迅速在月光下悄无声息地穿行，来到了格里斯姆的家所在的街区。

只要有必要，斯卡尔可以不弄出任何响动，就算浑身护甲也是如此。护甲会让他的行动稍微慢一些，但是他通常靠力量吃饭，而不是速度。

斯卡尔现在知道格里斯姆是他要找的那个女人的父亲，这位父亲的小屋里没有光亮。当那位巴塔瑞信息掮客告诉他这个闻名遐迩的人族英雄的名字时，斯卡尔免不了有些吃惊。但他的活儿没有变，只是意味着等他完事交工的时候要多死掉一个人而已。

克洛根人不知道卡莉·桑德斯在不在里面，但是就算她本人不在，他的父亲也很可能知道她的下落。斯卡尔非常自信他能让这个人族英雄开口……如果他没有一失手把格里斯姆干掉的话。这就是为什么他轻装上阵，只带了一把手枪和他用起来最称手的格斗刀。

斯卡尔在唯一的门前停留了一下，听听里面是不是有什么响动。他从腰带中抽出了万用仪，用它黑掉并且禁用了安全系统，然后把电子锁打开。他把万用仪装回到自己的腰带，换上手枪拿在手里，轻轻推开门。

他的眼睛仍然在适应黑暗，向前走了一步。这时一发霰弹枪的子弹结结实实打在了他的前胸上。

克洛根人护甲上的反应式动能护盾起了作用，把绝大多数打过来的子弹弹了回去，发出一阵耀眼的蓝光。这次突袭的子弹几乎没有对他造成什么损害。少数通过动能护盾的子弹也在护甲的合金钢板层被挡住，陷在厚厚的深层垫料中。只有几颗子弹穿过了重重防御击中了肌肉。

但是子弹的冲击波还是将克洛根人掀飞起来，手中的手枪也脱手而出，他被震飞到了门外，摔倒在草坪上。

格里斯姆从椅子上弹了起来。自从卡莉来这里的那一天开始他就一直守夜，现在他举着枪，准备再来一下子。刚才他看到不速之客的动力护甲发出了蓝光，明白刚才那一枪的绝大部分能量都被吸收了。但是这一枪打了个正着，护盾的能量也被吸得干干净净，只要再来一枪就搞定了。

斯卡尔倒在地上，从腰带中奋力抽出自己的格斗刀，准确地甩到开枪人的手臂上。格里斯姆正准备扣动霰弹枪扳机的时候格斗刀深深地插入了他的左臂，他向后几步趔趄，松开了手。这一枪没能击中克洛根人的脑袋，只是在他身边留下一个烧焦的大洞。

格里斯姆的手失去了知觉，霰弹枪从手中滑落，而斯卡尔已经站起冲回屋子，格里斯姆还没有来得及用他自己那只完好的手重新抓起枪，恼羞成怒的克洛根人就一挥巨手把枪打落，飞进卧室。他抓起老人，狠狠向墙上砸去，墙上的石灰粉都被震了下来。格里斯姆被扔到地上的时候，格斗刀从胳膊透过，顶了出来，剧烈的冲撞让他喘不过气。巨大的异星人在他头上悚然现身，斯卡尔缓缓转过头，冰冷的爬行动物眼睛死死瞪着他。格里斯姆从来不是软蛋，但是他看见克洛根人充满死亡和黑暗的瞳孔时，恐惧还是紧紧抓住了他的心。

接着格里斯姆就听见了熟悉的三声枪响——联盟列装的哈涅·凯德尔 P15－25 手枪！克洛根人挣扎着抛开他。斯卡尔背后的骨头和肌肉结结实实挨了三下子，但他依旧还能站住。

安德森上尉手里端着枪站在门口。他走进房间，克洛根人转身扑向他的时候又接连开了六枪。他枪口偏下，寻找机会收拾克洛根人的腿。一颗子弹钻进了膝盖，那里是护甲的结合部，没有护甲，只有柔软的垫料连接。

克洛根人愤怒而痛苦地吼叫，倒在了地上，紧紧抱着自己的膝盖。

“再动一下我就朝你的眼睛中间开枪。”安德森警告道，把准星瞄在克洛根人头骨上部突出的骨脊上。

格里斯姆被震住了。用一把手枪击倒一个全身装甲的人类都不是一件容易的事情，更何况是个克洛根人。

“很高兴在这里再次看到你。”格里斯姆终于能够喘一口气，费劲地说出这句话。

“你那天在我面前小小地表演了一把，不过没理由我就会吃你这一套，”安德森回答道，眼睛和手中的枪却一点也没有离开角落里的克洛根人，“自从我离开你的门，就一直盯着这个地方。”

格里斯姆挣扎着站了起来，左手无力地垂下，右手用力按住自己还在流血的伤口。

“你的朋友受伤了。”克洛根人以兽族的特有声调粗哑地说道。

安德森并未因此分散注意力，没有留给克洛根人哪怕一瞬间的机会：“他是个硬汉，能熬过去的。”

克洛根人因为膝盖中枪而不断地流血。他胸前的护甲到处都是弹孔，下层的垫料都已被烧焦损坏。黑色的血液不断从弹孔向外渗出。安德森猜向他背后开的几枪里至少有一枪穿透了他的护甲，给他带来了不少损害。但是他希望看到克洛根人遭到更多的惩罚。

地板上的异星人是个受伤的野兽——愤怒、绝望，不可预知。他粗声喘气，不知是因为疼痛、筋疲力尽或者仅仅是因为愤怒。他野兽一般的脸满是伤疤，却隐藏着强烈的专注。他的肌肉都在收紧，好像准备聚集力量挥出一击。

但是如果他想干什么的话，安德森离他不到三米，会朝他脑袋开枪。就算是一个克洛根人也无法抵挡住这一击。

他听见门开了，一阵脚步声从客厅后面传了过来。“哦，老天爷啊，你受伤了！”一个女人高声叫道。

安德森不会愚蠢地回过头，但是当那个女人的声音传来时，他的眼睛向声音的方向偏了一下。克洛根人也只需要这么长的时间，已经足够。

斯卡尔向前凭空打出一拳，一股滚动的冲击波席卷了整个房间。安德森从来没有被生物异能者攻击过，更何况他的对手是个克洛根人。一瞬间后他意识到发生了什么事情，但已经被旋涡卷起，扔到了起居室，摔倒在地。就像有人突然间倒转了他身边人造引力空间的极性：一股突如其来，无可逃避，无可抗拒的力量。

他一时间动弹不得，没法从地上抓起手枪，也没有时间去拿近在咫尺的霰弹枪。而克洛根人虽然受了伤，却已经重新站起来，大步走到他身边，一拳向安德森的头上砸下去。这一拳带着愤恨，足以击碎安德森的天灵盖。安德森一缩身向旁边一滚，躲开了这一重击。拳头结结实实落在了卧室的桌子上，桌子立即四分五裂，化为齑粉。

一切都混乱不堪。格里斯姆让卡莉赶快跑开逃命，而卡莉朝安德森尖叫让他捡起枪。克洛根人愤怒地吼叫，抓起房间里的家具不断向安德森砸过去，家具就像用软木做的一样在他手里被扯成几瓣。克洛根人在房间里不断追着安德森，安德森也只有躲避之力，四处闪躲着逃命。若不是斯卡尔因为膝部受伤步履蹒跚，安德森早已经命丧斯卡尔拳下。

安德森眼角余光一扫，看见卡莉一片混乱中向卧室跑去，竭力想要拿到霰弹枪。克洛根人也看见了卡莉，脚下生风一般向卡莉疾奔过去。如果不是这时另外一颗子弹撕开了他背后的护甲钻进了他的身体，斯卡尔已经把卡莉干掉了。这一枪打得斯卡尔失去了平衡，向卡莉挥出的那一击也没有打正方向。

安德森转过头去，看见一个突锐人站在几分钟之前自己站着的门口，不断朝克洛根人开火。上尉不知道这个人是谁，又为什么来到这里……他只是很高兴有人能够站在他这一边。

克洛根人立即蹲下蜷成一团，把唯一没有护甲保护的头部埋在护甲里，绝大多数子弹都在装甲上弹飞了。他回头看了看突锐人，然后瞅准机会撞破玻璃，从卧室的窗户跳出屋子。克洛根人的肩部先落在外面的草丛上，接着就势一滚站了起来。他的行动稍显笨重，由于腿部中了枪，跑起来的姿势稍微有些奇怪。但是安德森看见身躯庞大的克洛根人却仍能以如此飞快的速度逃开，心中兀自吃惊。

突锐人向外跑去，向黑暗中连开几枪，又转身回到屋子里面。

“你为什么不追过去杀了他？”格里斯姆问这位不知名的盟友，他依旧坐在地板上，但已经用浴袍的腰带作为止血带包扎好自己的小臂，血不再从伤口向外汩汩流。

“我可不会只带着这把枪去杀他，”突锐人回答道，举起了自己的手枪，“而且，只有傻瓜才会单挑一个克洛根族生物异能者。”

“我说，格里斯姆将军真正想说的话是，”安德森伸出自己的手说道，“谢谢你救了我们的命。”

突锐人冷冰冰地看着伸过来的手，却不准备去握住它。上尉尴尬地抽回了自己的手。

“我知道他来这儿是为了什么事情，”格里斯姆疼得要命，从牙缝中挤出了这句话，朝安德森的方向点了点头，“你又是怎么回事？”

“我跟踪斯卡尔已经有两天的时间了，”突锐人回答道，“等着他有所行动。”

“跟踪他？”卡莉问道，向自己的父亲走去，查看伤口，“跟踪他干什么？你又是谁？”

“我叫萨伦。我是幽灵特工。现在我需要你们回答一些问题。”

第十二章

安德森和幽灵特工坐在厨房的桌子两边，一言不发地瞪着对方。本来卧室里应该更舒坦一些，但是克洛根人扫荡之后已经没有一把完好的椅子了。

就像所有的突锐族一样，萨伦的脸上是一层厚厚的甲壳。但是萨伦脸上的颜色很淡，就像是骨头一样，所以看起来他就像头盖骨长到了外面。他让安德森想起了原来地球图画中所描绘的开膛手，也就是死亡的化身。

卡莉在后面治疗格里斯姆的伤口。将军曾经表示抗议，但是终因为失血过多，身体软弱无力而告失败。卡莉把他扶上床，让他躺下，在房间的医药柜里翻出了一个军用野战急救包，里面有足够的药物稳定住他的身体，现在她在包扎伤口。

卡莉想把父亲送到医院去，或者至少叫一辆救护车过来，但是幽灵特工强硬地拒绝了："先回答完我的问题才行。"他翻来覆去只说这么一句话。

安德森知道他自己一点也不喜欢萨伦。不管是什么人，利用目标家庭成员的痛苦和灾难作为敲诈的手段，无疑是粗鲁无礼的虐待狂。

"他现在休息。"卡莉从后面出现了，说道，"我给他服用了镇静剂。"

她进到厨房里，本能地坐在了同类安德森旁边。"快点问你的问题，”她催促着说，“这样我就能送老爸去医院了。”

“如果你们合作的话，很快就会结束。”萨伦向她保证，又说了一句，“告诉我关于西顿基地的事情。”

“一次恐怖袭击过后，基地被抹掉了。”安德森抢在卡莉说话之前先这样回答，免得卡莉说出什么岔子漏了嘴。

突锐人瞪着安德森：“少把我当猴儿耍。想要杀死你们三个人的克洛根人是个赏金猎人，叫斯卡尔。我跟踪他已经有两天时间了。”

“他和我们之间有什么关系？”卡莉问道。她的声音听起来清脆无邪，安德森几乎相信她真的对发生了什么事情一无所知。

“下令袭击西顿的人出的钱请他，”萨伦板着脸说道，“他们派他过来的目的是干掉唯一一个西顿袭击的幸存者，也就是你。”

“听起来好像你知道的比我们还多。”安德森回应道。

突锐人凶狠地一拳砸在桌子上，喊道：“他们为什么袭击西顿基地？你在那里负责什么事情？”

“原型技术研发，”安德森还来不及说话，卡莉就抢先答道，“为了联盟武装研发实验性质的武器。”

萨伦把脑袋偏向一边，迷惑不解：“实验性武器技术？就是这个？”

“你说‘就是这个’是什么意思？”安德森气急败坏地反问道，明显流露出对萨伦的不信任。安德森敏锐地接上了卡莉的谎言，为她加码。

“就凭这个理由，很难相信足够让别人去袭击一个重装把守的联盟基地。”突锐人回答道。

“我们在天连边界地区已经处于战争边缘，”安德森坚持道，“银河系的人都知道我们和巴塔瑞人不和谐。他们为什么就没有理由袭击我们的主要武器研发基地?”

“不,”萨伦干脆地回答道,“绝对不会这么简单。你肯定在隐藏些什么事情。”

之后是长长的沉默,突锐人故意抽出了手枪,摆在桌子上。

“也许你们不了解幽灵特工拥有的权力究竟有多大。”他语带不吉,“法律赋予我权力,我可以在调查中采取任何我认为有必要的措施。”

“你想把我们都杀掉?”卡莉高声喊道,声音中充满难以置信和震惊。

“我遵守两条原则,”萨伦解释道,“第一条是:绝不没有理由就乱杀人。”

“第二条呢?”安德森满腹狐疑地问道。

“如果你要杀什么人,永远都能找出理由。”

“生物异能者。”卡莉突然脱口而出,“我们在找一个办法将人类变为生物异能者。”

突锐人考虑了一下她的解释,接着问道: “结果又如何呢?”

“我们已经非常接近最后的成功了。”卡莉承认道,声音也柔和起来,“我们发现有些人类个体存在潜在的生物异能潜力。绝大部分是儿童。以其他种族生物异能体的标准来衡量,他们的生物异能要弱很多。但是通过增幅器节点和合理的训练,我们仍然有希望看到结果。

“几个星期以前,我们已经在最有希望的几个人身上完成了节点的外科植入手术。他们在袭击中全都死掉了。”

“你知道是谁下令进行了攻击吗?”

卡莉摇了摇头:“应该是巴塔瑞人。袭击发生的时候我不在那儿。”

“那他们为什么现在还在追踪你?”萨伦施加压力。

“我不知道!”卡莉哭喊着，因为愤怒而用力拍在桌面上，“也许他们认为我可以让整个项目重新运行下去。但是他们已经把所有的文件都摧毁了。测试用实验体也都完了，我们所有的研发成果都没有了!”

卡莉把头埋进自己的臂弯，趴在桌子上大哭起来。“现在所有的人都死了!”哭泣中间她断断续续地说，“我所有的朋友，钱博士，所有的人……都死了。”

安德森拍打着卡莉的肩膀安抚她，而突锐人仍无动于衷地坐在一边。过了一会儿他手撑桌子站了起来。

“我会找出是谁下令对西顿进行攻击，”萨伦说道，将自己的手枪放回了腰带，转身向门口走去，“以及为什么他下令袭击西顿。”

幽灵特工在门口又停了一下，回头对他们说:“如果你们对我撒谎，我也会发现的。”

片刻之后，他消失在了夜色之中。

卡莉仍然在哭泣，安德森把她拉近到身边，想要安抚她。她干得非常漂亮，所有的谎言天衣无缝，逼真可信，找不出一丝破绽。但是她的反应并非虚心假意。西顿的人都曾经是她的朋友，但是现在全死光了。

卡莉把头埋在安德森的身上，想要从一名人类身上寻找亲近感和安慰。几分钟后她终于不再向下掉眼泪，轻轻把自己从他身边推开。

“对不起。”她说道，勉强挤出了一丝神经兮兮的笑容，还用手拭去眼角的泪水。

“一切 OK。”安德森回答道，“你的确受了不少苦。”

“现在会怎么样?”她问道，“你会逮捕我吗?”

“起码现在不会。”他承认道，“我的意思是说，前天我和你的父亲谈了一下。我不相信你是个叛徒，但是我需要你告诉我究竟发生了什么事情。当然不是你给突锐人编的那一通鬼话。我需要的是真相。”

卡莉点了点头，抽了下鼻子：“你冒着生命危险救了我们，这么一点微不足道的事情我应当效劳。但是我们能不能先把我爸爸送到医院去?”

“当然可以。”

想要把格里斯姆送到医院里去可不是一件容易的事情。格里斯姆是个大块头，而且卡莉给他服用了镇静剂，他像醉鬼一样东倒西歪。他死沉死沉的，而且还根本不合作。

“别理我。”他抱怨着嘟囔。安德森他们每次想要把格里斯姆拖下床扶他站起来，却总无功而返。

卡莉在床的一边拉着格里斯姆那只完好的胳膊，而安德森在另外一边尴尬地抓着他的腰部和背部，因为不能碰到格里斯姆受了伤的手臂。每次他们想推着格里斯姆坐起来，格里斯姆却总是又倒下去。

女儿想要说服父亲，每次他们想让他站起来的时候，总是说：“我们……嗯……必须……啊……把你……送到医院!”

“已经停止流血了!”他抗议道。由于镇静剂的作用，声音沉重而含糊不清，“让我睡觉。”

“让我们试试别的什么办法。”安德森对卡莉说道，又重新站起身来到卡莉那一边。他坐在床边，背朝着将军，拉起了这位老人的那只完好的胳膊，绕过自己的后背搭到自己的肩膀上。在卡莉的帮助下安德森成功站了起来，以一个消防队员扛人的变形动作承担着格里斯姆的体重。

“把我放下来，你这个混球!”格里斯姆呻吟着说道。

“你的胳膊被刺穿了，而且被一个克洛根族王八蛋往墙上甩打，”安德森说道，向门厅蹒跚走了一步，“需要有个人检查你的伤势。”

“你这个狗娘养的蠢货，”格里斯姆咕哝着说道，“他们会发现卡莉藏在这里的！”

安德森犹豫了一下，向回走了一步，将格里斯姆又重新放回到了床上躺着。

“他是不是太沉了？”卡莉关心他们两个人，问道。

“不重，”安德森因为用力而轻声喘气，“但是他的话很对。我们把他送进医院，你就完了。”

“你这话是什么意思？”

“港口已经因为西顿所发生的袭击而提高了戒备，如果我们带着浑身是伤的联盟传奇将军乔恩·格里斯姆住进医院，安检一定会提到顶级。那样的话我们就更没有办法在不被别人发现的情况下把你送出这颗行星了。

“我相信你是无罪的，卡莉，但是其他人未必会相信你无罪。他们只要一看到你就会把你抓起来。”

“那我就在这个屋子里待着好了，”卡莉说道，“没人知道我在这里。甚至也没有人知道我和他是父女关系。”

“是啊，没错。除了我，除了一个幽灵特工，除了一个克洛根人……就没什么其他人知道了。我们必须要认清楚形势，卡莉。在他们找出你们之间的关系摸到这附近之间，一共才多长的时间？在这之前，没人知道你是谁，没人找你的麻烦。现在你是个叛徒嫌疑人——你的名字和相片在每条新闻里出现了一遍又一遍。”

“记者会把你之前的每一条信息都挖掘出来，你的一切都将曝光。迟早有人会发现真相。”

“我们现在该怎么办?”

格里斯姆提供了答案。“离开这个该死的星球,”他低声说道,“我知道谁可以让你安全通过港口安检。明天早上给他们打个电话就行。”

说完这些话,格里斯姆就转过身去睡着了,呼噜声响了起来——镇静剂总算开始发挥作用了。安德森和卡莉离开了房间,来到了厨房。

“你老爸是个很聪明的人。”安德森说道。

卡莉点了点头,但只说了一句:“你现在饿了没有?如果我们要在这里待到早晨的话,一定要吃些什么东西。”

他们俩在电冰箱里找到了一些面包、冷盘和芥末,还有三十六罐啤酒。卡莉甩给了安德森一罐,说道:“如果你有兴趣再搜搜的话,说不定能找到他藏起来的更带劲的好东西。”

“啤酒就很好了。”安德森回答道,打开了一瓶灌了一口。这是本地酿造的啤酒,之前他从未喝过。他这一口喝下去不少;啤酒很苦,但是没有什么余味,“如果再有三明治就更棒了。”

“这顿饭可不怎么样。”他俩在桌子旁边坐下,卡莉满怀歉意地说道。

“挺好的,”安德森答道,“就是冷面包的味道尝起来有些怪怪的。谁把面包放在冰箱里面呢?”

“我老妈总是这样的。”卡莉回答说,“也许我父母也只有这么一件事情能取得一致。可惜为了维持婚姻,光是把面包放在冰箱里可远远不够。”

之后他们再没说话,一直在吃。吃完了之后安德森主动把盘子都收到水槽中去。他又从冰箱里给两人各取出了一罐啤酒,回到餐桌旁边。

“OK,卡莉,”他说道,将啤酒递给她,“我知道今晚会非常漫长，但是我们必须聊一聊。你准备熬夜了吗？”

她点了点头。

“慢慢来，不着急。”安德森对卡莉说道，“从头开始，你干了些什么，一件一件地告诉我，每个细节我都要知道。”

“我们在西顿基地根本不进行什么生物异能体的研究，”卡莉开始轻声说道，微微一笑，“但是我想可能你已经知道了。”

她笑起来的时候真漂亮，安德森想。“对幽灵特工来说，这是个完美的故事，掩盖住了真相，”安德森朗声说道，“如果他发现我们真正所研究的东西的话……”他没有说下去，想起了人类大使格伊利关于幽灵特工的警告。

萨伦救了他们的命。他现在开始怀疑，如果真的只有干掉这个突锐幽灵特工才能保住人类的绝密的话，自己是否还能够下手。而且，就算自己能够下手，成功的机会又能有几何？

“我看这次你的急智立了大功。”他最后又挤出这么几个字。

这番恭维让卡莉很是受用，继续讲了下去。她的声音随之变得越来越自信，越来越有力量：“西顿只进行一项非常特别的研究项目：研发人工智能。我们都知道这有很大的风险，所以我们有极为严格的安全条例，保证不出什么乱子。”

“两年前我刚到基地的时候，还只是一个低级系统分析师，在钱博士的直接领导之下工作。钱博士对整个项目负责。”

“人们提到钱博士的时候，总是用‘天才’这个词来形容他。”她接着说道，丝毫不准备隐藏自己对他的崇拜，“但他很孤独。他的思想——他的研究，他考虑问题的方式，那个层级远远在我们其他人之上，我们只能勉强跟上他的思维。就像那里的其他绝大多数人一样，钱博士叫我们做什么我们就做什么。有一半的时候，甚至我也不知道自己所做的事情究竟有什么意义。”

“为什么西顿被袭击的时候你不在那里呢？”安德森问道，轻轻地将她的故事推到自己需要的地方去。

“几个月前，我发现钱博士的举动有了一些变化。他在实验室花的时间越来越长，他开始两班倒，几乎不睡觉。但是我发现他似乎有神奇的精力，能量似乎无穷无尽，好像是拼了命在做些什么。”

“他发狂了吗？”

“我不觉得他发狂了。我以前从来没有看到过这种迹象。但是突然之间，我们需要把各种新的硬件集成到系统当中。我们的研究开始完全向另外一个方向转移。我们完全放弃了常规的实验方法，开始应用完全不同的新理论。我们所使用的新原型技术和设计与之前看到的东西都截然不同。”

“开始的时候，我想钱博士是不是取得了什么突破。这个突破点燃了他心中的火焰，这在一开始的时候是极为振奋的。他的激情似乎感染了研究基地的其他人。但是过了一段时间之后，我开始怀疑了。”

“怀疑？”

“很难解释。钱博士有些方面与以往不同了。他变了。我和他一起工作了差不多两年多时间，这不像是他原来的样子。肯定有些不对劲的地方。他不单是工作更加拼命了，他似乎是被什么东西灵魂附体。就像他被……被其他什么人操控了。”

“而且感觉上，好像他在隐藏什么事情。有些秘密他不希望项目中的其他人知晓。以前，如果他需要你做些什么事情，他会不厌其烦地告诉你所有的细节，为什么你的工作非常重要。他会告诉你：你的工作和项目与其他部门有些什么样的联系。尽管他也知道项目的运行非常复杂，就算他去解释每个人都在干些什么，也没有其他人能听懂他的意思。

“但过去的几个月一切都不一样了。他再也不和团队进行交流。他只是不断地下达命令，却再也不解释。这不像是他的作风。所以我开始调查数据库进行数据挖掘。我甚至黑掉了钱博士的机密文件，看看能找到什么结果。”

“你，什么?”安德森震惊了，“我难以相信你竟然……这可能吗?”

“加密和安全算法可是我的专业和特长，”卡莉自豪地说道。接下来她的语调又充满了提防，“你看，我知道这是非法的。我明白自己打破了指挥系统的运作。但是你又不在现场，你不知道钱博士的举动有多古怪。”

“你是怎么发现的?”

“他将研发引到一个完全不同的新方向上。我们的研究现在完全不靠谱了。所有的理论都是新的，所有的设备也都是新的——一切都是为了准备把我们的神经网络系统链接到一个异星设备上!”

“那又怎么样呢?”安德森耸了耸肩，问道，“我们在过去二十年中几乎所有的重要进展都来自普罗仙人的技术设备。而且不光是我们，银河系中的种族若不能与这种异星设备兼容的话，那整个银河系联盟都不会存在。神堡世界的每个种族都会被捆在自己的恒星系统之内。”

“这次不太一样。”她坚持道，“就拿质量效应中继站来说吧，我们对它的了解非常有限。我们知道如何使用质量效应中继站，但是这远远不够，完全不足以试着自己建造一个出来。在西顿我们想要创造一种人工智能，也许会成为我们在银河系中最强大的武器。而钱博士想要在研发中引入一个新的元素，这个元素甚至超出了他本人的理解范围。”

安德森点了点头，回想起大角星学院历史课里教的内容，两个多世纪以前——也就是二十世纪上半叶——臭名昭著的曼哈顿计划。当时大家疯狂地研发原子弹，为了进行试验，项目中的科学家极不明智地将自己暴露在危险级别的大剂量辐射中，还认为这是理所当然的事情。研发过程当中就有两人病故，还有其他许多人因为长时间暴露在辐射当中而导致癌症和其他慢性疾病。

“我们不应该重复以前的错误，”卡莉说道，不想掩饰她心中的失望与不安，“我觉得钱博士应该比我想象的更加明智一些。”

“你准备向上级报告他的举动，是吧？”

卡莉轻轻点了点头。

“你做得对，卡莉。”安德森说道，注意到卡莉脸上闪过一丝不确定的神色。

“很难相信我所有的朋友都死完了。”

安德森可以感觉到她正处于典型的幸存者自我归罪心理状态中。但虽然安德森为卡莉的遭遇感到非常遗憾，他仍然需要更多的情报。

“卡莉……我们仍然必须弄清楚是谁袭击了西顿，为什么要袭击西顿。”

“也许是有人要阻止钱博士。”她轻声说道，“也许我的调查惊动了其他什么人。一些更高级别的人，他们决定永久地抹去这个研究项目。”

“你认为是联盟中的什么人干的？”安德森被卡莉的话吓坏了。

“我不知道到底是怎么回事！”她咆哮道，“我只知道自己太累了，我被吓坏了，一切都结束吧！”

安德森本以为她会失声痛哭，但是卡莉没有。相反，她一直盯着安德森：“所以你还是准备帮我找出谁是幕后真凶？就算是最后证明有联盟高层在后面操纵此事？”

“我站在你的一边。”安德森向她许诺道，“我并不相信联盟有人自导自演了这出戏，但是如果最后证明真的如此，我一定尽力把他揪出来。”

“我也相信你，”她过了一会儿说道，“现在怎么办？”

现在卡莉对安德森已经无所顾忌，安德森对卡莉也一样：“联盟指挥官告诉我说袭击者的目的是掳走钱博士。他们认为钱博士有可能还活着。”

“但是电视上说所有的人都死了！”

“根本没有办法确认这件事情。在场的所有尸体都随着爆炸荡然无存。”

“但是为什么现在袭击西顿基地？”卡莉问道，“研究已经进行了好几年了。”

“也许他们刚刚发现这件事情吧。也许钱博士的研究惊动了什么人。也许与他所发现的异星人造体有什么关联。”

“也许是我迫使他们要有所行动了。”

安德森不会让她这么想。“这不是你的错，”安德森告诉卡莉，身体向她靠了靠，轻轻抓住她的手，“你没有下令袭击西顿，你也没有帮助其他什么人绕过基地的安全保卫系统。”他深深吸了口气，轻声慢慢地说出下面的话，“卡莉，你不用对这件事情负责。”

他放开了她的手，坐了回去：“我现在需要你帮助我找出谁应该对此负责。我们需要知道还有谁了解这个普罗仙人的秘密。”

“不是普罗仙人，”卡莉纠正道，“至少根据钱博士的记录来看不是普罗仙人。”

“那又是谁？阿莎丽人？突锐人？还是巴塔瑞人？”

“不，不是这类人。其实钱博士也不知道究竟是什么人，但是这种技术一定很古老。他认为时间甚至在普罗仙人之前。”

“在普罗仙人之前？”安德森又重复了一遍，想要确认自己没有听错。

“钱博士就是这么想的。”卡莉耸了耸肩膀。

“他是在哪里发现的？现在这个东西又在哪里？”

“我觉得这玩意从来就不在基地。除非钱博士已经准备好把一切都集成到我们的项目中去，否则他是不会把这些东西带进来的。”

“而且在任何地方都有可能。”她承认道，“每隔几个月他就会离开基地一两个星期。我总是想，他肯定是给联盟总部的上级军官汇报项目进展去了。但是又有谁知道他去哪里了呢，又有谁知道他究竟向谁负责呢。”

“肯定有联盟基地以外的人知道这件事情，”安德森提出了自己的想法，“你说钱博士变了，将整个研究带往了另外一个截然不同的方向，还有没有什么其他不在项目中的人有可能注意到什么不对劲的地方呢？”

“我想不……等等！我们做新研究用的计算机硬件！都是由一家位于卡马拉的供应商提供的！”

“卡马拉？你们的供货商是巴塔瑞人？”

“我们从来不和他们直接打交道，”她解释道，说得很快，“神堡理事会世界内所有的可疑硬件订单都会被插上红旗进行追踪，并且对理事会报告。我们的项目之外有数以百计的空壳公司交替用个人订单购买各种组件，这些订单都微不足道，不至于引起什么注意。然后我们在基地中把它们设置好，集成到我们已有的硬件基础构架当中。

“钱博士想要避免神经网络系统中的兼容性问题，所以他要确保每一个组件都来自同一家供应商：达坦制造公司。”

安德森意识到，事情绕来绕去终于有些意思了。考虑到目前人类与巴塔瑞人之间紧张的政治关系，没有人会怀疑一个机密联盟研究中心项目的主设备供应商会来自卡马拉。“如果供货商那边有人注意到我们的购买模式，”卡莉继续说道，“他们也许会发现我们究竟在做些什么。”

“趁着格里斯姆将军还没有让我们在这个世界上消失，”安德森说道，“看来我们有必要造访一下达坦制造公司了。”

第十三章

萨伦穿行于无月的暗夜中，回到了自己的车上。他知道身后屋子里的人类肯定对他隐瞒了些什么。西顿所发生的事情肯定比他们刚才交代的要复杂得多。

作为一名幽灵特工，他有合法的权力使用暴力从任何人身上逼出自己想要的情报，甚至是联盟士兵也不例外。但是拥有一项权力和真正使用一项权力完全是两回事。

伊莱修姆港是人类联盟的地盘。他不知道格里斯姆的邻居们在他们与斯卡尔交火之后有没有向警察当局报案。可能性不是很大——格里斯姆的房子与其他邻居隔得相当远。但是萨伦不能冒这个险。如果当地的联盟当局赶来以后发现一名突锐人正在对他们的联盟军人严刑逼供，恐怕他幽灵特工的身份也帮不上他什么忙。

而且，他们也不是萨伦正在追寻的人。在他的调查当中，人类只是微不足道的一部分。他们也许知道为什么斯卡尔奉命追杀他们，但是萨伦怀疑这几个人类到底知不知道究竟是谁派斯卡尔来追杀他们。

克洛根人才是关键所在。

萨伦毫不费力地跟着他来到了伊莱修姆，如今只需要再次跟踪他就行了。边界地区在神堡世界内是出了名的鱼龙混杂之地，但即便如此，也不可能无影无踪地在几个星球之间穿梭而不引起其他人的注意。从技术上来说，小型穿梭机可以在任何适宜居住的星球上着陆，但是所有已经建立起殖民地的星球都会对那些不在指定港口降落的飞船加以特别的关照。如果他们没有在半空就把贸然入侵的飞船打个粉碎的话，他们会立即派遣武装人员到场，逮捕非法降落的每一个人……

这意味着斯卡尔一定要通过空港才行。就算他找到了什么办法混过边境检查，在人群中他也很容易被发现。作为幽灵特工，萨伦在边界地区的每个星球里都有自己的耳目，不管赏金猎人下一步现身于何处，他的线人一定会及时通知他。

他也可以签发一张逮捕斯卡尔的通缉令，但是他怀疑克洛根人会不会让他自己活着落到萨伦手里。如果斯卡尔在与当地警局的枪战中被乱枪打死，这也丝毫无助于萨伦找出袭击西顿基地的幕后主使。不能这么干。更好的办法是找到斯卡尔并跟踪他，就像他在伊莱修姆港做的事情一样。最终，克洛根人一定会把自己带到那个幕后主谋面前。

又一次，伊丹·哈达在哈特尔外面那个可恶的仓库里度过自己的夜晚。又一次，他坐在那个硬邦邦的椅子上等着斯卡尔到来。又一次，他带上了自己的全部保镖：还是上次与斯卡尔见面时的蓝太阳雇佣兵，当然，仅仅是活下来的那些雇佣兵。

但这一次，伊丹知道自己已占据先手。他为赏金猎人开出了优厚的酬金来完成这项任务，但斯卡尔也失败了——卡莉·桑德斯没有死掉。伊丹发誓这一次一定要成为会谈进程的主宰者。

仓库里到处都是板条箱和货柜。仓库后部清出了一块空地以方便伊丹谈生意。这个地方很难听见前面有什么人到来，但是克洛根人出现的时候，特有的脚步声宣告了斯卡尔的到来，不会是其他人。

“这次要保证把他的武器都卸下来，”伊丹命令两名巴塔瑞雇佣兵上前去招呼来访者，“所有的武器，一件不留。”主人想起上次斯卡尔不知道从哪里抽出的匕首时不寒而栗，额外叮嘱。

前面传来了一阵激烈的争吵声，虽然伊丹听不清楚他们具体在说些什么，但却可以清楚听到克洛根人在愤怒地咆哮。一分钟后一名巴塔瑞雇佣兵回来复命。

“克洛根人不肯交出他的武器。”他说道。

“什么?”伊丹吃惊地问道。

“他不肯交出武器。而且全身穿着护甲。”

“如果他不肯缴枪，我就不和他见面。”

“我和他就是这么说的。”雇佣兵回答道，向左偏了偏脑袋以示恳求。

“他只是哈哈大笑。他说自己很乐意走人，而且认为你和他的生意就此玩完。”

伊丹暗暗骂娘。克洛根人已经提前拿到了所有的酬金。通常来说巴塔瑞人不会同意此类条款，但是对于斯卡尔这样有声誉的杀手来说，例外可以为他而开。

“让他带着武器来吧。”伊丹最终缓和了下来。

“这样能行吗?”

“告诉你的人，这次如果他再想玩什么花样就开枪打死他。这次要让赏金猎人乖乖听话。”

雇佣兵笑着跑了过去，这次可算找到了复仇的机会。当雇佣兵再次回来的时候，赏金猎人就跟在他的身边。伊丹以前从未看见过全副武装的克洛根族战斗大师。看起来非常恐怖，就像一辆会呼吸的坦克向他走来。伊丹费了很大的劲才让自己定住不向后退。

斯卡尔的武器并没有提在手里，但是他的护甲上足以开个兵工厂：两边腰侧各挂一把手枪，一把折叠式重型突击步枪和一把大口径霰弹枪斜挎在背上。他的护甲胸部有几个弹孔，弹孔旁洇开已经干涸的血。伤口下面还流有明显的乌黑血渍，染脏了护甲，也无声地告诉了在场的人在伊莱修姆港的战斗有多么激烈。

蓝太阳雇佣兵紧紧盯着他，九支狙击枪口随着他的每一步而移动。克洛根人似乎毫不在意，他只盯着出钱的金主。克洛根人慢慢朝伊丹走去，短短一段路却显得非常遥远，整个仓库内只回荡着斯卡尔沉重的脚步声。伊丹曾经闪过斯卡尔是不是不会停下来的念头——斯卡尔会一直走过来，把伊丹小小的身体踩在脚下，把他碾成肉酱。不过斯卡尔在离他不到一米远的地方停了下来，他的呼吸声变成了愤怒而沉重的喘息。

“你失败了。”伊丹想先声夺人，一上来就尖锐地指责斯卡尔，但是他身处于一个杀人狂魔的阴影之中，所有虚张声势的语调都已经消失得无影无踪。

“你没有告诉我需要对付一名幽灵特工！”斯卡尔回击道。

“一个幽灵特工？”伊丹吃惊地说道，“你确信？”

“我遇到幽灵特工，自己还不知道吗？”斯卡尔咆哮道，“尤其是这个特工，突锐王八蛋！”

伊丹的嘴角垂了下来，感到非常失望，但是什么也没说。这下子糟了。他知道斯卡尔说的是萨伦，这个突锐人是边界地区最棘手的幽灵特工。萨伦有三项特征最出名：一是冷血，二是对理事会的忠诚，三是搞定事情的能力。

“我有个习惯，就是从来不去招惹幽灵特工，”斯卡尔说道，声音又变成了粗哑的声调，“从你请我出马的时候你就知道幽灵特工也卷进来了，你在耍我，巴塔瑞人。”

“如果你敢轻举妄动，我的保镖就会开枪打死你。”伊丹说话的速度很快，强势地威胁斯卡尔，“你也许能杀了我，但是你也没法活着离开这里。”

克洛根人的大脑袋左右转动了一下观察局势，看看全副武装的雇佣兵，掂量了一下自己出手胜算几何。他意识到即使全力以赴也无法获胜，斯卡尔从伊丹面前向后退了一步。

“我觉得我们现在拴在一起了。”他仍然鼻音很重，“但是你付给我的钱要再翻一番。”

伊丹惊奇地眨了眨眼。他可没有想过谈判会变成这个样子。

“你现在所处的位置可没有讨价还价的能力，”伊丹指出这一点，“你根本没有干完活。其实我可以把钱要回来的。或者我现在就可以让手下把你干掉。”

斯卡尔爆发出一阵大笑：“你没错，桑德斯还活着。她现在也许正在和萨伦拉家常，告诉萨伦自己都知道些什么。萨伦还有多长时间就能知道一切都是你干的？萨伦还有多长时间就会赶到卡马拉？”

巴塔瑞人没有回答。

“幽灵特工迟早会找上你门来，”赏金猎人警告道，也说明自己的观点，“一旦他找上来，你唯一活下去的希望就是有我在你身边。”

伊丹的双手紧握，关节隆起。他在分析当前局势。克洛根人说得没错；他比以往更加需要帮助，但他也不愿意承认完全失败。

“很好，”伊丹终于退让了，“我会双倍付给你钱。但是作为代价，你要给我做些事情。”

斯卡尔什么也没有说，只是静静等待巴塔瑞人继续说下去。

“我从来没有在西顿出现过，”伊丹解释道，“桑德斯根本不知道我是何许人也。在西顿的文件也全部都被毁掉了。我与此次袭击的联系只剩下了一个：钱博士在卡马拉的供应商。”

“达坦制造公司，”斯卡尔稍微想了一下，脱口而出。他把所有的线索都拼在了一起。伊丹再一次对斯卡尔的快速分析能力留下了深刻的印象，“桑德斯知道这家供应商吗？”

“我不能确定，”伊丹承认道，“但是如果桑德斯说了些什么的话，幽灵特工一定会在第一时间赶到那儿。我不希望冒这个风险。”

“那你需要我做些什么？”

“我命令你赶过去，把达坦制造公司从地图上抹掉。把所有的人都杀光，把所有的文件都销毁。把那个地方烧成废墟，什么也别留下。所有的都要清光。”

“你让我回来就是为了这个？”斯卡尔惊讶道，“你脑子进水了吧？萨伦肯定早就让他的人监视我了，他可能已经来到这儿跟上我了，我们一旦对达坦下手，他一个小时之内就能杀过去，你这么干完全就是直接把他领到你自己的供应商那里！”

“也许他已经从桑德斯那里知道了达坦制造公司。”伊丹反击道。这次他拒绝再让步。伊丹已经厌倦了一而再再而三地在这个禽兽面前丢面子。“你可以杀过去，把所有的事情都搞定，然后在萨伦出现之前就消失，”伊丹坚持道，“在他赶到达坦之前，所有的证据都会销毁，而你早就消失得没影了。他在那里什么也找不到。而你必须动作快点。”

“犯错就是像你这样，”赏金猎人说道，“我不喜欢不严密的任务。告诉你的人让他们自己动手，别把我扯进去。”

“这不是一个可以讨论的问题！”伊丹咆哮道，终于发火了，“我雇你去杀一个人，你失败了！我付给你钱，你就要按照我说的去做！”

斯卡尔难以置信地摇了摇头。“你知道为了这个事情让我回到这里来本身就是一个错误。我原本以为你总是非常明智，总是把生意放到个人的感情之前呢。”

“你想错了。”伊丹回答道，不再怒吼。但是他的声音冷得像块冰。这不只是尊严的问题。巴塔瑞文化中把社会等级放在至高无上的位置。他是一个有着高贵身份的人；如果他就此原谅克洛根人，那么无异于承认他们的社会地位是平等的……他不能这么干。

克洛根人又意味深长地扫视了一下仓库里的蓝太阳佣兵，他们的枪还都举着瞄准自己。“达坦戒备森严，”他终于说道，“我们怎么才能混到里面去？”

“里面有一些人从我这里拿钱。”伊丹带着几分矜持暗示道。他终于将斯卡尔逼入到极为不利的角落里。现在他俩在以伊丹的条件谈判。

“你真的认为这些废柴能搞定如此困难的事情？”赏金猎人又问道，寻找脱身的最后机会。

“他们至少牛到把西顿的联盟基地士兵全部干掉。”

“可是他们却把最近的任务搞砸了。”斯卡尔回击道。

“这就是为什么我派你去搞定达坦制造公司。”伊丹回答道，再没有多余的话。

在港口出入境大厅，安德森刷了自己的联盟军官身份证，又在联盟警卫的手持式指纹扫描仪上按下了自己的大拇指印。他和桑德斯两个人过去的时候，年轻的联盟警卫站起来打了一个立正，还扫了一眼计算机屏幕确认读数没有差错。

“长官。”警卫点了点头，将身份证还给了安德森。卡莉将自己的手指放到扫描仪上，把今天早上刚刚购买的假身份证和伪造的身份文件资料光盘交给警卫。安德森尽量不去屏住呼吸，以免显得紧张得不自然。

格里斯姆早上打完电话之后不到十分钟，伪造这些资料的人竟然就赶过来了。这个小伙子很年轻——安德森猜他连二十岁都没到。他穿着皱巴巴的便服，油腻的黑色长发披在脑后，面色黑黢黢的，胡子留得很长，好像要把整个脸都遮挡起来，而且——他好像一个星期都没有洗澡了。将军没有说这个人是谁，也没有说自己是不是认识他。

“他是职业高手，”将军告诉安德森，“他的速度很快，而且不会让你出什么漏子。”

这个人刚刚到来的时候，看到破碎的窗户和被打成碎块的家具，还有门外草坪上霰弹枪打偏克洛根人而烧出来的大洞，不免有些吃惊。不过他什么也没有问，至少没有提出关于这一片狼藉的问题。

“你需要些什么?”他把自己带过来的箱子放到餐桌上，只问了这一个问题。

“你要想办法把他们送到限制出入的港口装卸区，”格里斯姆回答道，“还要化装一下，另外要为卡莉弄个新的身份证。他们今天就要走人。”

“特快件需要加收费用。”他提示道。

格里斯姆点了点头：“还和以前一样。”

小伙子打开箱子，取出了一大堆很少见到的玩意儿，小工具，小装备，一个个奇形怪状，这些工具的具体用处安德森猜都没法猜。小伙子花了半个小时用这些玩意制作出了一个身份证，屏幕上显示出了正确的验证信息。接着他又花了二十分钟进行编码，为卡莉伪造了一个联盟军官身份——苏珊娜·威瑟斯下士。

“这样根本不行，”安德森警告道，“他们的系统里根本没有威瑟斯下士的任何资料。”

“我离开这里二十分钟之后，这里就会有威瑟斯下士的资料了。”小伙子自信地微笑道，“我会在系统里添加威瑟斯下士。然后我会把所有卡莉的数据资料做一个镜像放到她的档案里面，并且阻止系统对卡莉资料的访问。这样他们在扫描指纹的时候屏幕上就会出现威瑟斯，而不是桑德斯。”

“你能访问联盟文件数据库？”安德森难以置信地问道。

“只能访问当地的数据库。所以在你们离开伊莱修姆以后别用这个身份证。”

“我也觉得你们不可能渗透到联盟数据库中间去。”安德森说道。其实他想套一套这个人，看能不能钓出什么信息来。

“你确信我肯定能相信这个家伙吗？”这个年轻人问格里斯姆。

“真好玩，”安德森心里说道，“我和你怀疑的一样啊。”

“至少今天可以，”格里斯姆回答道，“下次你见到他的时候赶快转身，向另外一个方向跑，越远越好。”

“联盟的安全系统非常严密，”小伙子承认道，说话还是不带任何感情，“入侵系统非常麻烦，但没有不可能。”

“你怎么对付系统清理？”卡莉问道。安德森疑惑地看着她，卡莉于是给他解释了一下，“每隔十个小时联盟就会对系统进行一次全面的安全检查扫描，隔离所有进入系统的新数据，这样他们就可以辨别出伪造的数据，并且追踪到数据的源头。”

“我在上传数据之前在数据中加入了一个自回归算法，”年轻人解释道，又吹起了牛皮，“这个东西是我自己弄出来的。在他们进行安全数据扫描之前你的真实数据就会重新归位，而所有威瑟斯下士和伪造的身份验证都会永远消失。他们不可能去追踪一个不存在的数据。”

卡莉赞许地点了点头，年轻人向她挤了挤眼，露出一丝暧昧的笑容，这让安德森有些不舒服。这倒不是吃醋。起码不完全是。现在他要对卡莉负责，而安德森保护卡莉只是出于本能，这很自然。他必须谨慎，而不能太过分。

幸运的是没人注意到他。他们现在的精力都集中在小伙子和他手中的活计身上。“他们也许还有关于你的样貌和体格的信息，”他警告卡莉道，“我们最好把你的外表也化装一下，只是为了保险起见。”

他在卡莉现有的数码照片上做了些修改，用软件把她的头发裁短并加深，把眼睛的颜色也改了，并且把皮肤的颜色改得很深。然后他让卡莉吃下了一些色素药丸。然后用带有颜色的隐形眼镜，染发剂和一双剪子把卡莉化装得像照片上一样。他似乎很满意地在卡莉头上摸来摸去，这让安德森煞是不爽。这家伙染发花了太长的时间，而且在下手剪卡莉的头发之前手指在卡莉头上又找了半天位置。

在他最终剪完卡莉头发的时候，她的皮肤已经和安德森的肤色一样暗了。年轻人站在卡莉面前，把照片举在她的脸旁边，仔细对比照片和真人。“不错。”他满意地说道，不知道是在赞赏自己的工作还是在赞赏卡莉本人。

“你的皮肤明天就会重新亮白起来，”他告诉卡莉，自己站了起来，拿起修改过的联盟身份证，“一定要小心，那时候你和照片就不一样了。”

“应该没事的，”卡莉耸了耸肩，“威瑟斯下士在那个时候也不存在于联盟系统了，对吧?”

他没有回答，只是又向卡莉挤了挤眼，在卡莉接过联盟身份证的时候有意让自己的手指擦过卡莉的手。安德森努力克制着自己才没有给这个混球的脸上来一记重拳。她又不是你老婆。安德森对自己说道。就算你现在帮助她，也不能弥补八年以来不能伴随辛西娅的过错。

说完了也做完了，安德森上尉还是不得不承认这小子的伪装功夫还是很不错的。他曾经接受过判别伪造文件的专门训练，而就算是他也分辨不出这些文件与真家伙有何区别。

现在才是真正的测试：在联盟的港口海关用扫描仪验证指纹的真假。

“没问题了，威瑟斯下士。”警卫扫了一眼屏幕确认信息，将更改过的文件交还给了卡莉，“你们要去的是32号登机口，就在路的那一头。”

“多谢。”卡莉微笑着说道。警卫点了点头，向安德森干脆地敬了一个礼。安德森和卡莉转身离开的时候，他又埋头于自己桌子前面的那一堆文件中。

“回头看看他是不是还在看着我们。”他们稍微走远了一点，到听不见耳语的地方，安德森对卡莉说道。他们还在向32号登机口走过去，不过那当然不是真正的目的地。

卡莉回头扫了一眼，像是从肩上抛过了一个媚眼。如果警卫看到了他们，他也只会认为是自己很有魅力，让这位年轻的美女下士忍不住回头再看他一眼。但是他的注意力完全集中在自己面前的电脑上，飞快地在键盘上敲打，简直就是效率的典范。

“一切正常。”卡莉回答道。

“很好。”安德森说道，快速拉着卡莉闪进了17号登机口。

登机口这里有一艘老式货运飞船，一架载货梯，还有不少非常沉重的货箱。起初这里空无一人，但是货船的那一边很快走出一个矮壮的男人。

“警卫那里没有什么问题吧？”

卡莉摇了摇头。

“你知道我们为什么在这里吗？”安德森问道，并没有去问面前这位姓甚名谁，反正问了也是白问。

“格里斯姆关照的。”

“你怎么认识我老爸的？”卡莉好奇地问道。

他迟疑了一下，说道：“如果他希望你知道的话，也许他会自己告诉你。”他转过身，又说了一句：“我们几个小时之后就出发了，请跟我来。”

货船里绝大部分地方塞满了各种各样的货物。他俩好不容易才找到一个地方可以坐，然后又花了很大的力气才坐下。他们一坐好，那人就立即封好门，留给他们的只有彻底的黑暗。

卡莉就坐在安德森的右边，但是这里一点点光也没有，安德森连她的侧影也无法看清。然而，他能够感觉到她的大腿外侧紧紧贴着自己的腿——这儿没有位置让他们伸展开来。这样的零距离非常危险；自从他和辛西娅分手之后就再也没有碰过女人了。

“我可不会享受接下来的六个小时。”他说道，想用对话来转移自己不合时宜的想法。虽然他已经将声音尽量放得轻柔一些，不过在这黑暗的空间里还是显得异常大声。

“我更担心我们到了卡马拉以后该干些什么，”卡莉悠悠答道，声音空空的，“达坦公司可不会把资料双手奉上。”

“我也在想这个问题，”安德森承认，“我希望在路上能想出些方案。”

“我们有很多时间来想这个问题。”卡莉回答道，“这儿甚至都没有什么地方能让我们躺下来睡个觉。”

过了一会儿她又说了起来，毫无征兆地变换了话题：“我母亲去世之前我向她发誓再也不和父亲说一句话。”

安德森面对这个坦诚的个人话题一时怔住了，但是又马上回过神来：“我想她一定会理解的。”

“你当时一定很震惊，”卡莉继续道，“看见联盟最有名的英雄竟然是那么一副样子。”

“我的确有点吃惊，”他承认道，“我在军校待着的时候，你父亲总是被描绘成一副标准的联盟军人应该代表的形象：勇敢，坚定，自我牺牲，荣誉。他竟然认识这种可以帮我们逃离这个世界的人，的确怪怪的。”

“你非常失望吧?”她问道，“知道伟大的格里斯姆和假文件贩子还有走私犯混在一起?”

“考虑到我们目前的形势，如果我说的确如此，那也太伪君子了。”他开玩笑道。但是卡莉没有笑。

“你一直听说某个人如何如何，于是以为自己对他有所了解，”安德森沉着地说道，“总是很容易把声誉名声与本人混为一谈。只有当你遇到他的时候才能意识到自己其实什么都不知道。”

“没错。”卡莉若有所思地说道。然后他们安静了很长时间没有说话。

第十四章

杰拉在达坦制造公司的人事与财务部门已经工作了四年时间。她是个好雇员：有条有理，一丝不苟，认真仔细——她具备这份职业所应该具有的一切优点。她的年度表现评估得分一直是优或者良。但她正式的岗位描述则是“后勤助理”。她对于这个公司而言不是关键人员。硬件设计工程师在公司的层级里处于最顶端的位置，是他们的发明创造给公司带来了客户。而在生产线上的那些人真正地生产产品。她所要做的工作只是为财产供应商清册上的销售数字记账。

对于那些主管来说，她只不过是个无关紧要的人……而且她的薪水也反映出这一点。杰拉像公司里的其他人一样努力工作，但是她的所得只有那些设计工程师和生产工程师的一点点零头而已。这根本就不公平。所以她在从公司偷窃的时候，并没有罪恶的感觉。

这也不是说她在盗窃公司的关键机密。她从来不去做那些足够大到引起其他人注意的事情。她只是从公司的满满的篮子里面吸出几滴水而已。有时候她会修改采购订单，或者是在供货记录上动动手脚。偶尔她也会故意把文件和目录不经登记就在仓库里面留一个晚上，第二天这些文件就会神秘地消失，仓库里有人负责这桩生意的另一部分。

杰拉不知道谁取走了这些清册，就如同她也不知道盗窃的幕后是谁操控。这就是为什么她喜欢这桩生意。每隔一两个月她就会在办公室接到神秘的电话，她完成工作以后几天一笔钱就会打到她的私人账户上。

今天也没有什么不同，或者至少她是这么想的。她若无其事地走到大厅，尽量让自己平静下来，希望没有其他人注意到自己。但是今天的任务有些奇怪。这次要求她关掉一个安全监视器，并且关掉一个入口的警告代码。肯定是有人想偷偷混进大厅而不被人察觉……而且是大白天混进来。

这是一个愚蠢的冒险。就算他们进来了，也一定会被发现。达坦公司有常规保安巡逻队巡视整个地域，如果他们被抓住的话，他们一定会供出杰拉就是放他们进来的同谋。但是对方提供的价码太诱人了，杰拉不可能拒绝——这次是以前报酬的三倍。最终，贪欲战胜了理智。

她在一个紧急出口处停了下来，就在门上安全摄像头的正下方。她快速扫视了一下周围，看是不是有人看着她，然后取出从工具柜里拿出来的螺丝刀，伸出手把螺丝刀够到监视器的后面，用力一拧，断开监视器的电池。

监视器发出一束火花，吓了杰拉一大跳。她惊叫一声，螺丝刀也掉到了地下，两手直发抖。杰拉急忙弯身从地毯上捡起螺丝刀，看看四周是否有人注意到了她的破坏行为。厅里还是空空的。

她抬头看了看，只见一线白烟从监视器的后面升起，电源灯熄灭了。即使中央警卫室的什么人看这块屏幕，也只会认为这个监视器什么也显示不出来。可是那些警卫在白天几乎就不看显示器。有保安队在巡逻，而且大厅里有很多人，当然没有必要看。只有傻瓜才会在白天的工作时间闯进来。

就算有人注意到这个监视器失灵了也不会在意，因为整栋大楼里还有一百多个监视器，似乎每周都至少会有一两个监视器失灵。一般来说他们会提出一个维护申请，等到下一班到来之后才把监视器修好。杰拉对此很满意，继续走到了安全门前。

她输入了自己的员工密码，解除了警报状态，把门打开了。当然她没有用自己的员工代码。在她的部门工作有个好处，就是可以接触到别人的个人资料。她大概知道大楼里一半人的入门密码。

当墙上面板的灯由红色变成绿色的时候，杰拉的工作就完成了。她现在只要回到办公室，若无其事地做自己的工作就行了。

杰拉回到自己的桌子前面，只是自己做了这件事情之后感觉很坏，罪恶感在滋长，越来越让她不安。大概过了二十分钟，和她在同一个办公室的谢恩娅终于发现有些什么事情很不对劲。

“你怎么样，杰拉？你看起来气色不是很好啊。”

听到另外一个女同事这样问道，杰拉的胃几乎跳出了自己的喉咙。“我……我感觉不是很好，”她回答道，希望自己说的话不要非常有罪恶感，“我觉得自己要吐。”她又说道，站起来冲向卫生间，开始呕吐。

十分钟后杰拉听见枪声响起来的时候，她还蹲在卫生间。

任务非常简单而直接，但是斯卡尔还是不喜欢这项任务。他们花了整整一天的时间才搞定他所需要的一切：炸药，包括他自己在内的三十名佣兵，还有三辆飞行器作为运输工具。

为了公司安全和客户保密的需要，达坦制造公司位置处于哈特尔城郊外一处三英亩的私人领地内。达坦公司离城区越远，斯卡尔完成活计的时间就越紧张。肯定有人在空港看到了他，也许已经有人把他报告给了萨伦；幽灵特工说不定已经在前往卡马拉的路上……每一秒过去，萨伦离卡马拉也越近。

达坦制造公司只有一座大型建筑，既是仓库，也是工厂和办公室。工厂的四周远远地围着一圈铁护栏，还有些“私人领地”“禁止入内”之类的牌子竖在旁边，就像卡马拉的其他地方一样，这些牌子都是用巴塔瑞方言写就的。

不过这些牌子都不会阻止斯卡尔和他的雇佣兵队。飞行器撞向铁护栏，牌子也纷纷倒地。他们从地平线上看见了达坦公司的大楼。雇佣兵把飞行器停在距公司有半公里的地方，徒步向荒凉沙漠中的大楼奔去。他们选择从工厂侧面仓库的装卸货区那边接近，这样就不会引发别人的注意。雇佣兵们顺利到达大楼旁边。

斯卡尔发现后面的安全门没有上锁，大大地松了一口气——伊丹的内部资源奏效了。但是他们还是要采取闪电战，抢在萨伦出现之前杀进去再走人。

就像巴塔瑞举世闻名的社会等级系统一样，群体性偏执在他们的文化中占有重要的地位，达坦公司也没有什么区别。他们不愿意将敏感信息托付给公司外的其他人员，所有的记录和文档都在本地保存。只要工厂付之一炬，所有能够引向伊丹的证据都将荡然无存。

每辆飞行器上面都有十名雇佣兵。斯卡尔在大楼外面留下了八名狙击手，两人一组，分别看管大厦的四个方向。其他人三人一组，分成七个渗透突击小队。

“炸弹将在十五分钟内爆炸。”斯卡尔提醒道。

突击小队快速散开，直扑通往大楼不同地方的各个门厅。他们的目标是在建筑里的不同地方放置早已规划好位置的炸药，然后将整栋大楼轰为一堆废渣。他们一路射杀安全巡逻队，扫射所有视野中的达坦雇员。向大厦之外逃去的员工会被等在外面的狙击手送上路。而所有大厦内的幸存者则会被燃烧弹引发的爆炸化成一缕青烟，或者是活埋。

当狙击手在外面守好位置，突击小队开始在楼房内大肆屠戮的时候，斯卡尔离开了，他要去执行一项特别的任务。伊丹告诉了斯卡尔他在达坦公司联系人的名字、外表和办公室的位置。这个年轻的女人大概也不知道自己在为谁干活，但是巴塔瑞人可不愿意留下什么纰漏。

克洛根人快步穿过门厅，向大厦前部的行政管理办公室走过去。他能听见远处开火的声音，还有巴塔瑞人的惨叫——屠杀已经开始。

几分钟后响起刺耳的警报声。斯卡尔拐了一个弯，两个闻警报声而动的保安几乎撞到了斯卡尔的身上。这两名巴塔瑞守卫看见从走道拐过来的斯卡尔浑身装甲，宛若天神，不由得一怔。斯卡尔抓住机会，把突击步枪柄狠狠地砸在了一名保安的脸上，这名警卫向后翻滚着倒下。斯卡尔同时扑向另外一名警卫。克洛根人庞大的身躯撞飞了那名保安，斯卡尔也就势倒在了地上。两人滚到一起，斯卡尔把突击步枪指在了对手的下巴上，扣动扳机，那人脖子上面什么也没有剩下。

被枪砸倒的那个保安才刚刚站起来，嘴角流着血，眼前一片金星。他也开了枪，但是根本没有瞄准，只在斯卡尔和他同事尸体上方的墙壁上留下了一排弹洞。斯卡尔坐在地上开枪还击，打碎了保安的脚踝，掀开了对手的膝盖。

巴塔瑞人惨叫一声向地上倒去，把枪甩在一边，想用手支撑住自己的身体。他倒地的时候斯卡尔打出另外一梭子子弹，结果了他。

斯卡尔站起来，向伊丹联系人的办公室跑了过去。门是关着的，斯卡尔一脚踹开办公室的门，门的铰链都被踢飞了。一个年轻的巴塔瑞女人正趴在地板上，只有一半身子藏在了桌子下面。当她看到浑身挂满巴塔瑞人内脏的克洛根人出现在她的门口时，止不住地尖叫。

“再见，杰拉。”斯卡尔说道。

“不，求求你！我不……”

她后面的话被打断了，斯卡尔扣动扳机，子弹的呼啸先是淹没了她的声音，然后穿过了她的身体，最后钉在了墙上。

斯卡尔看了看自己的手表。离炸药爆炸还有七分钟的时间。他本来想再搜索一下大厅，看还有什么其他的人没有被杀死的，但是他知道这行不通了。如果那样的话，他就会像自己的祖先一样迷失在嗜血的快感中不能自拔。战斗所带来的狂暴太容易让他身陷于屠杀之中而丧失对时间的把握。而他并不想在炸药爆炸的时候还留在大厦里没有出去。

斯卡尔迅速跑回出口，一路上经过每个门廊的时候，痛苦和恐惧的惨叫声一直在他耳边不断响起，他尽量不理会这些甜美的声音。

杰拉尽力把门外断断续续开枪交火的声音和同事悲惨的嚎叫声挡在外面。她正躲藏在卫生间的通风道里。虽然这里很狭小，但是她居然让自己缩进来了。她只能在脑子里面想象外面的场景，所以无意离开自己的藏身之地。

时间过得太慢，令人心焦。袭击虽然实际只有短短的几分钟，却好像已经持续了好几个小时。杰拉听见卫生间外面的尖叫声，又缩了缩身体，把自己在风道里藏得更深一些。

门被蹬开，两名巴塔瑞人冲了进来，手中的突击步枪向卫生间喷吐火舌。他们向整个房间疯狂扫射，小隔间薄薄的金属门被子弹撕成碎片，陶瓷马桶和水槽还有墙上的水管都被打得粉碎。

幸运的是杰拉躲藏的地方非常高，在一个小隔间的最上面。她踩在马桶上，登上了隔间中间的木板，取下了通风道上面的盖子。然后她先把自己的脚放了进去，一把自己藏好就又把通风道上的盖子放回原位。

从她所处的地方可以非常清楚地看到大破坏的现场，不过她闭上眼睛，用自己的手掌捂住耳朵，想把震耳欲聋的开火声和还击的声音挡在自己的世界外面。直到所有枪声都停下来，她才敢睁开自己的眼睛。

那个人最后扫视了一眼卫生间，卫生间的水管被打爆了，水从管子里喷出，发出很大的声响，把地板变成了一个小小的湖泊。

“这儿没人了。”其中一个人耸了耸肩。

“真糟糕，”另外一个人回答道，“我本来还想我们可以在这儿抓一个女人回去找点乐子呢。”

“忘了这事儿吧，”另外一个人摇了摇头说道，“克洛根人不会让我们这么干的。”

“是伊丹给我们发钱，又不是克洛根人。”他的队友回击道。杰拉立即反应过来他们说的人是谁：伊丹·哈达——卡马拉地区最有钱有势也最臭名昭著的人。

“有本事你当着他的面说去，”第一个人哈哈大笑道，蹲下身来往墙上粘了个什么东西。过了一会他又站了起来，“我们得走了，我们要在两分钟内离开这儿。”

两个人奔向走道门厅，脚步声消失在走道的那一头。杰拉慢慢地从藏身的地方爬出来，想要看看他们在墙上放了些什么东西。那个东西有午餐盒那么大，导线连到四周。就算她没有受过什么军事训练，也能看出来这个东西是炸药。

她停了一下，听听外面是否还有枪声。一切都安静了下来，只能听见炸弹计时器微弱的嘀嘀嘀嘀声音在倒计时。杰拉敲开了风井盖子的活栓，跌到地上。她跑出卫生间，向自己之前打开的安全门那边跑过去。屠杀就是从这扇门开始的。

但是她现在没有工夫考虑这些事情，甚至都没有时间向走廊里同事的尸体看上一眼。她终于跑到了安全门，一把打开了门。门外是两个同事的尸体，每个人的眉心都中了一枪。

杰拉犹豫了一下，害怕自己也遭到同样的命运。但是杀死这两个人的枪手已经离开了，在大楼爆炸之前清理其他大楼之外的人。当她从极度震惊中意识到自己还活着的时候，这个年轻的女人埋头就跑。她只跑离了大楼几步，爆炸就将她身后的世界变成了一片火焰，然后是一阵剧痛，最终归于一片黑暗。

萨伦赶到达坦制造公司的时候，整个厂房已经被夷为平地。快速反应急救队员已经扑灭了熊熊大火，但是现在整个大楼只剩下了几堵墙还没有倒。上面的两层彻底坍塌，一堵墙向内倒去，把建筑里所有的东西都压成齑粉。急救队员正在残渣里紧张搜寻，看起来他们并没有寻找幸存者，只是在搜寻残缺的肢体。

一些新闻记者正远远地拍摄这一片废墟，小心翼翼地不去影响急救队员的工作，只是急切地想要拍下一些废墟有震撼力的镜头。

萨伦把自己的飞行器停在他们的车旁边，爬出来直奔废墟。

“嘿！”一名巴塔瑞急救队员看见他走过来，跑到他面前，大声喝止不让他过来，“你不能待在这儿，这里是禁区。”

萨伦狠狠地瞪着他，亮出了自己的身份证。

“对不起，长官。”巴塔瑞人说道，停了下来，尊敬地偏了偏头，“我不知道你是幽灵特工。”

“有幸存者吗？”萨伦问道。

“只有一个，”他回答道，“一个年轻的女人。房子塌下来的时候她正在外面。冲击波炸断了她的双腿，身体有百分之九十被严重烧伤。现在她在医院接受治疗。爆炸之后她还活着简直是一个奇迹，但是我觉得她最后还是很难抢救回来……”

“带上你的人赶快离开。”萨伦说道，打断了他的话。

“什么？我们不能走！我们还在搜寻幸存者！”

“这里不会再有幸存者了，你的工作已经结束了。”

“那尸体怎么办？我们不能把尸体就晾在这里。”

“尸体到明早也还会在这里。赶快离开，这是一个命令。让那些该死的记者也快滚蛋。”

巴塔瑞人犹豫了一下，很不情愿地同意了。他又偏了一下自己的脑袋，走到自己的队员身边。五分钟后急救车辆和媒体的采访车都离开了，只留下萨伦在废墟中搜寻线索。

“我的天哪，”卡莉倒抽了一口凉气。安德森和她开着飞行器爬升到了可以看见达坦制造公司的位置，卡莉第一眼看见现场就惊叫道，“整个地方都完蛋了！”

尽管废墟上方烟尘漫天，但是卡马拉橘色太阳还是能够发出足够的光亮，他们可以明明白白地看清毁坏的工厂。

“看起来有其他人先到一步。”安德森微微皱了皱眉头。

“营救人员呢？”卡莉问道，“他们现在应该知道情况赶过来了！”

“我也不知道，”安德森承认道。他将飞行器停下来，“有些事情很不对劲，你在这里等着。”

安德森爬出驾驶室，提着枪走向工厂废墟。他压低身形一阵小跑，当他离废墟只有二十米的时候，一颗子弹打在了他身前的地上。

安德森僵住了。他现在完全暴露，四周一片开阔；如果开枪的人想要干掉他，他现在已经死了。这一枪只不过是一个警告。

“放下你的武器，向前走!”前面的废墟里传出一个声音。安德森按照命令做了，把手枪放到地上，两手空空地向前走过去。

面前随后浮现了一个熟悉的突锐人的身影。萨伦从掩体后面站了起来，突击步枪直指着安德森的胸口。

“你来这里干什么?”幽灵特工问道。

“和你一样，”安德森回答道，尽量让自己的声音听起来更自信一些，“想要找出袭击西顿的幕后黑手。”

萨伦轻蔑地哼了一声，但并未放下自己的武器：“你对我撒谎，人类。”他说“人类”这个词的时候，还是带着一丝轻蔑。

安德森什么也没有说。幽灵特工已经一路追到了达坦公司，他应该足够精明地把所有线索都拼到一起。

“人工智能违反了理事会条约，”安德森没有回答，萨伦继续说道，“我将向理事会汇报此事。”

安德森还是一言不发。他感觉萨伦还在挖掘信息。不管这名突锐人在寻找什么情报，安德森一定不能成为那个向他透露信息的人。

“是谁在幕后主使袭击了西顿?”萨伦大声威胁道。他把突击步枪举到眼前，正瞄准了安德森的胸口。

“我不知道。”安德森承认道，身体一动不动。

萨伦朝他的脚下开了一枪。

安德森缩了一下，但是并没有向后退。“我说了我不知道!”他高声喊道，放任自己的愤怒倾泻而出。他几乎已经确定萨伦想杀了他，但他绝对不会因此屈膝求饶。他不会让这个突锐族混蛋蔑视他!

“桑德斯在哪里?”萨伦吼道，又改变了话题。

“在一个安全的地方。”安德森回击道。他绝对不能让这个禽兽靠近卡莉。

“她对你撒谎，”萨伦告诉他，“她所知道的比她告诉你的要多得多。你应该再逼问她。”

“我调查我的，你调查你的。”

“我也许应该集中精力找到她，”他说道，声音中充满了威胁，“如果我找到了，我会审得她把埋藏最深的秘密也说出来。”

安德森感觉自己的肌肉在收紧，但是他不会再说出更多关于卡莉的消息。

看到这名人类不上钩，突锐人再次改变了话题：“你是怎么追到这里来的呢?”

“我已经回答够了问题，”安德森干脆地说道，“如果你想杀了我，那就动手吧。”

突锐人意味深长地看了看四周，注视着远处地平线上的微光。他似乎在考虑什么决定，然后放低了枪口。

“我是一名幽灵特工，是理事会的特派员，”他声明道，声音中的高傲为自己增添了不少力量，“我是正义的仆人，宣誓要保卫银河系。杀了你也没有任何好处，人类。”

再一次，他的语气中藏着对人类的不屑。

萨伦转过身去，大步离开，向远处几乎看不见的小型飞行器径直而去。“如果扒一扒灰会让你感觉好些的话，那就请便。”他头也不回地说道，“你在那里什么也找不到。”

安德森一动不动，直到萨伦登上了自己的飞行器，加速离开。直到萨伦开得无影无踪他才转过身来从地上捡起了自己的手枪。现在已经天黑了，在这里扒灰也没有什么意义。而且他也确实相信突锐人说的话，达坦公司的废墟里也没什么可以找的东西了。

安德森借着夜晚的微光，走了好一会儿才回到自己的飞行器上。

“怎么了？”安德森爬进飞行器后卡莉问道，“我看见你和别人在说些什么。”

“萨伦，”安德森对卡莉说道，“那个突锐幽灵特工。”

“他来这里干什么？”卡莉问道，仅仅是提起萨伦的名字就让她想起了上一次的遭遇。

“寻找证据。”安德森承认道。

“他对你说了些什么？他想把你怎么样？”

安德森迅速考虑了一下是否要对卡莉撒谎。他想是不是要让她感觉轻松一些。但是她本来就参与此事，有权知晓事情的真相。或者至少是知晓绝大部分真相。

“我觉得他刚才一定真的想把我干掉。”

卡莉吓得倒抽了一口凉气。

“我不是特别确定，”他很快又加上一句，“也许我错了。突锐人总是让人捉摸不定。”

“别给我说这些话，”卡莉回答道，“如果你不能确定，根本不会说出这些话来。告诉我究竟发生了什么事情！”

“他想要套一些情报出来，”安德森回答道，“他知道了我们对他撒谎，而且也知道了你们在西顿究竟研究些什么。”

“达坦制造公司可不是因为生产与生物异能有关的设备而

闻名的。”卡莉不得不承认。

“我什么也没有告诉他。他意识到我对他的调查没有什么用的时候，眼里的神情非常复杂。我觉得他在考虑是不是要杀了我。”

“但是他没有。”安德森的话半是陈述，半是疑问。

“他在这里四处看，好像是想找找附近有没有其他的人，然后他就走开了。”

“他想看你是不是一个人到这里来的！”卡莉喊道，得出了与安德森一样的结论，“如果有什么其他人的话，他就不能下手杀了你！”

安德森点了点头。“从法律上来说，幽灵特工有权采取任何他自己认为合适的行动。但是理事会也不容许滥杀无辜。如果他杀了我，其他人把他告上去的话，理事会就会插手此事。”

“如果他杀了一个人类，你真的认为理事会会采取行动？”

“人类的政治影响力比其他种族愿意承认的程度要强大得多，”安德森解释道，“我们已经有了足够的战舰和士兵，任何其他种族决定惹毛我们之前都要三思而行。理事会也必须拉拢我们。如果幽灵特工毫无理由滥杀联盟军官的消息捅了出去，他们一定会干预的。”

“所以现在如何？”

“我们回到城里去。我会在下一个脉冲中向人类大使格伊利汇报此事。”

“为什么？”卡莉问道，“有什么意义？”卡莉声音中暗藏着一丝警告，提醒安德森她目前的身份还是一名联盟的逃犯。

“萨伦已经知道了人类在进行非法的人工智能研究。他一定会向理事会报告。我需要向大使发出警示，让她为由此可能带来的政治后果做好准备。”

“这是当然，”卡莉回答道。她的声音中混杂着安慰和尴尬，“对不起，我以为……”

“我会尽一切努力帮助你的。”安德森告诉卡莉，尽量隐藏她的猜疑对自己造成了多大的伤害，“但是我需要你相信我。”

她伸出自己的手，放在安德森的手上。“我不习惯别人照顾我，”她抱歉地说道，“我的母亲总是在上班，而我的父亲……其实你也知道。我自己照顾自己已经成了习惯。

“但是我知道你为了帮助我冒了多大的风险。你的职业生涯，也许是你的生命。而且我相信你……大卫。”

从来没有人管他叫大卫。除了他的母亲和妻子，没人这么叫他。是前妻了，他自己更正道。安德森短暂地迟疑了一下，差一点就告诉卡莉，萨伦正在集中调查些关于她的事情，但是最后一刻他又把话咽了回去。

他已经被卡莉所深深吸引，他向自己承认。但是他也知道卡莉有着怎样的经历。她娇弱、孤独而恐惧。将萨伦的威胁向她和盘托出只会增加她的不安。尽管这样虽然会更容易让卡莉接受他成为自己的保护人，令二人的关系走得更近，安德森还是不会利用这样的情势。

“我们走吧。”他说道，轻轻地从卡莉的手中抽回了自己的手，驾驶着飞行器向远处散发出微光的城市驶去。

第十五章

萨伦站在医院的床边，低头注视着这个年轻的巴塔瑞女子，她正为自己的生命而挣扎——她的四只眼睛暴露了她的种族——这也是她身上唯一没有被绷带绑住的地方，从头到膝盖都被绷带绑得严严实实，而膝盖以下的部分已经被截肢。她身上插满了各种各样的导线和管子，都连接到旁边的医疗器械上，这些管线维持着她的生命：监视重要的指标；促进重要的体液循环；不断地将药物、抗生素注入她的体内，甚至连呼吸也是靠仪器完成的。

巴塔瑞人的医学水平处于顶尖地位，而且他们的医疗设施在神堡世界内也处在最领先的位置。一般来说她应该得到全天候的监护，但是现在除了她和萨伦，病房里再也没有其他的人。医生和护士将这个巴塔瑞女人的情况向萨伦汇报完毕后就被萨伦赶了出去，而且萨伦把门也锁上了。

“你不能这么干！”责任医师抗议道，“她太虚弱了，这样她活不下去的！”但是到了最后，无论是他还是其他的人，都没有勇气和意愿去正面对抗一名幽灵特工的直接命令。

总的来说，巴塔瑞是一个生命力顽强的种族，但即使是一名克洛根人也很难熬过这名巴塔瑞女人所经历的各种手术。她的双腿现在已经消失不见，显然当时受了重伤；但是萨伦知道比双腿更加严重的伤势在于她的烧伤。她绷带下的皮肤早已烧焦脱落，只有被烧伤的肉和碳化的软组织。位于医院地下室的实验室正在用她自己的基因组织采样重新培养她的皮肤以供嫁接，但至少还需要一个星期的时间才能够重新生长起来。

爆炸一定也震伤了她的内脏器官。爆炸的压力将炙热的空气和有毒的气体逼入了她的喉咙，体内的器官已到了无法救治的地步。现在只有不断嘀嘀作响的机器取代那些她体内已经衰竭的器官系统维持着她的生命。克隆的器官还在生长中，然而，就像准备嫁接的皮肤一样，距离这些器官准备好还有些时日。

从她一开始被挂载到这些医疗器械上起，外科手术带来的不可控制的感染和严重的心脏衰竭就是最致命的威胁。就算她能再活上一个星期，接下来为修补这些损害而进行的一大串手术也不是她现在遭受严重损害的身体所能承受的。

她现在只是静静地休息。医生使用药物让她进入轻度昏迷的状态，这样她自己所有的能量都可以集中治疗自己的伤势。如果此种治疗对她有效的话，她应该在三四天内随着身体情况的好转而清醒过来。

医生们正在等待着她慢慢恢复意识，并在准备将新的肢体移植到她的断腿上。然而，他们采取的这种治疗方式也等于告诉了萨伦病人目前的身体状况。尽管医学进步已经创造了很多奇迹，但是有机生命体依旧脆弱而娇嫩，这个女人活下去的可能性不是很大。

不过萨伦也不需要这个女人活下去。她只是一名达坦制造公司袭击事件的目击证人而已——现在唯一活着的证人。他们已经通过雇员数据系统的交叉参考基因组织确定了她的身份：财务部门的一名基层工作人员。萨伦所想的也只不过是让她回答一个问题。

在他的命令下责任医师很不情愿才交出来兴奋剂。萨伦取出注射器，将针头插入了病人的静脉。这个女人很可能对究竟是谁袭击了达坦制造公司一无所知，更不要说对谁袭击了西顿有什么了解。但是当时在工厂里上班的所有人都已经死掉了，萨伦有一种直觉，她能活下来绝不仅仅是纯粹的运气。也许她得到了一些其他人都得不到的信息，正是这些警告让她存活至今。这就像从很远的地方开枪射击一样，命中的可能性不是很大，但是萨伦愿意冒这个风险。

一台机器开始啸叫起来，萨伦在她体内注射的大剂量兴奋剂开始起作用，她的心率骤然升高。身体先是开始微微抖动，然后开始颤抖，接着随着肌肉僵硬地收缩，她竟然直挺挺地坐了起来。她的眼皮张开了，露出了下面被烧焦的眼球。她想要尖叫，但是烧焦的喉咙和肺部唯一能够发出来的声音就是刺耳的喘息声，她的面部又被呼吸面罩挡着，也听不真切。

她的躯体依然坐着，但身体逐渐开始抽紧，把管子和病床支架晃得直发抖，接着身体又是失控地抽搐。几秒钟后她的精力耗尽，又重新躺回到了床上，大声喘气，已经瞎了的眼睛又重新闭上了。

萨伦趴在她已经被烧焦的耳朵旁，大声说话，以确保她能够听到自己："杰拉？杰拉？如果你能听到我说话，就把头转过来！"一开始杰拉没有什么反应，但是过了一会儿她的头软软地从另一侧转到了这一边。

"我需要知道这是谁干的！"萨伦大声喊道，想要让自己的声音穿过疼痛和药物的阻碍，让她听见，"我只需要他的名字！你明白吗？只要告诉我他的名字就行了！"

他伸手掀开了她的呼吸面罩，这样她就可以说话。杰拉的嘴唇翕动着，但是什么话也说不出来。

"杰拉！"萨伦又高声叫道，"声音大点，杰拉！不要让那个混蛋逍遥法外！是谁把你害成这个样子的？”

杰拉的声音只比耳语稍微大一些，但是萨伦依旧听得清清楚楚，“伊丹。伊丹·哈达。”

萨伦得到了满意的答案，为她重新戴上氧气面罩，又从他的衣服口袋里抽出了第二支注射器。这一针会让杰拉重新陷入昏迷状态，让她重新有一个为生存而搏斗下去的机会。

萨伦在注射之前犹豫了一下。作为一名幽灵特工，他太了解杰拉刚才说出来的人是个什么样子了。伊丹是个冷酷无情的商人，黑白两道通吃的巴塔瑞人，但总是小心翼翼地不让自己卷到任何可能引起理事会或者其特工注意的事件里面去。他以前对人工智能的研究也从来没有展露出任何兴趣。

萨伦的思绪被床上杰拉咳嗽和干呕的声音打断了。她口中咳嗽出来的黑色点点喷到了呼吸面罩上，肺部的血液和脓汁也随着每一次剧烈咳嗽飞溅而出。

萨伦分析，袭击西顿绝对不仅仅是巴塔瑞人的种族主义或者是反人类的恐怖活动，而且也与金钱无关。伊丹有足够多的其他办法赚钱，没有必要去冒让幽灵特工卷进来的风险。这就是事情的奇怪所在，也是萨伦需要着力进一步深入调查的地方。

杰拉的身体开始抽搐，原本嘀嘀作响的机器现在已经发出了持续的尖叫声，而杰拉所有的重要生理指标都已经跌落到了正常阈值以下。萨伦一动不动，看着读数垂直降落却还在考虑自己下一步的行动。

伊丹在卡马拉的首府尤琼附近为自己建造了豪华的府邸，不过萨伦怀疑自己是否能在那里找到他。伊丹是个仔细而谨慎的人，就算他确信没人知道他与西顿事件之间有什么关系，他也会自动销声匿迹一段时间。他知道有人在攻击之后还活着，这只是安全起见。伊丹现在可能在任何地方。

不，萨伦纠正了自己的想法，身边仪器疯狂地响作一团，剧烈的抽搐从杰拉的身体上一波波滚过，也没能让萨伦对此有所反应。伊丹不可能去冒出港清关时留下记录的风险。如果有人有一点点可能知道他与西顿的袭击有什么关系的话，他就不会冒这个风险。这意味着他仍然有可能躲在卡马拉的某个地方。

但是伊丹在这个世界里也还有太多藏身之所。他控制了许多采矿和炼化厂，这个星球的地面到处都是他的工厂。他完全可能在其中一个地方藏身。问题在于如何找出他究竟在哪个工厂里藏身。卡马拉就有数以百计的工厂，一个一个搜索的话至少需要几个月的时间，萨伦可不认为自己有那么充裕的时间。

杰拉还在失控地抽动，她遭受严重损害的身体正忍受着剧痛，绝望地挣扎以寻求一条生路。但她的抽动越来越弱，她的能量正在逐渐耗尽。萨伦只是在手指间转动着可以救杰拉一命的注射器，等杰拉丧命的这段时间里还在考虑伊丹的事情。

显然人类还不知道谁是幕后主使，所以萨伦也没有理由将自己得到的最新情报汇报给理事会，至少现在不会。当然，他只会向理事会汇报西顿基地的非法人工智能研究项目。这将给人类联盟带来更大的麻烦，成为众矢之的，而且还能够将别人的注意力从他自己关于伊丹的调查中转移出去。除非他弄清：到底出于什么动机，使得伊丹甘愿冒这么大风险，来导演西顿事件。否则，他会在报告里对伊丹只字不提。而现在，他要解决的事情是如何找到伊丹。

二十分钟之后，杰拉终于一动不动了。突锐人再一次检查她的身体是否还有生命的迹象，终于确认了仪器告诉他的事实：杰拉已经死了。

直到这时，萨伦才取出了那一支注射器插入了她的静脉——他知道已经不可能再有任何效果。接着他小心翼翼地把空的针管放在病床旁边的小桌子上，所有的人一进来就能看见。

他慢慢走向房门，打开锁，转动门把手。病房外面负责杰拉的医生还在等着，焦急地在门厅里踱来踱去。突锐人在门口出现的时候，他连忙转过脸去。

“我们听见了仪器的声音……”医生说道，声音却逐渐低了下来。

“你是对的，”萨伦告诉他，话里没有任何感情，“杰拉太虚弱了，她没能熬过去。”

第十六章

人类大使格伊利穿过主席团外面青葱的草地，坚定地向远处巍然屹立的神堡塔走去。周围一片宁静，她的步履却迅捷有力。人造阳光投射在中央湖泊中，营造出宁谧的氛围，却无法使她的心情平静下来。从她接到安德森的警告到理事会紧急召见她的通知之间只有不到一个小时，这绝非巧合。他们已经知道了人工智能的研究，而这意味着人类即将付出惨重的代价。

她边走边在脑子里想象各种可能发生的场景，盘算着在面对他们的时候应该如何发言。辩称说自己对此一无所知显然行不通：西顿基地已经被官方承认是人类的研究基地。就算他们相信人类大使宣称不知道西顿的研发宗旨，这也无助于人类整体与西顿基地所进行的非法研究脱离干系。而且这也会显得自己的大使职位有名无实，只不过是个空架子。

深刻忏悔并且向他们道歉也是一种策略，不过她怀疑忏悔和道歉对理事会即将对人类所施加的严厉惩罚而言有什么意义。而且，就像装作不知道此事一样，这也显得自己非常弱势。

到达理事会大厦的时候，格伊利明白自己只有一项选择。她必须主动出击。

一个缩小的质量效应中继站模型雕像耸立在她左边，这个普罗仙人最伟大技术成就的复制品欢迎每一位访问者来到银河系最重要的空间站的核心位置。雕像毫无疑问是艺术上的杰作，但大使无心停下来细细品味。

她走向理事会塔下唯一入口的警卫岗，不耐烦地等待他们确认她的身份，同时非常满意地看到其中的一个人类警卫人员。神堡在关键岗位所雇佣的人类数量似乎每天都在增长，这也进一步证实了在短短几年当中她的种族已经在银河系共同体中占有了一席之地。这更加增强了她自己的信心。乘坐电梯，她从塔的外围直达理事会的会议大厅。

电梯外壁是透明的，整个主席团区域的美景就在她的脚下铺展开。随着电梯越升越高，她甚至能够看见神堡的内环以外的地方。远处是行政公寓区的万家灯火，再远处就是神堡的五条旋臂。

眼前风景极为壮美，但人类大使却尽量不让这美景干扰到自己的思考。神堡的宏阔壮丽在这里得到完全展示并不是巧合。虽然他们没有正式的权力，但理事会的这三个人却代表了银河系文明统治者们所有的意图和决心。与他们面对面的会谈者本身就处在一个卑微的位置，甚至对位高权重的联盟特命全权大使也是如此。而且她也知道，电梯设计得如此之长也是经过仔细规划，想让来访者在进入理事会会议大厅之前就有一种压迫感，从而心生敬畏。

电梯减速的时候，她的胃部突然有些不适的感觉，不过又很快消失了。也许是因为神经有些紧张。顶层到了，电梯门打开，她走入长长的门道，这也是理事会大会堂的门厅。

门厅另一边是通向大会堂的楼梯，两边还各有不少窄些的走道通往其他厅。六名荣誉警卫——两名突锐人。两名阿莎丽人和两名塞拉睿人分别代表理事会中各自的种族——在两边笔直地立正站好。大使经过他们的时候好像他们根本就不存在；他们站在这里只是为了装点环境，构建出庄严肃穆的气氛。

她一次向上走一个台阶，每登上一个台阶，墙壁的遮挡就愈少，理事会大会堂的壮观与荣耀逐渐展示在她的面前。大会堂仿照地球上人类的罗马大剧场建造，布局呈一个大大的椭圆形，每一边均有数千席位让观众就座。两边的地面上均建有高出地面一块的平台，平台全部用与空间站相同的坚固材料建造。大使正在攀登的楼梯通往其中一个平台的顶部，这个平台名为请愿者平台，她在这里可以通过宏伟的大厅看到对面的平台，理事会将坐在那里听证她的案子。

当大使走到请愿者平台上坐到自己的听证席时，发现观众席上空无一人，这让她松了一口气。虽然理事会的决定会向世界公开，但很显然，理事会希望与联盟进行的会谈保持秘密的状态。这也更加坚定了她的决心：本来她还有些害怕会谈会变成一场壮观的公众秀，这样她就没有机会为人类的行动辩护了。

另一端的平台上，理事会的议员已经就座。阿莎丽族参议员坐在中间，直接面对人类大使格伊利。阿莎丽人的左边，也就是格伊利的右边，是突锐族参议员。阿莎丽人的右边是塞拉睿人的代表。他们每个人的上方都有一个五米高的全体投影仪显示出他们的上半身，这样虽然对方隔得很远，也能看清楚每个人的举动和反应。

“我们在这里不用再装蒜了，”突锐人抛却一切官方的客套话，首先开腔，“我们的一名幽灵特工，向我们报告人类正在天连边界地区的某处设施内进行非法的人工智能研究。”

“那一处设施不久前已经被摧毁了，”格伊利提醒道，想要激起他们的同情心，“数十人在未经警告的袭击中丧生。”

“我们在这里不是为了听这个的，”阿莎丽人冷冷说道，虽然他们的族人说话的时候总是带有充沛的感情，但是这里却听不见，“我们到这里是来讨论西顿基地本身。”

“大使，”塞拉睿人也旁敲侧击，“你一定清楚人工智能的研究意味着对整个银河系共同体的威胁。”

“联盟已经在西顿基地的研究中采取了一切可以想到的安全措施。”格伊利回答道，拒绝就已经发生的事情道歉。

“除了你现在嘴上说说，我们什么也不知道。”突锐人回击道，“而且，你自己已经证明了你们种族是多么不可靠。”

“这并不意味着对你们人类的攻击，”阿莎丽人马上接着说道，想要抚平突锐人话中的锋芒，“人类是银河系社会中的新成员，我们已经最大可能地欢迎你们的到来。”

“就像在第一次接触战争中突锐人血洗‘山西’基地一样？”

“参议院站在人类的立场上介入了这次冲突，”塞拉睿人提醒她，“突锐人的反应正在升级；他们正在调集舰队。如果不是我们调停的话，人类可能要付出数以百万计的生命代价。”

“现在我完全支持理事会对此采取行动，”突锐人意味深长地说道，“我与我种族的其他某些人不一样，我对人类的联盟并无恶意。但是我也不相信你们就会被轻易饶过去。”

“当我们邀请人类成为神堡世界一员的时候，”阿莎丽人分秒不差地就势接过突锐人的话，“你们同意接受理事会法律和条约的约束。”

“你只不过是想把我们人类立成一个靶子，因为我们正在把巴塔瑞人一步步推出边界地区，”格伊利指出，“我知道他们的大使馆已经发出威胁，如果理事会对此不作出制裁的话，他们就退出理事会。”

“我们已经听说了他们的这个照会，”塞拉睿人承认道，“但是我们还没有采取任何行动。边界地区并未有人宣称主权，而理事会的原则是，除非地区性的纠纷与冲突扩展到了整个神堡世界内，否则我们会尽量避免干涉这种地区性的冲突。我们尽力保留每个种族在所有事项上的自治权，除非他们已经对银河系整体构成了威胁。”

“比如说你们进行的人工智能的研究。”突锐人添油加醋。

大使愤怒地摇了摇头：“你们不能天真到以为只有人类在进行这方面的研究！”

“这与天真无关，只是理智让我们认识到了这一点。”阿莎丽人反击道。

“你们人类没有亲眼看到奎利族沦陷于桀斯族之手，”塞拉睿人提醒人类大使，“以任何形式创造出智能生命体系统所带来的危险已经在奎利人的遭遇中得到了最好的展示。人类只不过不能理解他们在冒多大的危险。”

“危险？”格伊利努力不让自己吼起来，只是继续反驳对手的攻击，“唯一的危险就是把脑袋埋到沙子里，装作什么也没有发生！”

“桀斯族还在那里呢，”她继续说道，“合成生命体已经成为现实。创造出真正的人工生命体——也许是创造一整个种族出来——根本就不可避免。也许真正意义上的人工生命体已经被创造出来了，只不过等着我们发现而已。如果我们不在可控的环境下研究合成生命体，到时候我们怎么有希望去对抗他们呢？”

“我们也知道，创造合成生命体天然就存在很大的固有风险，”阿莎丽人说道，“但这并不意味着我们就会直接假定我们与他们之间别无选择，只有走向对抗。这是人类的一种妄想。”

“其他的种族都一直秉承共存共生的基本原则，”塞拉睿人解释道，好像他在给人类大使上课，“我们都能看清团结与协作的力量。而人类，好像一直坚信竞争才是走向繁荣的关键所在。从一个种族整体来说，你们人类总是咄咄逼人，互不相让。”

“每一个种族都在为权势而争斗，”人类大使回击了，“你们三个能坐在这里审判银河系其他人的唯一原因是因为神堡理事会控制着神堡舰队！”

“理事会的所有种族都认定我们的努力对维护银河系的广泛和平具有不可估量的作用，”突锐人愤怒地争辩道，“金钱、战舰，甚至是我们种族公民数以百万计的人力都无偿地为理事会提供服务，只是为了更大的公益所在！”

“理事会的各项决议经常有损我们自己种族的利益，”塞拉睿人提醒人类大使，“你自己也经历过：突锐人在第一次接触战争后被迫向人类联盟作出了巨额补偿，虽然很难说那次战争究竟是人类的过错更多还是突锐人的过错更多。”

“纯理论哲学与实际操作之间的联系非常微妙，”阿莎丽人承认道，小小向后退了一步，“我们也并不否认，无论是单独的个人还是作为一个种族整体的文化，都会寻求拓展他们的领地和影响。但是我们也相信，这种拓展最好怀着互惠互利的理念加以实行：这也就是你们人类所说的，有付出才有收获。”

“这也让我们甘愿为他人而做出自我牺牲，”阿莎丽人总结道，“扪心自问，你是否敢说人类也一样？”

人类大使没有立即回答这个问题。作为人类联盟驻神堡的最高代表，她早已仔细深入研究过星际间政治。她对神堡理事会过去两个世纪内通过的所有法令都了如指掌。虽然理事会的各项决定表面上不偏不倚，实际却总是微妙地偏向他们自己的种族，然而她也承认刚才他们所说的话从本质上来说都是正确的。在银河系这个大尺度上来看，阿莎丽人、塞拉睿人以及突锐人都以良好的自我约束和无私的利他主义而享有良好的声誉。

而这也正是她所奋斗的目标之一。其他种族都能在个别利益以及所有宣誓效忠神堡共同体种族的整体利益间维持精妙的平衡。新的外来文化融入星际间共同体并凝成一体的过程总是一帆风顺，顺利得似乎有些不自然的感觉。她有一种理论，就是这与以普罗仙人技术为基础进行的沟通有某些联系，每一个恒星际中的种族莫不有此共通之处。这也让所有的种族都具有某些共性，能站在一个公认的基础上对话。但是为什么人类的适应与接纳就没有像其他种族那样顺畅呢？

“我们到这儿来不是为了争论政治，”大使最后说道，避开了阿莎丽族参议员的质询。她突然感到筋疲力尽，“你们准备拿西顿怎么办？”揪着这个问题不放没有太大的意义，她无论怎样都不能改变理事会的想法。

“将会有针对人类和联盟的制裁，”突锐人提醒道，“这是一项严重的犯罪，我们的惩罚与犯罪的严重性质相适应。”

也许在人类同化到星际共同体的过程中，这是不可缺少的一个部分，格伊利筋疲力尽地想。这个逐步演进的过程实属必然，最终会将人类联盟带到与对银河系负责的其他种族一样举足轻重的位置上。

“作为制裁措施的一部分，理事会将指定一定数量的代表在天连边界地区监视人类的活动。”塞拉睿人发言了，开始讨论制裁人类的细节。

也许我们从根本上讲就与其他绝大多数种族不太一样，格伊利这样想道，半思索半倾听着理事会的审判。也许我们自身有些不对劲的地方，所以根本不适合银河系共同体。也有一些其他的种族，比方说克洛根人，从根子上就好战且总是充满敌意。最终克洛根人惹毛了银河系的其他种族，并为此付出了惨重的代价，他们的种族被消灭了十之八九，现在成为一个逐渐消亡的流浪种族，难道这也将是人类的命运？

“代表参议院的指定核查人员也将执行对所有联盟设施和殖民地的常规检查，包括地球在内。这是为了确保你们遵守神堡的法律和法规。”

也许我们之间充满了敌意。

当然，人类一直咄咄逼人。更不要说武断、冷酷、坚定等等特质。人类联盟在银河系中间比其他所有的种族都扩展得更快。大使估计，只要再过二三十年的时间，人类联盟就可以在实力上与其他理事会种族一较高下。这样一想，大使豁然开朗。

他们害怕我们！方才笼罩着大使的疲劳与厌倦突然间烟消云散，这一震撼的发现让大使重新精神焕发。他们其实害怕我们！

“不！”大使高声说道，塞拉睿人正在喋喋不休地将对人类的惩罚一条一条地列出来，也被大使的话打断了。

“不？”他迷惑不解地说道，“不什么？”

“我不接受这些条件。”刚才她险些犯下大错。她刚才让这些外星人指挥并扭曲了她的想法，甚至让她开始怀疑自己和自己的种族。但是她现在绝不能再在他们面前卑躬屈膝。她绝不会因为人类按照自己的方式做事就对其他种族道歉。

“这不是一次谈判。”突锐人警告她道。

“这就是你们错误的地方。”她尖刻地笑道。人类已经选择她作为自己种族的代表，自己种族的首领。她的职责就是捍卫人类的权力，地球和殖民地上每一个人，男人、女人以及儿童的权力。他们现在需要她，而她也将为人类而战！

“大使，也许你还没认识到事态的严重性。”阿莎丽人说道。

“你们才是错误地了解事态的人。”格伊利强硬地回击道。

“你们所提出的制裁将削弱人类的实力。联盟不会允许这种事情发生。我也不会允许这种事情发生。”

“你真的认为人类可以对抗理事会吗?”突锐人难以置信地问道,“你真的以为你的人民可以在与我们联军的战争中取得胜利吗?”

“不,”格伊利痛快地承认,“但我们也不会轻易屈服。而且我想你们也不会愿意进行这样一场战争。尤其是和我们作战。你们会付出惨重的代价。如果开战,会损失无数的人命和战舰,我们都会竭力避免这样一场战争。”

“更不要说这对其他的种族也将造成极大的不利影响。我们是天连边界地区和阿提坎走廊的统治力量,联盟的扩张驱动着这些地区的经济发展,联盟的战舰和士兵有助于维持这些地区的秩序。”

大使可以从他们每个人头上的全息投影看到参议员们的表情,她知道自己已经切中了要害。她现在要在参议员们反应过来之前乘胜追击。

“人类对于一半以上的理事会世界内的种族是重要的贸易伙伴,你们自己的种族也包括在内。我们的人口占据了神堡世界的15%以上,而且我们有数以千计的人类成员为神堡警署和神堡控制处工作。我们进入银河系共同体只有短短的不到十年的时间,但是人类对你们已经太重要了——太不可或缺了,所以你们想把我们挤出去!”

大使继续自己的长篇大论,边吐出这些激烈言辞边深深地吸气;在她政治生涯的早期就已练就这项特技。

“我们承认我们犯了一个错误,也将会接受某种形式的惩罚。但是人类也冒了自己的风险。我们将这一领域的研究推向前进。我们就是这样的人。有时候我们走得太远,但是你们仍然没有权利像个过分严厉的家长一样打我们的耳光!”

“人类与其他种族打交道和学习的路途还很漫长。但是你们也要学习如何同人类打交道。你们最好学得快一点，因为我们人类将扎根于这里!”

大使终于停了下来，一股可怕的寂静笼罩了参议院的大会堂。银河系中三个最强大的政府的代表面面相觑，关掉了自己面前的麦克风和投影仪，举行了一个小型的秘密会议。大会堂另一边的格伊利大使没有了放大技术的帮助，无从得知他们的表情如何，或者他们说了些什么，但是显然那边正在激烈地争论。

会议进行了几分钟，他们终于达成了某种协议，又重新打开了麦克风和全息投影仪。

“你对惩罚措施有什么提议吗，大使?”阿莎丽参议员问道。

格伊利不能确定这个问题是否发自内心，或者是一个他们设好引诱她进入的圈套。如果她的提议太轻，他们会无视人类大使的提议而强迫人类接受原来的条件，这就糟透了。

“当然是罚款，”她开始说道，心里盘算着参议院能够接受的最小数额。尽管她不愿意承认，但是她也知道这对于阻止其他种族进行非法的人工智能研究至关重要，“我们同意接受制裁，但是制裁必须特定：限定范围，限定地区，限定时间。我们反对任何单边的原则。我们作为一个社会所取得的进步不可以因为过分严苛的限制而受到损害。我明天将派遣一个联盟谈判专家小组讨论我们各方都可以接受的细节。”

“指定核查联盟行动的检查员怎么办?”塞拉睿人问道。

他现在问了一个问题，是征询意见而不是下达命令。格伊利知道自己已经拿住了他们。他们已经不能再把握局面，显然现在把握局面的人是格伊利。

“不会有什么检查员。就像其他许多种族一样，人类是一个有主权的自治种族。我们不会忍受外来的检查员站在我们肩膀上监视我们的一举一动。”

大使知道这也许会让他们增加针对人类行动的情报活动，但是她对此无能为力。每个种族都向其他的种族派遣间谍，这是政府的本能，也是政治机器不可或缺的一部分。每个人都知道理事会也和其他的种族一样玩间谍和情报收集的游戏。但是让对手增加针对人类联盟的间谍活动与允许官方正式派遣的观察员团队无限制地访问敏感区域相比，简直可以忽略不计。

接下来又是一阵长长的沉默，不过这一次参议员们没有再碰头商议。最后还是阿莎丽人打破了寂静。

“那现在就这样好了。双方的谈判人员将于明天举行会议。参议院的会议到此为止。”

格伊利庄重地点了点头，尽量不流露出什么表情。她刚刚赢得了一场伟大的胜利，对此洋洋自得并无其他的益处。只是在她走下请愿者平台的楼梯，进入电梯回到主席团区域的时候，一丝狡猾而自满的笑容偷偷爬上了她的嘴角。

第十七章

电视新闻里女主播的声音波澜不惊，一成不变，她永远用冰冷的语气播报最新头条新闻的细节。

“除了罚款之外，联盟已经同意因为违反理事会条约而自愿接受数项贸易制裁作为惩罚。这些制裁的主要内容是限制驱动核心和零号元素的生产和采掘。一名知名经济学家已经警告地球上能源的价格可能暴涨20%以上……”

安德森用遥控器关上了电视机。

“这已经算很不错的了，情况本来有可能更加糟糕的。”卡莉说道。

“格伊利是个强硬的谈判专家。”安德森解释道，“但我还是认为这次我们的运气真是不错。”

他们两个坐在哈特尔一家酒店的床边。安德森用自己的名字入住，作为调查活动的一部分，这要让联盟出钱。当然，两个人用一个房间也是形势所迫：他还没有向联盟司令部的任何人提起卡莉，如果他一下子订了两个房间，一定会引起不必要的怀疑……甚至是两张床的房间也会引起怀疑。

“现在怎么办?”卡莉问道，“我们要去哪里?”

安德森耸了耸肩：“老实说，我也不知道。从官方角度看，现在这事已经归幽灵特工管了，但是对于联盟来说，还有很多漏子需要补起来。我们不能就这么走开。”

“漏子？”

“比方说，你就是个漏子。我们还没有任何切实的证据表明你不是一个叛徒。我们需要一些东西来维护你的清誉。而且我们到现在也不知道谁是真正的叛徒，他们又把钱博士带到了哪里。”

“钱博士？你是什么意思？”

“大使坚信钱博士还活着，而且正被关押在某处，”安德森解释道，“大使认为就是因为钱博士，基地才受到袭击。按照她的想法，肯定是有人需要他的知识和专长，这些人宁可杀死无辜的人也要获得钱博士。”

“太疯狂了，”卡莉还是坚持自己的想法，“他发现的外星技术又怎么样了？这才是袭击的真正原因！”

“没有其他人知道这件事情，”安德森提醒她道，“只有你和我才知道此事。”

“我以为你会忽略这个细节呢。”卡莉说道，垂下眼帘。

“我不会不事先和你商量就把这件事情告诉别人。”安德森向她保证道，“如果我告诉他们这条情报，他们就会追问我是从哪里知道的。这样的话我就只好把你牵扯出来了。我觉得我们都不想这样。”

“你的确一切都在为我着想。”卡莉轻声说道。

她一直在压抑着自己，好像很尴尬又很不好意思，这让安德森感觉有些奇怪：“卡莉，怎么了？”

卡莉从床上坐起来，径直走到房间另一边。她停了一下，深深吸了口气，转过身来面对安德森：“有些事情我必须告诉你。”她声音低沉，“我已经想了很久了。自从你告诉我在达坦制造公司遇到萨伦开始。”

安德森什么也没有说，只是点了点头，示意卡莉说下去。

“第一次在我父亲的房子里碰见你的时候，我并不相信你。就算是你把克洛根人打跑的时候，我也不能确定那是你真正相信我还只是为了赢取我的信任，为了让我把关于西顿基地的一切都告诉你。”

安德森几乎张开了嘴，告诉她可以信任自己，但是又很快改变了主意。还是让她自己来判断该不该相信自己吧。

“然后我们去了达坦制造公司，你碰到了萨伦……我知道外面发生了什么，大卫。虽然你没有告诉我。”

“你在说些什么?”安德森抗议道，“我可是什么都告诉你了!”

卡莉摇了摇头：“不是所有的事情你都说了。你说萨伦在考虑是否应该杀了你，可是又改变了主意，因为他害怕旁边还有其他的目击者。但是你从来没有告诉他你是和其他人一起来的，是吧?”

“我没有必要告诉他。是他自己琢磨的。”

“但是如果他自己没有想到这一层，他就会直接杀了你!所以你即使拿自己的生命冒险，也不肯告诉幽灵特工我就在附近。”

“你自己分析得太多了。”安德森不情愿地转移了话题，“直到他离开，我也没有想过要向他说些什么事情。”

“你真不是一个老练的撒谎者，上尉。”卡莉淡淡地笑着说道，“也许因为你是一个好人。”

“你也是一个好人。”安德森向她保证道。

“不，”卡莉摇了摇头，“不是这样的。我不是个好人。也许就是因为这个原因，我可以面不改色地撒谎。”

“你一直在对我撒谎?”安德森脑海中响起了在达坦制造公司的废墟外面萨伦给他的警告。*她对你撒谎，她所知道的比她*

告诉你的要多得多。

“我知道西顿的叛徒是谁。我有证据。而且我知道如何才能找到叛徒效力的那个人。”

安德森感觉好像自己的脸被扇了一巴掌。他不知道究竟是哪一个事实对他伤害更大：是卡莉欺骗了他，还是自己尚茫无头绪的时候萨伦就早已指出这一明显的事实？

“求求你了，”卡莉读懂了他痛苦的表情，求道，“你一定要理解我的想法。”

“我理解。”他轻声说道，“你非常聪明，也很小心。”而我自己只是又蠢又瞎，不知道发生了些什么事情。

离婚对他所造成的创痛一定比他自己想象的还要大。他曾经如此的绝望而孤寂，想象着能在自己和桑德斯之间建立起什么其他特别的关系，而实际上他们所有的共同点只不过是都被卷进一起联盟基地遇袭的事件中。他为了成为一名更加优秀的士兵已经牺牲了自己的一切，包括婚姻。现在他的婚姻已经尘埃落定，而他的个人感情居然又给他的军事任务添了不少乱。辛西娅一定会对此冷嘲热讽。

“我想要告诉你，”卡莉坚持说道，“第一个晚上。你把我们从克洛根人手下救出来之后。格里斯姆告诉我不要说出来。”

“但是你把事情全都告诉他了。”

“他是我父亲！”

你根本都不怎么认识他，安德森想道，虽然根本没有说出来。从逻辑上，他理解卡莉为什么要这么做，但是这并没有让他所受的刺激更少。卡莉在利用他，在他的整个调查活动中都在玩弄他，每次给他一点点信息把他的注意力引开，让他无法得知真相，其实她一直都拥有自己在苦苦探寻的真相！

安德森深长地吸了口气，努力控制住自己的情绪。在这一点上纠缠没有意义，这都已经过去了。完结了。老是想着卡莉如何玩弄他并无助于他完成自己的任务，而且也无助于为那些西顿的死难者复仇。

“那么，谁是叛徒呢?”安德森问道，尽量使自己的声音不包含什么感情色彩。

“钱博士。这不是很明显的事情吗?”

安德森还是感到难以置信：“你是说联盟中最受尊敬、最有威望的科学家之一，背叛了联盟，而且帮助他人杀光了自己亲手挑选的研究队伍？为什么?”

“我已经告诉你了！他害怕上面关闭掉这个研究项目。他一定已经知道我准备揭发他。他唯一能够继续研发他所发现的异星技术的办法就是摧毁西顿基地，然后把所有的脏水都泼到我的头上!”

“你真的认为他会因为这件事情而大开杀戒?”安德森问道，依然充满了怀疑，“为了研究而杀同事?”

“我已经告诉过你他好像被什么东西附体了一样，你还记得吗？似乎什么东西控制了他。他性情大变，精神……不太正常。”

卡莉走了过来，单膝在安德森面前跪下，伸出了自己的手握住安德森的手。

“我知道对你隐瞒这么多以后，再让你相信我这个人的确很难。但是当时钱博士很不稳定，我一定要向上面汇报。”

“我知道我在冒险，”她继续道，“但是一直到我听说西顿基地被摧毁才知道事情变得多么严重！我这才意识到钱博士有多么危险，他已经走了多远！我被吓坏了。”

她的各种反应完全正常，但是安德森却不想听。至少是现在不想听。安德森站了起来，从卡莉的手中抽出了自己的手，走到房间的另外一边去。他也想相信她，但是现在的情况简直难以置信。一个博学而受尊敬的科学家突然变成了禽兽，为了一个异星技术杀光了所有的朋友和同事？

“你说你有证据？”他问道，转过身来面对卡莉。

卡莉抽出了一张小小的磁卡，举了起来：“我已经把他的个人文档作了备份。一旦有什么情况，我可以讨价还价。”她把磁卡扔给了安德森，安德森小心接住，生怕毁坏了磁卡，“把这个东西交给联盟吧，这可以证明我对你说的都是真话。”

“你以前为什么不把这个东西给我？”

“我不知道钱博士是否一个人完成了这件事情。他在联盟里很有地位，很有影响力：司令官、将军、大使、政治家他全部都认识。如果我把光盘交给你，而你又交给他们一伙的人……”她没有说完这句话，“这就是我为什么没有告诉你，大卫。我一定要有十足的把握才可以。”

“为什么现在交给我？发生了什么变化呢？”

“你在联盟里面有自己可以信任的人。而且我现在已经觉得我可以信任你了。”

安德森将磁盘放进自己上衣口袋里，又走到床边坐在她的身边。

“你说你有办法查出来钱博士究竟在和谁一起做这个事情。”

“他在西顿的所有个人文档都存在那张磁盘里。”卡莉回答道，“里面有很多另外的研究笔记。他只记录给自己看。我在逃跑之前来不及破解完成他所有的文档。但是我确信我保存了他所有的财务记录。只要解密之后追踪每一笔交易，上溯到源头，一定可以查出来是谁在后面为这项行动提供资金。”

安德森赞赏地点了点头：“只要跟着资金走就行。”

“正是如此。”

他们坐在床边上，又是一阵沉默。既没有说话，也没有走开。安德森先行动……他站起来，拿起自己的夹克。

“我们要把这些数据提供给格伊利大使。”安德森告诉卡莉，“这可以洗清你的名誉，还可以告诉我们钱博士究竟在为谁效力。”

“然后呢？”卡莉问道，也急急抓起自己的外套，“我们下一步做什么？”

“我去查清究竟是谁策划了对西顿的袭击，但是你不能和我在一起了。”

卡莉停下来，一只手还放在袖子里：“你在说什么？”

卡莉原来不相信自己，这让安德森非常受伤，但这并不是让安德森作出决定的理由。他受伤的感情是他自己的事情，不是卡莉的事情。她所做的一切只是为了在这一团乱麻中活下来，而她做的一切都让安德森无可指责。安德森让自己的个人感情搅了进来，这并不是卡莉的过错。但是现在安德森要确保这种事情不能再次发生了。

“克洛根人仍然在跟踪你，我们必须安排你逃离这颗星球，让你到一个安全的地方去。”

“等一下！”卡莉愤怒地抗议道，“你不能丢下我不管！是我的朋友在袭击中全部丧命！我有权从头到尾看着这件事有个了结！”

“事情会变得很麻烦。”安德森告诉卡莉，“你是联盟的一员，但是我们都知道你并非士兵。如果你还跟我在一起的话，只会让我放慢速度，带来很多麻烦。”

卡莉狠狠瞪着安德森，但是想不出什么话来反驳安德森。

“你该做的事情已经做完了。”安德森又说了一句，拍了拍上衣口袋里面的磁卡，“你的任务结束了，但是我的任务才刚刚开始。”

“这根本就不可接受！”钱抒博士高声吼道。

“这些事情是需要时间的。”伊丹·哈达回答道，希望能够安抚钱博士。他等这次会面已经急不可耐了。

“时间？什么时间？我们什么都没有干！”

“在卡马拉有一名幽灵特工！我们必须要等到他放弃了跟踪，离开之后才能行动！”

“如果他不放弃怎么办?”钱博士问道，声音又提高了八度。

“他会离开的。达坦制造厂和西顿基地都已经被摧毁了，再也没什么证据说明我和这件事情有什么关系了。耐心点，他会离开的。”

“你曾经答应，说我有机会继续我的研究工作！”钱博士意识到幽灵特工的存在使他再也没有理由在这件事情上过多纠缠，“你可从来没有告诉过我，说我要窝在一个孤零零的炼化厂的小房间里面浪费时间！”

巴塔瑞人用一只手揉了揉自己的内眼，想要遏制一下自己挥之不去的头痛。人类从总体上来说非常令人讨厌：作为一个种族，他发现人类总是喋喋不休、粗鲁，而且不懂礼貌。但是和钱博士打交道却是另外一种折磨。

“建造你所需要的设施是项非常困难的任务，”他向板着脸的博士说道，“就算是你，在西顿调试这些设备也用了好几个月的时间，况且这次我们是从头开始。”

“如果你没有摧毁我的实验室，也没有把供应商砸个稀巴烂的话，这根本不是一个问题！”钱博士不满地说道。

实际上，摧毁西顿基地是钱博士的主意。当他发现卡莉·桑德斯失踪以后，他立即联系了伊丹，让他的那些巴塔瑞同伴们马上行动。他甚至提供了西顿建筑的分布图纸和基地的进入密码。

“我们不能让那个幽灵特工拿到达坦制造公司的记录。”伊丹至少已经解释了十次，“而且，还有其他的供应商可以提供设备。就是在现在，我的手下也在加紧为你建造一个新实验室。这个新实验室远离神堡世界，理事会的眼睛看不到那么远。但是我们不能一次就下一个大单子把所有需要的东西都买齐。我们不能引起任何不必要的注意。”

“我们已经吸引了他们的注意!”钱博士说道，又回到了幽灵特工的主题上来。

自从西顿基地袭击以来，钱博士变得极为激动易怒。随着日子一天天过去，他似乎变得越来越敏感、咄咄逼人，以及偏激。一开始伊丹以为可能是背叛了自己所属的人类所带来的罪恶感让钱博士的思想有些扭曲，不过没过多久他就发现真正的原因绝对不是罪恶感。

钱博士似乎已经被那个异星装置所控制，他每天就只关心这个，没日没夜地嘀咕这个事情，好像如果他不能马上开始工作，解开异星装置上的秘密，他就浑身疼痛，不得解脱。

“那个幽灵特工正紧紧盯着我们呢。”博士警告他说，声音放低，仿佛耳语，“他也正在寻找这个东西!”

没有必要点破这个东西究竟是什么。然而，这件异星装置的秘密却几乎不可能被人无意泄漏出去。伊丹的一支深空探险队发现了这个异星装置，而现在探险队依旧在外空等待着伊丹的命令。发现这个异星装置的时候，它还在遥远的英仙座星云附近一个尚未被探明的空间内孤独地旋转。知道位置的人只有他们两个，还有那支小小的探险队。偶然发现这个装置的探险队里有科学家和船员，伊丹在他们发现那个装置以后就让他们一直留在那里，把他们完全隔绝开，断绝与外界的一切联系。

如果伊丹早就知道博士会如此愤怒，他一定会另有行动。事实上，如果冷静看待整个事情，钱博士绝对不是唯一丧失理智的人。在此之前，伊丹为自己定下了一个原则，就是绝对不和人类直接打交道。在建立起自己财富帝国的过程中他犯下了许多罪行，但是没有一件能够引起幽灵特工的追踪。

就从他出发去远征队那儿检视神秘外星装置的一刻起，他做出了很多以往认识他的人认为极不合乎他脾性的举动。不过，这些人只不过是因为不了解这个偶然间发现的东西具有多大的分量，才会觉得他有些失常。

“把那个东西放在外面不太安全，”钱博士接着说道，换了一种恳求的语气，“我们应该把它搬过来，搬到近一点的地方。”

“别发傻了！”伊丹爆发了，“那种尺寸的物体不可能转移到另外一个恒星系统当中！更不要说我们需要动用拖船和那么多船员。一靠近英仙座星云，我们难保不引起桀斯族的注意！你能想象这个东西如果落到了他们的手里，会有多么大的麻烦吗？”

钱博士没有直接回答他的问题，但是也没有闭上自己的嘴。“那就把它放在那里好了，”他说道，语气中充满了嘲讽与同情，“就等着你所谓的专家在那个行星上围着宝贝转圈，想要弄出些成果，而我却在这里无所事事！”

发现异星装置的探险队中有好几名科研人员，此次探险的目的本来也是为了探索未知的普罗仙人技术，以便为伊丹的企业帝国攫取利润。但是探险队中没有人工智能方面的专家，钱博士说得对，这个宝贝超出了探险队科研人员的能力范围。

为了找到有知识和专长的人来为他挖掘异星装置的潜力，伊丹耗费了许多时间和精力。数百万的信用点撒了出去做调查，他最后不得不接受这无法逃避的结论：唯一合适的候选人是个人类。

他不得不放下自己的尊严，让手下伺机小心接触钱博士。他们逢迎博士的职业自豪感和科学好奇心，每次只告诉博士一点点细节，用他们的发现逗弄博士，慢慢将钱博士越拖越深。这种奇特的追求持续了一年多的时间，最后钱博士终于按捺不住，亲自造访了那个恒星系统中的异星装置。

此次造访的结果和伊丹预料的一样。钱博士也弄明白了他们所发现的这件装置的意义。他意识到这绝不仅仅关乎巴塔瑞人或者是人类的利益，这件东西有能力从根本上改变整个银河系，而伊丹将自己完全投入到了挖掘这件装置的潜力上来。

但有时候伊丹也在怀疑自己是否犯了一个错误，比方说今天。

“你的人都是白痴，”钱博士挑明了一个很简单的事实，“你知道他们没有了我什么也干不成。他们连最基本的读数和简单的可观察数据都搞不定，更不要说还经常弄错观察结果。”

巴塔瑞人叹了口气：“这只是暂时的。我们只能等着幽灵特工自己离开。然后你就会有自己想要的一切：不受限制地研究异星装置；在这个世界的表面建立一个研究实验室；所有你需要的资源和助手。”

钱博士一声嘲笑：“哼，你说得倒很轻巧。我需要在这个领域内的专家。足够聪明，能够理解我们在干些什么事情的人才，就像我在西顿的团队一样。”

“你在西顿的团队已经死光了!”伊丹终于失去了控制，发起火来，“是你协助我们杀光了他们，你还记得吗？你把他们变成了青烟和渣子！”

“不是所有的人，”钱博士微笑着说道，“起码还有卡莉·桑德斯。”

伊丹被镇住了，瞠目结舌好一阵子。

“我知道她能做些什么事情，”钱博士坚持道，“我需要她协助这个项目。没有了她，我们可能要耽误好几个月，也许是一年的时间。”

“我们现在是不是要给她发个短信呢？”伊丹讽刺道，“我相信她接到我们邀请的时候一定会激动得发抖，迫不及待地为我们效力。”

“我没有说我们需要邀请她，”钱博士回答道，“把她弄过来就行。我们会找到办法让她乖乖合作的。我知道你有些手下非常擅长说服别人。只是别破坏了她的思考能力就行。”

伊丹点了点头。也许博士没有他所想的那样丧失理智。现在只有一个问题了。

“我们怎么才能找到她呢？”

“我也不知道，”钱博士耸了耸肩膀，“我相信你有办法知道。也许该让克洛根人再去找找她。”

第十八章

在过去的数周中，格伊利大使这是第二次穿过主席团区拜访神堡理事会了。上一次她踏上征途，还是因为理事会由于人类违反了神堡的法律，紧急照会她并且提出质询。而这一次，则是她主动要求约见理事会。

就像以往那样，她经过了中心田园景区波光粼粼的湖面，再一次经过了质量效应中继站的模型。但这一次她进入电梯直升神堡塔顶端的时候，她给自己放了个假，欣赏了一会儿眼前的美景。

上一次拜访这里的时候，她勇敢地迎击理事会，并取得了一场胜利。但是以多年来在外交领域打拼的经验，她也知道展示力量并不是最后达成目标的唯一方法。在整个已经探明的银河系空间内，联盟留给其他种族的印象还是咄咄逼人、不知退让。而她上一次的举动无疑令理事会将这一看法变得更加具体形象。而今天，她要来向理事会展示人类的另外一面。

电梯升到了顶端，她走出电梯厢。经过荣誉仪仗警卫，再次走上步梯，到达了请愿者平台。过了一会儿，参议员们从大厅另外一边的平台上升了起来，安静而又沉稳地走上自己的位子就坐。

阅读其他种族的身体语言是一件非常困难的事情，但是大使一直努力地研习这项技能。从他们僵硬而刻板的动作来看，大使敢说他们料定这次会面和上次一样剑拔弩张。大使在心里笑了笑，他们肯定不会预料到她会怎样准备这次会面。让他们大吃一惊有助于她在谈判中占得先机。

“欢迎欢迎，格伊利大使。”所有的三名参议员已就位，全息投影仪和扩音器打开后，阿莎丽族参议员向大使致意。

“感谢你们同意会见我，各位参议员先生。”格伊利回答道。

“尽管我们上次会面的时候有一些分歧，但是你们仍然是理事会的一员。”突锐族参议员指出，“我们绝不会考虑剥夺你们与理事会会谈的权利，大使。”

格伊利能体会到他的用词和语气中微妙的暗示。他们并不吝惜自己的权力；而且对于小小的纠纷根本不在意。他们表明自己完全公正而不怀偏见。而同意与人类大使会面只不过又一次暗示了参议员种族在道德上比人类高尚，精神上更加文明。

“此次会面的目的何在？”阿莎丽族参议员不动声色地问道。虽然也许在感觉上她比突锐族参议员地位更高，但是格伊利觉得她在隐藏自己真正的感受方面比突锐人更强。

“上一次会面的时候您说人类需要学习互惠共存之类的概念。”格伊利说道，“我今天来到这里，告诉您您的话并没有被我们当做耳边风。”

“那么你准备如何展示你们的诚意呢？”塞拉睿人问道。

“我今天要向理事会献上一份礼物。”

“大使，难道你以为可以用这份礼物收买理事会吗？”突锐人打断了大使的话。

突锐人的反应完全在格伊利预料之中。如果让局势看起来好像是参议院一方在故意刁难，那么他们在会谈结束之前，很可能会对格伊利大使的请求有所退让。

“我无意冒犯诸位，”她道歉的时候心里暗自发笑，“这不是贿赂，而是一份自愿提供的礼物。”

“请继续吧。”阿莎丽人请大使继续说下去。大使发现在这三名参议员当中就属阿莎丽人难以看透。而且，大使在试图操纵她的时候总是觉得心里没底，这绝非巧合。

“我已经知道人类在西顿基地的问题上犯了一个错误，我们对此深表遗憾。为了弥补由此造成的损害，我来到这里向参议院提供基地中所有机密研究文件的副本。”

“这……是一个非常慷慨的礼物。”塞拉睿人迟疑了一下，终于回过神来，“我能否问一下，你们为什么要把这些信息与我们共享?”

“也许我们的研究最终会被证明对银河系极有裨益。也许这将有助于我们与桀斯族建立紧密一些的联系。”

“我原本以为所有的资料都在基地遇袭的时候毁掉了。”突锐人满腹狐疑地说道。

格伊利已经预料到他们会作出这样的反应。他们也许会认为文件是假的，或者敏感的数据已经被删掉，或者是已经经过审查。但是大使知道理事会有能力辨别出数据是否已经过修改，所以在评估过局势后，大使决定将文件完整地交给理事会。除了理事会已经知道的东西，再没有其他的内容可以指控人类的罪行；就算有的话，文件也清晰地说明钱博士在超出官方指定的职权范围之外私自行动，这也多多少少降低了人类的罪责。

“袭击的幸存者卡莉·桑德斯上尉在基地遇袭之前为这些文件作了备份。”

现在钱博士在和巴塔瑞人合作，所以唯一有意义的办法是将钱博士的研究成果向参议院种族的顶尖专家公开。这对双方都有好处，如果巴塔瑞人决定用钱博士的人工智能研究成果对付人类，那么这些专家的意见也许有助于增强人类的防备。而且，审阅这些文件的联盟专家向她保证这些内容还停留在理论范围之内，离投入实际应用还有几年甚至是几十年的时间。

而现在还有更加重要的一点需要大家认识到。

“这份文件提到了在神堡世界边界之外发现了一个异星技术装置。”格伊利提示道。

“什么样的技术装置？”塞拉睿人想弄个明白。

“我们还不知道，”格伊利承认道，“显然，它与人工智能有紧密的联系。但是除此之外，钱博士有意将所有的细节都说得含含糊糊。从他的笔记中判断，很显然他相信那种技术比现在所有种族所掌握研发的技术都要先进许多。”

“是普罗仙人的技术吗？”

“从钱博士的笔记来看，肯定不是。我们对此也知之不多。但是博士的笔记中暗示，它可以用来与桀斯族建立联系。”

“桀斯族？”塞拉睿人赶紧问道，“怎么联系？”

“还不清楚。也许他认为这个装置会让他有办法与桀斯族取得联系，甚至能够控制桀斯族。我们现在手中的情报还不足以作出确定的判断。但是我们相信这个技术给我们带来了法律上的威胁。不仅仅是人类联盟，而是整个银河系。”

“你确信袭击西顿基地的人现在拥有了此项技术？”塞拉睿人问道。

“有这种可能，”格伊利有些迟疑地说出了自己的想法，“看起来此项装置不像是在西顿的样子。钱博士的笔记看起来有些……古怪。”

“你的意思是说他的精神非常不稳定？”阿莎丽人问道。

“我们有证据表明，的确是这样。”

“我们能确定这项技术真的存在吗？”塞拉睿人想弄个清楚，“我们是否只是在追寻一个疯子的错觉？”

“这项技术的确存在，”大使警告塞拉睿人，“我们不能去冒忽视此项发现的风险。”

“我们需要找到应该为袭击西顿基地负责的人，”突锐人同意道，“趁他们还没有用这项技术威胁银河系！”

“你应该从伊丹·哈达着手。他是巴塔瑞人，来自卡马拉。我们派遣调查此事的大卫·安德森上尉确信他就是策动袭击的幕后黑手。我们把文件交给你们之后，你们自己的人也可以从文件中再次确认。”

全息投影仪短暂关闭了一会儿，参议员们开了一个短会商议了一下。

“我们将把此情报通报给调查此事的幽灵特工。”塞拉睿人在商议完后告诉大使。

“参议院非常感谢你将如此重要的情报告诉我们。”阿莎丽参议员说道。

“联盟并无意与参议院发生摩擦。”格伊利解释道，“我们在银河系社会中仍属初来乍到，但是我们非常乐意向各位展示我们人类愿意合作的姿态，并且愿意与其他银河系的种族长期共存下去。”

大使从他们的表情中看出自己已经赢得了他们的认同。现在该决定性的一击了。

“卡莉·桑德斯当时从西顿基地逃了出去，现正藏身于卡马拉。”她继续说道，她知道现在趁热打铁一定能得到他们的同意，“我们有理由相信，只要她还待在那个星球上，她的处境就依然非常危险。

“联盟将非常乐意安排一艘战舰在卡马拉太空港以外的地方降落，把她接到安全的地方。”

“这是一个非常合理的要求。”突锐人考虑了一下后说道，

“联盟可以与巴塔瑞当局达成协议，允许联盟战舰降落。”

“我对参议院还有一个请求。”格伊利大使说道，她在这里使用了谈判中最基本也是最有效的策略之一：先同意小事，再同意大事。让别人在一件小事上作出让步会为谈判确立一个和谐与合作的基调，这样在触及更大的事情的时候，大家都更加容易接受。

“联盟军官安德森上尉揭开了伊丹·哈达的面纱，他为了调查此事，也去到了卡马拉。”

“你希望他也和卡莉一起撤退吗?”塞拉睿人猜测道。

“实际上，我希望他在追踪伊丹·哈达之后能与你们的幽灵特工一起行动。”

“为什么?”阿莎丽人问道。格伊利不能确定阿莎丽人这样问是因为有所怀疑，还是仅仅出于好奇。

“有好几个原因。”大使承认道，“我们认为钱博士还活着。如果他能被抓住的话，我们希望能将他引渡给人类联盟，以便我们对他在袭击西顿基地这一罪行中所应承担的责任进行审判。

“而且我们也将之视为一个安德森上尉学习的绝好机会。幽灵特工久负盛名，他们是理事会的代表，是神堡世界的守护者。与你们的这些精英特工一起共事有助于我们的上尉更好地了解幽灵特工维护星际和平与稳定的方式。”

在继续说下去之前，她犹豫了一下，为下面的话准备更加准确的措辞。她接下来的要求有可能得到适得其反的效果，但这个要求也正好是此次会见的真正目的。而且，参议员们可能已经考虑过这个问题了。

“我也希望你们的幽灵特工根据此次任务中安德森上尉的表现作出评估。如果他表现出色的话，也许他可以被考虑吸纳成为一名幽灵特工。”

“接纳某人成为一名幽灵特工是一个漫长而复杂的过程。”突锐人抗议道，“在他们被考虑成为一名光荣的特工之前，每个人都必须用自己多年的军事或者执法服役经验来证明自己。”

“安德森上尉已经在联盟军中服役了差不多十个年头，”大使向他们保证道，“他出色地完成了N7精英特训项目，在戎马生涯中赢取了无数嘉奖、勋章和殊荣。我可以立即向理事会提交他的服役记录。”

“所有的候选人必须经过严格的甄别与筛选程序，”塞拉睿人解释道，其实提出了自己的抗议，“一般来说，至少包括背景调查，精神与意志评估，以及漫长的导师指导与实战演练。”

“我并没有让诸位现在就接纳他成为一名幽灵特工，”大使澄清道，“我只是请你们批准他在此项任务中与幽灵特工萨伦一起行动，并且根据他在任务中的表现判断他是否拥有相应的潜力。”

“你们种族在银河系中还是初来者。”阿莎丽人告诉大使，在这个问题上，她终于不再继续玩捉迷藏的游戏。尽管在正式的官方文件中，所有种族的成员都可以成为幽灵特工，但是实际上幽灵特工几乎毫无例外地来自这三个理事会种族。

这种偏见也非常好理解：赋予某个种族的某个成员直接向理事会汇报的权利，并且有权在必要的时候自行采取超出银河系法律的行动，这对于这个人所属的种族的认同来说太重要了。允许一名人类的成员成为幽灵特工将向银河系所有的种族传递出这样一个信息，就是人类的地位与理事会种族——阿莎丽族、塞拉睿族和突锐族并无区别。当然，这与现实情况也差得不远，所以大使也有底气推动此事。

“许多种族成为理事会的成员已经有许多个世纪了，却还没有一名幽灵特工选自于他们的种族。”阿莎丽人说道，“如果我们同意你的要求，接纳你们的成员成为幽灵特工，一定会引起这些种族的愤怒。”

“我相信，当年突锐族成为理事会成员并且拥有幽灵特工的时候，这些种族也一样愤怒。”

“那只是例外的情况，”塞拉睿人插嘴道，为突锐族参议员打掩护，“突锐人在平定克洛根叛乱时贡献很大。他们挽救了数以百万计的生命。”

而且他们的舰队有阿莎丽族和塞拉睿族的舰队加起来那么大，格伊利自己在心中为他的话又加上了一句。

大使又接着朗声说道：“上一次我们会面的时候，你告诉我说人类一定要为他人而牺牲自己。我本来可以拿西顿的研究数据和你们在这件事情上讨价还价，但是我最终还是决定让你们为了更大的利益而发自内心地作出决定。现在我向诸位提供我们人类最好的士兵协助终止这个由于我们的不明智而带来的威胁。”

“而我所有要求的回报不过是让安德森上尉成为幽灵特工可能的候选人。”

理事会这一边没有立即回答她的问题。大使意识到因为上次会面时她的举动，参议员们还对她怀有戒意。但是有时候需要决断，有时候又需要默许与退让。她必须向理事会展示人类在界限的两边都有能力活动。

“我在这里并没有提出任何要求，我并没有在这里要求诸位承诺什么，或者同意什么。我相信这次的经验对于安德森上尉和联盟来说都大有裨益。我相信此举也将增强联盟与参议院其他种族的联系。而且我真诚地相信，此举有利于我们人类更好地理解我们对最广泛的银河系共同体所应承担的责任和义务。

“无论如何，如果诸位拒绝了这个要求，我也愿意接受你们的智慧所作出的判断。”

她料定理事会会再次商讨一下她的提议，然而，令她吃惊的是，阿莎丽人向她露出了温暖的笑容。

“你的意思已经表述得非常清楚了，大使。我们同意你的要求。”

“非常感谢您，参议员。”格伊利回答道。意见突然之间被接纳，让她有点措手不及，但是她尽力从这场意外中恢复过来。

“本次理事会会议到此结束。”阿莎丽人说道。参议员们纷纷从座位上起身，消失在自己平台步梯另一端。格伊利转过身来走下长长的请愿者平台步梯，一直皱着眉头。她仔细研究过过去五个世纪以来理事会的所有决议。在每一次决议中他们都能达成一致。如果他们有一些纷争，他们就会开始辩论，直到达成各方都满意的结果。

所以，怎么可能阿莎丽族参议员一个人就可以同意她的请求？

格伊利走到了电梯间，进了电梯，答案终于浮现在她的脑海。他们肯定是在自己提出这个要求之前就已经预料到这个议题。他们一定知道自己想向哪个方向引领此次会晤，而且在她提出伊丹·哈达的时候就在短会中讨论过此事。他们在大使提出要求之前很久就已讨论过。

格伊利大使原本以为就像以往她所经历的谈判一样，自己牢牢控制着整个局势，操纵理事会，将谈判向自己有利的方向引去。上一次大使打了理事会一个措手不及，但是这一次他们有备而来。理事会才是控制局势的人，让大使在他们写好的剧本中像个听话的演员一样走下去，他们早已对结果成竹在胸。只有在这出戏大幕落下的时候，他们才挥了挥手微妙地揭示出真相，而他们也早已知道大使会明白自己的意图。

电梯在不断下降，会面达到了自己最初想要达到的目的，格伊利大使至少可以这样安慰自己。但是她自己从来没有被人操纵过，她不禁开始怀疑自己是否犯了一个错误。

为什么理事会如此急切地同意了她的要求？他们真的认为人类已经为此做好了准备吗？或者，他们只是希望安德森不体面地失败，以此作为借口拒绝人类？

如果没有搞错的话，此次经历让她重新对理事会充满敬意，因为他们也深刻地理解谈判和外交。她一直把自己当做是政坛的学生，而现在她更加明白自己只不过是在大师的脚底下学了些皮毛而已。

他们向大使发出了一个明白无误的信息：他们也知道如何将这场游戏玩下去，丝毫不比你格伊利差。也许以前人类联盟在面对理事会的时候有些微弱的优势，现在已经灰飞烟灭。大使意识到，下一次自己面对理事会的时候，将不得不对自己多作事后检讨。无论谈判准备得多么充分，她自己又是多么谨慎，她自己的潜意识里总是有挥之不去的不安：究竟是她在引导谈判，还是谈判在引导她？

而且，她也完全相信，这正是理事会想要达到的目标。

第十九章

“我们快到了，桑德斯中尉。”司机加大嗓门，努力让自己的声音不被六轮装甲运兵车发动机的轰鸣淹没。车辆在哈特尔外围的沙地中颠簸前行，“离会合地点还有几公里。”

除了司机之外，装甲运兵车里还有其他五名联盟士兵。在她离开这个星球的最后一分钟前都要为卡莉提供最仔细的保护。她和司机坐在前排，其他乘员都挤在后面。命令下达的时候，已经有四名联盟士兵在卡马拉等候，根据联盟司令部直接下达的指令，在前一天晚上，从伊莱修姆港又增援了两个人。

他们的车辆是巴塔瑞人的运输车，根据参议院的请求，巴塔瑞地方当局把这辆车借给了联盟。这是格伊利大使为了卡莉能安全地从卡马拉到达联盟领域而努力达成的交易之一。

运兵车爬上一个沙丘，发动机轰鸣的声音更大了。密集的沙丘叠叠重重，一直蔓延到落日方向的地平线上。还有二十分钟天就快黑了，但是那时卡莉应该已经坐在联盟过来接她的护卫舰里了。

“巴塔瑞人竟然同意把运兵车借给我们，还允许我们在野外降落，真让我吃惊。”司机又高声说道，没话找话，“一般来说他们不会同意在空港以外的地方起落飞行器的。尤其是联盟的飞行器。”

卡莉理解他为什么感到非常好奇。司机明白肯定是有什么大事发生，但是他得到的命令仅仅是开车接她并把她送到接应点。他绝无可能知道卡莉和西顿遇袭有什么关系，而且也绝不可能有人告诉他为了让巴塔瑞人做出这样的让步，格伊利大使在密室里又与理事会达成了什么样的幕后交易。卡莉一言不发：她绝不会去满足他的好奇心。

卡莉只是在想，为了达成这样的妥协，联盟作出了多少让步？他们达成了什么样的交易？安德森也许知道一些，但是在宾馆的两天时间里安德森几乎没有和卡莉说什么话。

卡莉并没有埋怨安德森。他非常信任卡莉，但是卡莉却利用了他。卡莉太清楚背叛能给人带来多大的伤痛了。而现在她自己被送到了一个别人不知道的地方保护起来，而安德森还留在卡马拉追踪钱博士。

她一直在想，在这一切结束之后，一定要继续与安德森联系。一开始她接近他只是为了自己的需要：她自己被吓坏了，又孤身一人，除了自己那个生硬粗暴又几乎不认识的老爸，她还需要其他什么人可以依靠。但是他们俩仅仅相处了几天之后，她就感觉到他们之间有机会建立起超越普通朋友的关系。

不幸的是，她现在怀疑他会不会再对她有什么想法。在她伤害安德森之后，也许他就会断绝此类念头。卡莉意识到自己可能再也见不到安德森了，不禁又是一阵伤心。

“抓好了，女士！”司机突然高声叫道，这一惊把她从多愁善感的思绪中拉了出来。司机疯狂地打方向盘，车辆猛地开下了道路，几乎翻了个底朝天，“我们有客人来了！”

萨伦就趴在几公里开外一块突出的岩石上。逆着落日的余晖，他能够分辨出那辆卡莉·桑德斯乘坐的装甲运兵车的侧影。

昨天从神堡理事会接到任务更新的指令之后，他一直气得鼓鼓的，心里五味俱全。他已经出离愤怒了。他们命令自己和一个人类合作！而这一切只不过是因为理事会觉得需要为人类提供了西顿基地的调查情报加以褒奖！而这些情报萨伦早已自己独立获得了！

他早就知道伊丹·哈达是这一切的幕后黑手。但是这条情报他一直没有告诉理事会。现在他还要因为人类向他提供了这条情报而假惺惺地表示感谢。他必须要在完成这项任务时允许一名人类和他待在一起。而且此人不是别人，正是那个该死的混蛋安德森，这个家伙在他的调查过程中总是不断添乱。

但是他在接着读新任务的内容的时候，愤怒渐渐变成了好奇。他早就知道巴塔瑞人与西顿遇袭脱不了干系，但却对西顿保存下来的文件中提到的极为奇特的异星技术一无所知。虽然关于异星技术的细节不是特别多，但是似乎这个装置所处的时代可以一直回溯到普罗仙人灭绝的那段时间。

萨伦一向对普罗仙人突然间无法解释地神秘消失抱有极大兴趣。究竟是怎样一长串难以想象的事件，究竟是怎样的灾难发生，才能让一个曾经盘踞了整个银河系的大帝国在不到一个世纪的时间里一下子蒸发得无影无踪？事实上几乎所有普罗仙人的痕迹都被抹得干干净净，只有质量中继站和神堡幸存下来，它们也成了一个曾经伟大的种族所留下来的唯一遗产。

当然，现在有几百种解释出炉，当然，一切不过是理论和猜测。普罗仙人灭绝的真相仍然是一团迷雾……而这个史前异星技术可能是解开这个谜团的钥匙。

从钱博士的笔记中他可以拼出点东西来：他猜钱博士他们发现了某种飞船，或者是一个轨道太空站。这个装置拥有一定的人工智能能力，可以自我检视，甚至是自我修复重要的系统，而完全不需要像神堡里面护工那样的有机体生命进行运营维护。

再继续钻研下去，似乎博士相信此发现也许有一天可以帮助他建立与桀斯族的联系……甚至控制桀斯族。这一事实所暗示的结果令人战栗不已：庞大的人工智能合成生命体军团，数以百亿计的军队，只要有一个人对人工智能流程非常了解，并且能对它们的人工智能处理施加影响，就能够赢取它们的绝对忠诚。

不过随着萨伦对材料的进一步研究，他一开始的好奇渐渐变成了冰冷阴暗的算计与策划。萨伦一知道自己需要找的人的名字，就明白了他的任务最要紧最困难之处就在于找出伊丹的位置。他可能像一只虫子那样缩起来，在数千平方公里的岩石和沙漠上无数个炼化厂中随便找一个，躲到阴暗的地堡里。像挖鼹鼠一样把他找出来将会耗去很多的时间。

——如果他没有接到理事会关于任务的新说明，可能他的确还需要花上很多的时间。但最新的指示包含了将卡莉从这个星球接走的计划细节。萨伦知道斯卡尔还留在卡马拉，因为他没有接到任何关于那个大个子克洛根人已从港口离开的报告，而斯卡尔很可能还留在伊丹身边。

伊丹已经花钱雇了斯卡尔，让他干掉卡莉。萨伦对巴塔瑞文化非常了解，知道伊丹不愿意丢面子去雇佣那些执行指定任务的失败者。如果机会真的闪现出来，伊丹会再次让斯卡尔去追杀桑德斯。

萨伦尽了自己所有的力量让这个机会出现在伊丹面前。他知道伊丹在卡马拉政府上上下下都有自己人为他提供情报，尤其是在港口部门。萨伦所要做的只不过把“保证理事会允许未排定在原规划表中的联盟战舰在沙漠中降落的要求”登录到正式的官方记录当中。

这种不同寻常的请求一定会吸引某些人的注意。而最后这条情报一定会沿着层级一路上报，通过马屁精和下属报到伊丹那里去。萨伦非常确信，伊丹一定足够聪明，能够猜出来联盟战舰要来接走的人是谁。

这个计划唯一的缺陷是，意图太明显了。如果伊丹怀疑这是一个陷阱的话，他可能根本不派出任何人来应对这条情报。萨伦在自己的远程双筒望远镜里看到联盟士兵驾驶的装甲运兵车开了过来，接着那辆车又拼命转弯，司机拼命躲闪，几乎翻车。萨伦又扫描一下附近的沙丘，发现其他车的尾烟正在一路迫近，四辆搭载了机枪与小口径炮的快速越野车，正从不同的方向上迫近速度较慢的装甲运兵车。

伊丹咬钩了。

“见鬼！”一名后座里的海军陆战队士兵大声叫骂道。追杀过来的越野车发射的炮弹在车辆旁边爆炸，损坏了装甲运兵车的悬挂系统。

司机使出吃奶的劲儿，尽量避免车辆被敌人的炮弹直接击中。运兵车毫无方向地七歪八扭，驶入沙丘之间，避免自己被敌人的车辆锁定。就像装甲运兵车的名字一样，车辆的四周都有护甲；然而，运兵车毕竟只是交通工具，它并非战斗武器。他们的运兵车上没有搭载机枪，而运兵车车体和底盘上的护甲在设计时只是用来保护车内乘员不被狙击枪或者是地雷伤害到。对于这些搭载了反坦克武器的越野车来说，装甲唯一的作用是减缓他们发射的炮弹所带来的冲击。

后座上，一名联盟士兵打开了无线电，大声警告赶过来的联盟护卫舰他们现在遇到了什么样的突发情况。

“求救，求救！我们遭遇敌军火力，着陆地点正在交火！我重复一遍，着陆地点正在交火！”

“我们看见至少四辆混蛋战斗车辆跟着我们!”司机回过头喊道，车辆遇上几块裸露出来的大石头，先是凌空飞起，落地后又是向旁边一歪。

“战地至少四辆敌军车辆!”无线电通讯员高声喊道，“硫磺岛号，你听见了吗?”

“我是硫磺岛号，”一个声音从无线电中传出，“我们知道了，地面小队。我们还有十四分钟才能到，你们要挺住!”

无线电操作员一拳狠狠砸在车辆的装甲上：“我们根本坚持不了那么长时间!”

“你要甩开他们!”后座上的另一名士兵向前面喊道。

“你他妈的以为我现在在干什么?”司机甩回来一句。

运兵车飞上另外一个沙丘的坡顶，炮弹正在他们车身的后方落下，气浪将运兵车向前猛地推出十米多远，运兵车腾空而起，又狠狠砸在地上。高能震动吸收器吃下绝大部分冲击力，但就算卡莉已经系好安全带，砸在地上的力量还是让她猛地一颠，脑袋磕在运兵车车顶上。这一下磕得卡莉的牙齿咬到舌头，满嘴血腥味。

后座上的人恐怕更加糟糕。他们后面五个人挤在一起，根本无法系上安全带。他们从自己的座位上被甩出来，先是撞到了车顶，然后又纷纷落下，肘部、膝盖和脑袋都被磕得不轻。他们先是一阵惊叫，然后是痛苦地呻吟，接下来又开始问候前面的司机。

开车的司机没有理会他们，只是喃喃自语：“他们太快了，我们不可能跑过他们。”卡莉不知道这句话他是对自己说的还是对车上的其他人说的。

“你干得很棒，”卡莉安慰他说，“再让我们多活几分钟就行了，你可以的!”

司机没有回答卡莉，只是身体前倾，更加靠近方向盘。没有任何提醒，他将运兵车转了一个一百八十度的大弯，冀望以这个绝望的动作让敌军大吃一惊，捉摸不到他的轨迹。装甲车的惯性让所有人都没法控制自己的身体，他们几乎都打起滚来。在那一瞬间装甲车剧烈地抖动，轮子只有一边着地，又狠狠地晃了几晃才站在地上。

装甲运兵车的六个轮子一着地，司机就猛踩油门，车辆又猛地向前冲去，车身后面激起滚滚尘烟，石子和砂粒四处飞溅。坐在前面的卡莉这时可以清楚地看到敌人的车辆。雇佣兵的车辆从两边散开，想要追上装甲车，从前面堵住他们。另外两辆原本就跟在他们后面的车辆不断用车载小口径炮轰击装甲运兵车，与他们之间的距离越来越近。转了这个一百八十度的大弯之后，联盟士兵们现在向原来他们身后的两辆车直接冲了过去。

“你们这群混蛋玩过老鹰抓小鸡吗?”司机喊道。他的脚没有离开油门，重一些慢一些的装甲运兵车恶狠狠地向一辆轻装甲雇佣兵越野车迎头扑上去。卡莉现在还被安全带绑在座位上，无力去制止将要发生的事情。两车之间的距离一瞬间就变为零，卡莉能做的只能是抱头缩身迎接两车相撞的冲击。相撞之前的最后一秒钟，雇佣兵的越野车想要转弯躲开，但是太迟了，相撞无可避免。装甲运兵车钝钝的车鼻子撞上迎面而来的雇佣兵战车的左前侧，因为雇佣兵战车想向旁边躲开，所以没有完全正撞。但两车的相对时速加起来足足有每小时两百公里，仅仅是正面撞上一半也足够了。

雇佣兵的战车被撞散了架，冲击的力量将整个车身撞断。轴承掉到了地上，轮胎飞舞着翻滚了出去，车门耷拉到一边。金属车身四分五裂，落在沙地上又弹起来。油箱裂开，冒出一阵火花，一声巨响爆炸了。车内的雇佣兵都被火焰吞噬，熔成了一堆残渣。雇佣兵司机在最初的碰撞中立即毙命，自己变成了一个熊熊燃烧的火球，和雇佣兵战车一起滚到百米开外的地方。

车内的其他雇佣兵的尸体都被四处甩出，在空中以超过每小时 100 公里的速度翻滚，肢断体裂，颈崩脊碎，脑袋咕噜噜地飞开。血肉从骨头上甩脱，溅得石头和沙子上到处都是。

联盟士兵们所搭乘的装甲车显然更加皮实，车身的各个部分还连在一起，只是车辆的前脸被撞得像手风琴一样层层叠叠。把雇佣兵的车辆撞飞以后，运兵车自己也打了几个滚，最后终于底朝天停了下来。卡莉被撞得几乎失去了知觉，碰撞带来巨大的冲击，加速度又让血猛地涌向头部，卡莉只感觉自己眼前直冒金星。她感觉到有人在摸索自己的安全带，她本能地挥手要赶开那只手，直到听见一个人类的声音要她镇静才停下自己虚弱无力的反抗。

卡莉想要集中注意力。装甲车已经不再移动，只是自己的世界依旧天旋地转。司机仍然被安全带绑在她身边的位置上。方向盘被崩飞，转向柱的一端插进了司机的胸膛，从后背穿出来，露出参差不齐的断桩。他的眼睛大大睁开，瞳孔却还直直瞪着她，仿佛在埋怨卡莉害了他。

卡莉知道自己一定僵住了片刻。一名后座上的士兵爬出了车外，胳膊伸进破碎的前车窗想要把她从安全带中解出来。卡莉的双手不再抗拒，而是伸出手紧紧顶住已经翻过来的车顶，这样在安全带被解开的时候她就不会一下子头朝下掉到车顶上。

她的安全带解开了，卡莉终于没有让自己的脑袋砸在车顶上，不过一只膝盖还是在身体落地的时候磕上了破碎的仪表盘。几双有力的大手抓住了她，把她从破碎的前挡风玻璃大洞中拉了出来，现在她终于可以活动自如了。

卡莉站了起来，脑袋里过量的血液又重新回到了身体里，眼前的世界慢慢清晰了起来。后座上的盟军士兵都奇迹般地幸存了下来。他们五个人和卡莉躲在已经翻个底朝天的装甲运兵车的阴影里，用它做掩体掩护自己。

卡莉可以听到对方武器开火的声音。不是重型反坦克武器的“嗵嗵嗵”，而是清脆的“嗒嗒嗒”，她认出这是突击步枪的声音。卡莉可以听见子弹被装甲车的底盘弹开时金属撞击的铿锵作响声。他们藏在装甲车后面，躲开了敌人的直接射击。

卡莉自己甚至一把手枪也没有带，但是所有的联盟士兵在运兵车变成废铁的时候都将自己的枪保护得非常好。不幸的是，他们被敌人机枪连续稳定的射击死死钉在地上，一直没有机会开枪。敌人的弹幕射击非常连贯，哪怕暴露在外一秒钟回击都太危险了。

“他们为什么不用自己的加农炮?”卡莉高声喊道，声音几乎被子弹呼啸的声音淹没。

“他们一定是想活捉我们!”一名士兵看了卡莉一眼，回了一句。所有的人都意识到，敌人关心的只是他们之中一个人一定要活着。

“他们要从侧翼袭击我们!”另外一名士兵高声喊道，枪口指向了另外一个方向。

一辆车从远处疾驰而来，因为距离太远，几乎看不见。它在远处不断做着大幅度的弧线机动，士兵们的突击步枪射程根本够不着。

卡莉的注意力却从远处的佣兵车那里被吸引走，因为头顶上方传来了震耳欲聋的发动机轰鸣声。不可能搞错：这就是太空战舰驱动核心发动机在大气层内发出的声音。她将目光投向上方，看见了远处一艘战舰从空中直降下来。

“是硫磺岛号!”一名士兵高声喊道。

战舰飞速移动，直扑那辆想要从侧面偷袭他们的越野车。离地面不到五十米的距离上，战舰猛地停住了，准备开火。一束激光从战舰的守护者防御系统射出，精准地指向了那辆越野车，把它变成了一堆扭曲的钢铁。

硫磺岛号机身一倾，改变了方向。战舰的轨道直接指向剩下的两辆雇佣兵战车，联盟士兵们同时发出了振奋的欢呼声：他们的骑士终于到来了!

早在硫磺岛号向第一辆蓝太阳佣兵车倾泻火力之前很久，斯卡尔就已发现了硫磺岛号的位置。战舰的到来会增加少许不便，但是却并非出乎意料。

斯卡尔的战车冷静地向一边迅速移动，然后他跳出了自己的车辆，大声吼出命令。雇佣兵立即遵令从车辆的后备箱中取出了早已准备好的便携式质量加速火箭炮，并且装配完成。

当联盟的护卫舰向第一辆雇佣兵的车辆发射激光的时候，斯卡尔正在瞄准；将一个装有数百个燃爆子弹的发射包装填到了弹仓中。当护卫舰在斯卡尔的面前以大弧度冲过来的时候，斯卡尔校正了瞄准并且锁定了目标。当他听到被掀翻的运兵车后面联盟士兵在欢呼的时候，扣动了扳机。

硫磺岛上装载的守护者激光系统的编程完全针对远程打过来的导弹，根本无法对付近距离的密集火力。一般来说，这些致命的炮弹会被战舰的动力反应装甲弹开，不会对舰体造成什么损伤。但是因为战舰要在行星表面着陆并接纳地面分队，这些护盾一定要被关掉。就像斯卡尔预估的一样，硫磺岛号来不及对这些子燃爆弹作出反应。

数以百计的子燃爆弹击中了战舰的外壳，在装甲上撕开了无数拳头大小的弹孔。舰上的人员被突如其来暴雨一样在舰体内四处弹飞的子燃爆弹撕成了碎块。硫磺岛号失去了控制，一头栽落地面，冒起了熊熊大火。大块的火球像雨点一般在硫磺岛号的旁边落下，雇佣兵们四散跑开找掩体逃命。斯卡尔没有理会天空中仍在不时飞落的炽热金属条块，而是把自己的突击步枪甩到了肩膀上，向那辆已经被翻个底朝天的装甲运兵车大步走过去。

斯卡尔从运兵车的正面直接走了过去，知道运兵车另外一边的联盟士兵根本看不见他。运兵车为他们提供掩护的同时，也挡住了士兵们观察正前方的视线。

斯卡尔靠近运兵车的时候，蓝太阳佣兵向两翼移动，他们与运兵车的位置形成一个三角形，这样雇佣兵的火力就不会击中斯卡尔。他们仍然稳定持续地向运兵车发射高爆子弹，压得运兵车另外一边的联盟士兵们抬不起头来。

斯卡尔不顾被己方火力击中的危险，在离运兵车不到十米的地方停了下来。他身上的每一块肌肉都收紧了，调集自己的生物异能。收紧的肌肉通过外科手术植入神经系统的放大模块触发了自动生物回馈反应。他开始收集暗黑能量，就像黑洞吸收光线一样不断地将身边的暗黑能量聚拢。大概花了十秒钟的时间，暗黑能量才积累到了最大值。然后斯卡尔猛地挥出一拳，一股力量波砸向目标。

已经被翻了个底朝天的装甲运输车被甩上了天空，越过了目瞪口呆的联盟士兵的头顶，重重摔在了他们的身后十几米远的位置上。士兵们都被震住了，一下子都不知所措。这一变故让他们现在完全暴露在外。所有的训练都没有告诉他们在这种情况之下应该怎么办。他们不知所措，一个个都僵住了：几个人挤在一起，蹲在沙地上。

如果不是他们的对手和他们一样吃惊的话，联盟士兵早已经被雇佣兵全部扫倒了。雇佣兵们看到克洛根族生物异能者生生将四吨重的装甲运兵车掀起来在空中飞了几圈，惊讶地停止了射击。

“放下你们的武器！”斯卡尔吼叫道。

联盟士兵们很合作，他们知道战斗已经输掉了。他们缓缓站起身，双手高举，突击步枪滑落在了地上。卡莉知道自己别无选择，也照做了。

斯卡尔向前几大步走过来，一把抓住了卡莉。他的力气很大，卡莉疼得一声叫唤。一名士兵踏出了半步想要帮助卡莉，但是又很快缩回来了。卡莉很高兴——他现在也帮不了她，此举只会让自己白白送死。

雇佣兵用枪指着他们的战俘，斯卡尔半拖半扛地将卡莉带到了自己的车边，先把她扔进后座，然后自己爬进车坐在了卡莉的身边。

“把他们都宰了。”斯卡尔向自己的手下吩咐道，向联盟士兵的方向点了点头。

激烈的枪声淹没了卡莉的尖叫。

远处的萨伦趴在自己精心挑选的地方一动不动，从双筒望远镜将整个一幕尽收眼底。令他吃惊的是，斯卡尔没有杀死桑德斯，只是将她抓了回去。显然，卡莉与这件事情的关联远远超出了自己最初的预料。但这对整个事情并没有任何改变。

雇佣兵们爬进了自己的运输车，绝尘而去。他们打开了自己的车灯，照穿了夜幕中的迷雾。

萨伦从有利的隐身位置一跃而起，跑到了附近自己停好的小车旁边。这辆车已经为夜晚的隐秘行动经过了特别的改装。

车前大灯加装了暗化网，可以将外来的照明光线都散射开，而且车辆灯光被调到只照射车前一小块道路的角度，做导航足够，但是从一公里之外几乎什么也看不见。

而雇佣兵们所搭乘的大马力车辆就像沙漠黑夜中的明烛，萨伦可以从十公里之外轻而易举地看得清清楚楚。

他现在要做的只是跟着他们，这些人会把自己引领到伊丹藏身的地方。

第二十章

对于此次会面，安德森很难不感到紧张。虽然理事会已经同意了大使的请求，但是上次与萨伦见面时的场景还历历在目。很长一段时间内安德森都确信，萨伦本来是要在达坦制造厂的废墟外面把他干掉的。所以当大使告诉他萨伦对人类恨之入骨的时候，安德森一点都不吃惊。

“所有幽灵特工的个人信息都是保密的，”大使告诉安德森，“但是我们的情报人员挖出了一些有趣的东西。似乎他的兄弟在第一次接触战争中阵亡了。”

上尉知道有不少突锐人对第一次接触战争耿耿于怀，尤其是那些失去亲人的突锐人。而且安德森怀疑萨伦不是那种可以放下忌恨的人，而是反复咀嚼着这种痛苦。一开始的时候只是为自己的兄弟复仇的欲望；但是经过八年的发酵，这种心态变得更加黑暗：一种对全体人类成员仇视的扭曲心态。

安德森起初只是想抓住那些该为袭击西顿基地负责的人，他并没有预料到因为要执行此任务，有朝一日会与萨伦并肩作战。他对此事有种很不祥的预感，就像黑斯廷斯号最初接到西顿的紧急求救信号的时候一样感觉非常差。但是他已经接到了命令，他必须要执行这个命令。

突锐人已经迟到了一个小时，这也没有让安德森感觉更好一些。为了让会面更顺利一些，安德森让萨伦决定两个人什么时候在哪里见面。萨伦选择了中午时分哈特尔市郊一个破败的小酒吧。这样的场合里所有的客人都不会在意别人的谈话。这种地方没有人关心别人在做些什么事情。

而且这种地方也不可能有什么人监听他们。这个小酒吧在下午几乎就是空的——也许突锐人就是因为这个理由选择白天这个时间会面。这是个不错的理由，但是在安德森坐在角落的桌子旁边百无聊赖地嘬着自己的饮料时，不由得去想萨伦这一回又在玩什么花样。

他为什么还没有来？这是不是一个圈套？是不是要什么阴招把他甩开，以便让幽灵特工继续自己的调查？

二十分钟之后，安德森终于下定决心准备离开的时候，门开了，他一直等待的人走了进来。酒吧侍应生和安德森旁边另外唯一的一个客人都抬头看了萨伦一眼，然后又移开了视线。幽灵特工杀气腾腾地走到了安德森面前。

“你迟到了。”突锐人坐下来的时候，安德森说道。他并不指望这家伙会道歉，只是觉得萨伦至少应该解释一下自己迟到的原因。

“我干活去了。”回答非常简短。

突锐人看起来非常憔悴，好像整晚都没有睡觉。安德森昨天下午将卡莉交给护送小分队之后就与萨伦联系，但是一直没有联系上。他怀疑萨伦在接到指令之后是否一直在不停息地工作，想要在可恶的人类拍档加入任务之前把所有的事情都搞定。

“我们现在是一条线上的蚂蚱。”安德森提醒萨伦道。

“我已经接到了从理事会发出的指令。”萨伦回答道，粗重的语气中却充满了不屑，“我得尊重他们的意见。”

“非常高兴听你这么说。”安德森冷冷地回答道，“上一次我们见面的时候我以为你要杀了我。”隐瞒这一点并无意义，他想试探一下自己应该与幽灵特工保持什么样的距离，“在剩下的任务中，是不是你要一直指导我的行动?”

“我绝不没有理由就乱杀人。”萨伦提醒他道。

“如果你要杀什么人，永远都能找出理由。”安德森原句奉还。

“但是我现在找了一个很好的理由让你活下去，”萨伦向他保证，“如果你完蛋了，联盟一定会哭着喊着要我的脑袋。而理事会又很有可能把我的脑袋交给人类。或者至少他们会剥夺我作为幽灵特工的身份。”

“说真的，我一点都不关心你是死是活。”幽灵特工继续说道。从他的语气中，好像这两个人在讨论天气，“但是我也不会去做什么威胁到我职业生涯的事情。”

只要你能保证自己平安无事地脱身，安德森自己心里又加了一句。接着安德森又高声说道：“你拿到我们交给理事会的文件了吗?”

萨伦点了点头。

“我们下一步怎么办? 怎样才能找到伊丹?”

“我已经找到他了。”萨伦得意地答道。

“你是怎么找到他的?”安德森吃惊地问道。

“我是幽灵特工，就是干这个的。”

安德森意识到再追问下去也不会有什么其他的解释，于是把这个问题放到了一边：“他现在在哪里?”

“在一个零号元素炼化厂的地堡里。”萨伦回道。他把建筑图纸在桌子上铺开，“这是建筑的结构图。”

安德森想问他是从哪儿搞到这些建筑图纸的，但是又把话咽了回去。根据法律的要求，所有的零号元素炼化厂都需要至少半年审查一次。每一个工厂的分布图都需要提交给审查员。

对于一名拥有幽灵特工权限的人来说，从别人手里拿到图纸太容易了。

“我已经侦察了外围，”萨伦继续说道，“外围是炼化厂工作人员的居住区，没有什么防备。如果我们一直等到夜幕降临，会非常轻松地走到炼化厂的外面，而且不会引起任何人的警觉。”

“然后呢？我们偷偷溜进去把伊丹干掉？”

“我想抓活的，这样就可以审讯他了。”

萨伦说出“审讯”两个字的语气让安德森不寒而栗。他知道萨伦非常残忍；不难想象他实际上一直视虐待囚犯为工作的一部分，一种享受。

突锐人一定看到了他的反应：“你不喜欢我，是吧？”

没必要向他撒谎。反正萨伦也不会相信他。

“我不喜欢你，显然你也不是我的粉丝。当然我尊重你所做的事情。你是幽灵特工，我觉得你自己的工作完成得很棒。我希望我能从你那里学点什么东西。”

“我只希望你别把我的任务给搅黄了。”萨伦回答道。

安德森不准备上钩：“你说我们要在天黑以后潜入到炼化厂内，那现在我们再做些什么？”

“我需要休息一下。”突锐人疲惫地答道。这更加证实了安德森关于他昨天晚上没有睡觉的猜测。

“炼化厂离城市有两个小时的路程。如果我们在日落以后两个小时出发，赶到那里的时候就已经是半夜了。这样我们有足够的时间混进去，并且在天亮前再出来。”

突锐人把自己的椅子从桌子前面推开，显然认为会谈已经结束：“十六点钟的时候，我们还在这里见面。”说完转身向外走去。

安德森一直等到他离开，才把钱扔到桌子上结账，然后也起身离开。卡马拉这里也用的是银河系标准的20小时制，现在还不到十二点钟，安德森可不想把剩下的四个小时都扔在这个小酒吧里。

而且，自从昨天早上开始，他还一直没有向格伊利大使汇报过呢。现在正是一个回去检查任务进度与装备的好时机，还要问问卡莉如何了，在做些什么。当然，有关卡莉的问题严格限制在与任务有关的范围之内。

“这条通讯线路安全吗，上尉？”大使格伊利问道。

“就像我们在前往巴塔瑞人控制的区域时一样安全。”

安德森正在与大使实时视频通话。从边界地区这样的殖民地到神堡的实时通讯异常复杂与昂贵，但是安德森觉得联盟掏得起这个钱。

“我和萨伦见了面，看起来他愿意让我跟着他。”

视频信号先加以打包和加密，然后再在顶级优先脉冲中发送，继而从中继传送到卡马拉外围的通讯浮标，通过超网传送到神堡大使的终端上进行解密和解码。这使得大使在他显示器上的图像有点轻微的延迟，虽然几乎感觉不到。

“他还告诉了你什么事情吗，上尉？”大使的表情非常急切。

“出了什么事情吗，夫人？”

大使没有立即回答安德森的问题。她在仔细选择自己的措辞。

“你已经知道，我们昨天派出了硫磺岛号把桑德斯接回来。但是等硫磺岛号赶到的时候，我们的地面小队遇到了袭击。”

“发生了什么事情？”安德森问道，心里却已经猜到了答案。

“硫磺岛号紧急增援地面小队，却最后失去了联系。我们立即通知了地方当局，向出事地点派出了搜救队，但是一切都太晚了。护送桑德斯的士兵全部阵亡，硫磺岛号被击毁，机上人员无一生还。”

“桑德斯中尉怎么样了?”他注意到大使在阵亡者名单中明显把卡莉排除在外。

“没有发现桑德斯的任何踪迹。我们认为卡莉已经被俘。显然钱博士和伊丹就是这次袭击的幕后黑手。”

“他们是怎么知道接应地点的?”安德森愤怒地问道。

“我们在港口以外起降的请求许可一定要进入哈特尔的交通系统主数据库，”大使告诉安德森，“一定是有人注意到了这条数据，然后又通知了伊丹。”

“是谁泄露的?”安德森想要知道结果，因为他想起了当初卡莉非常害怕联盟高层有人与钱博士合作。

“我们没法知道。我们甚至不能确定这条消息是不是有意泄漏出去的。也许只是意外，也许只是疏忽犯下的错误。”

“我无意冒犯，但是，夫人，我们俩都知道这完全是狗屎理由。”

“这对你的任务并无影响，上尉。”大使提醒上尉道，“你的任务依然是追踪钱博士。”

“桑德斯中尉怎么办?”

大使叹了一口气：“我们相信她还活着。如果你能找到钱博士，那么你很有希望也找到卡莉。”

“还有什么其他的事情吗，夫人?”他有些草率地问道。竟然又有人背叛了卡莉，这让他感到非常震惊。当然他并不是在怀疑大使本人，尽管是大使一手安排了此次接送任务。但是他还是忍不住在心中埋怨了一下大使，居然让事情就这样发生。

“萨伦会根据你在本次行动中的表现进行评估。”大使提醒安德森，又将谈话的主题转移到安德森最优先的任务上来，“好好表现，这可以有力证明人类足以在幽灵特工中拥有自己的位置。”

“我不必告诉你，这对于联盟有着多么重要的意义。”她又说了一句。

“明白，大使。”他回答道，知趣地不在卡莉的问题上纠缠。他知道大使说的都对。为了这个任务，他应该把个人的感情都扔到一边。

“我们都指望你了，上尉。”大使在关机之前又说了一句，“别让我们失望。”

第二次会面，萨伦没有迟到。事实上安德森走进去的时候，他已经等在上次见面时的同一张桌子旁边了。酒吧的晚上更加繁忙，但是还远远未到拥挤的程度。

上尉穿过人群，径直走到突锐人面前坐下。他没有浪费时间和突锐人客套，而是直奔主题：“你在侦察伊丹的藏身之地的时候，有没有发现卡莉·桑德斯的蛛丝马迹？”

“我根本就不关心她是死是活，”萨伦对安德森说道，“对你也是一样。我现在只关注钱博士和伊丹。”

“这个不是我要的答案，”安德森继续追问，“你到底看见她没有？”

“我可不会让人类的安危影响到我的任务！”萨伦从齿缝中挤出了这句话。他的语气中有一股奇怪的味道拨动了上尉的脑弦，灵光一闪，安德森突然明白了。

“你就是那个泄露接应地点信息的人！这样你就可以找到

伊丹！你拿卡莉做诱饵，然后跟着他的人回到炼化厂，整个晚上都在侦察那座工厂！这就是为什么你今天早上迟到了！”

“这是唯一的办法！”萨伦回击道，“要不然的话我们要花好几个月的时间才能找到伊丹！我没有必要向你解释，我发现了一个好机会，于是就抓住了这个良机！”

“你这个狗娘养的！”安德森愤怒地喊道，从座位上跳起来，一把抓去想要擒住萨伦的喉咙。但是萨伦的身手对于安德森来说太快了，萨伦猛地向后一让躲开了安德森的擒拿手，接着向旁边一跳，又顺势抓住了安德森的手腕，猛地一拧，安德森一下子失去了平衡。

上尉向前一冲，萨伦放开了安德森的手腕，又紧紧抓住了另外一只手腕，把安德森的胳膊整个扭到身后。突锐人利用安德森自己向前的惯性把安德森摔倒在地，还是把安德森的胳膊拧在身后，用膝盖顶在安德森的肩膀之间，把他牢牢钉在地上。

安德森挣扎了几下，但是一点都挣不脱。他感觉萨伦正在用力拧他的胳膊，但是在萨伦拧断胳膊之前安德森都一动不能动。他们开始动手之后，酒吧里的其他客人早已从他们殴斗的地方散开，但是他们看到人类被制服，又回到了自己的座位上继续喝酒。

“对于幽灵特工来说，事情就是这样。”萨伦在他身上低声说道。萨伦向前倾下身，安德森能从自己的耳朵和后颈感觉到他嘴里喷出的热气，“为了百万人的福祉而牺牲一个人的生命。钱博士的研究对神堡世界内的每一个种族都是威胁。我发现了一个机会，只要牺牲十几个人的生命就可以阻止他的疯狂想法。这个算术非常简单……人类，但是几乎没有人能做对这道题目。”

“我知道了，”安德森尽量使自己的声音平和一些，“让我起来。”

“再和我玩这一套我就宰了你。”幽灵特工在放开他之前警告道。安德森非常肯定他在这一点上说话算话。而且，和萨伦在酒吧打架对任务一点帮助也没有。如果他真的想帮助卡莉，他应该放聪明点，而不是让冲动主宰自己。

他站了起来，狠狠地盯着突锐人。虽然他刚才被按倒在地一动不动，但身体没事，唯一受伤的就是他的自尊。安德森掸了掸自己身上的灰，又与萨伦在桌子两边面对面坐下。突锐人也知道安德森现在正克制着自己的满腔怒火，但是他自己又何尝不是？

“他们在现场没有发现卡莉的尸体，”安德森又把话接到他们跑题之前的话题上。他需要找出个办法帮助卡莉，而现在他甚至还不知道卡莉被关押在哪里。虽然安德森无比厌恶萨伦，但是还是需要把萨伦拉回到桌子旁边，“你当时在那里？你看见了些什么？”

“你们的地面小队遭到了斯卡尔和蓝太阳佣兵队的袭击，”萨伦告诉安德森，“战至绝望的时刻，你们的士兵投降了，但是蓝太阳把他们都杀光了。”

“卡莉怎么样，她还活着吗？”

“卡莉还活着，”萨伦承认道，“他们把她带到了炼化厂，我相信他们对她肯定另有所图。”

“如果他们知道我们来了，仍然有可能杀死卡莉。”安德森说道。

“关我什么事。”

安德森尽了最大努力压制住自己的愤怒，才没有让自己又对萨伦挥出老拳，但是他居然还让自己坐在了凳子上。

“她关我的事。”他尽量让自己的语气平静一些，“我需要你答应我一个条件。”

突锐人耸了耸肩，这个动作倒是通行全银河系：“什么条件?”

“你也不希望我待在这里。你只不过是执行参议院的命令而已。你把我带到伊丹的藏身之处，给我一个机会救出卡莉，我保证这项任务中我不再管其他的事情。”

“你说‘给我一个机会救出卡莉’是什么意思?”突锐人满腹狐疑地问道。

“如果他们知道我们发现了他们，他们可能会马上杀死卡莉。所以我们到达炼化厂的时候先让我进去，在你进去寻找伊丹和钱博士之前，先给我三十分钟救出卡莉。”

“如果有人看见你了怎么办?”突锐人问道，“炼化厂有自己的保安措施，更不要说伊丹的雇佣兵队。一旦你触发了警报，他们就都会警惕起来。这会让我的任务更难完成。”

“不是这样，”安德森争辩道，“这会让你的任务更加容易。我会分散他们的注意力，他们会被我引开。他们会全力对付我，甚至根本不会注意到你从另一边已经开始行动了。”

“如果你遇到了什么麻烦，我是不会来帮你的。”萨伦警告道。

“我也没有指望你帮忙。”

萨伦整整考虑了一分钟，终于点了点头，表示同意：“三十分钟，一秒钟多的也没有。”

第二十一章

两个人开着车穿行在沙漠夜色中，谁也没有说话。萨伦把着方向盘，全神贯注地盯着挡风玻璃前方，而安德森则在后排座位上仔细研究炼化厂的厂区分布图。安德森希望找出一些线索，看看哪些地方可能用来关押卡莉，但是这种适合做临时监狱的地方太多了。所以安德森干脆放弃猜测，转而尽量集中精力记住厂区的分布图，以便进入到炼化厂里面的时候不会晕头转向。

一个小时之后，他们看到了远处地平线上的微光，炼化厂的灯光在黑暗中闪耀。工厂有两个白班，两个夜班，每班约两百人，一共四班来回倒。零号元素的生产日夜不停。为了配合庞大的劳动力需求，炼化厂在厂区的周围向雇员们及其家属提供了免费的住宿和交通。预制的活动房屋呈环形分布在炼化厂的周围，就在厂区自身的链状防护网外面。

他们停在了离工厂外围居住区只有一两百米的地方，萨伦停下车来说道："我们从这里走过去。"

安德森默记四周的环境，包括停车的位置：他在营救完卡莉之后，必须要在黑暗中穿行回来找到车子。如果安德森迷路了，他相信萨伦绝不会有兴趣回来找他。

安德森抽出了手枪，但是在抽出自动步枪之前犹豫了一下。手枪有一个消音器，但是步枪的声音太大了——一梭子打出去，整个炼化厂都会知道他在这儿大闹天宫。而且，用手枪瞄准目标也比自动武器更快一些。

“你会需要突击步枪的。”萨伦看出了他的犹豫不定，建议道。

“这里的绝大部分人都只不过是普通的工人，”安德森回答道，“他们甚至手无寸铁。”

“伊丹正和蓝太阳雇佣兵们在一起，你在这里也会遇到很多雇佣兵。”

“我不是这个意思，我只是有些担心到时候可能会无意中伤及无辜。”

萨伦苦涩地笑了一声：“你还是不得要领，是吧，人类？这个工厂的绝大部分工人都带着枪，他们就靠这家炼化厂养家糊口。他们不是士兵，但是如果警报响起来，他们一定会尽力保护工厂。”

“我们来到这里不是为了摧毁工厂，”安德森抗议道，“我们唯一要做的就是抓住钱博士、伊丹，然后把卡莉救出来走人。”

“这里的工人可不这么认为。他们一听到警报声和枪响，马上就会认为自己的工厂受到了某种恐怖袭击。那可就热闹了，一半人在四散逃命，一半人在向你开枪，那个时候你根本不可能再去辨认或挑选目标。”

“如果你想执行完这个任务的时候还能活着喘气的话，”萨伦又说道，“你最好在平民挡道的时候把他们都干掉。你不愿意向他们开枪，可是他们愿意向你开枪。”

“必要性只是一个方面。但是你怎么能够铁石心肠地向无辜的平民下手？”安德森难以置信地问道。

“练习，大量地练习。”

安德森摇了摇头，还是带上了突击步枪。他向自己许下了诺言，除非绝对必要，否则绝不使用突击步枪。他把枪折叠好，插到背后腰带上的武器槽中。然后他把手枪插到大腿上的扣带中，必要的时候可以立即抽出来。

“我们要分头行动了，”萨伦说道，“我向东走，你向另外一个方向走。”

“你向我许诺过你进去之前我有三十分钟的领先时间。”安德森用强硬的语调又提醒了一遍萨伦。

“这三十分钟归你所有，人类。但是如果等我回到车子旁边的时候你还没有回来，我可就不管你了，我自己先撤。”

趁着夜色，安德森摸到了居住区的边缘。虽然此刻已经时近午夜，但工厂依旧嗡嗡作响。由于炼化厂换班时间很短，所以附近总是有刚刚下班的人和正准备上班的人。居住区就像一个小小的城市，一千多个家庭生息于此——丈夫、妻子及小孩子们在街道上来来往往，互相点头致意，他们就在这里生活着。

人群熙熙攘攘，安德森轻轻松松地融入了人群。他披上了一件又长又肥大的外衣，盖住了自己的护甲，藏牢了自己的武器。尽管炼化厂的大部分雇员是巴塔瑞人，其他种族的人也有不少，这其中也有人类——安德森尚不至于吸引不必要的注意力。

他急速穿过了工厂的居住区，穿过人流，不时与同一种族的人类点头致意。安德森昂首阔步，直奔炼化厂外围的警卫区域。他知道时间正在一分一秒地流逝，但如果他开始跑步，一定会引人注意。

五分钟之后，他穿过了居住区。工人们的寓所均匀地分布在工厂的四周，但是没有人愿意正对着金属隔离网居住。居住区的内侧距离隔离网还有几百米，这一块地方除了公共厕所没有其他的建筑，空空荡荡，一片漆黑。

安德森继续大步流星地向前走去，直到自己离居住区的公寓灯光足够远，没有人能看见他。就算有什么人看见他消失在黑暗当中，也只不过会以为他去黑暗处上厕所，不会特别留意。

消失在人们的视野当中后，安德森摸出了一副夜视镜，然后急速跑到隔离网外面。他掏出铁剪，在隔离网上剪出了一个自己能够钻过去的洞，并在钻过去之前甩开了自己的外衣——这件外衣现在只会让他束手束脚。一爬到防护网的另一边，安德森立即拔出了手枪，心里却希望不用开火。

任务从现在开始变得非常困难。安德森现在身处敌人的警备区。小型保安巡逻队在防护网内四处巡逻，如果巡逻队看到安德森，他们一定会向他开火，或者至少会拉响警报。然而，躲开他们并不非常困难，安德森可以远远地看见他们的手电筒打在地上的光亮，而那个时候他们根本看不到安德森。

安德森压低身形，来到了炼化厂的一角。炼化厂的厂区非常大，中心的主处理楼有四层楼高。许多两层楼高的小型建筑分布在主楼的四周，库存、运输、管理和维护等等功能都在这些小楼里完成——这也正是安德森的目标。

安德森摸到了附楼的旁边，靠上一道防火门。门是锁着的，但只是加上了一个销子而已，并没有复杂而昂贵的电子锁系统加固。沙漠当中的炼化厂一般只需要提防平常的盗贼即可，设计的时候就无意针对特种兵的渗透。

他在门闩上放了一块粘性炸药，退后几步，朝炸药开了一枪。炸药轰的一声发出一阵闪光，把门炸开。安德森等了一下，看有没有引起什么其他人的反应，但是门内再无响动，于是安德森推开门走了进去。

安德森发现自己来到了一个员工的更衣室。房间是空的，现在正是两班工人换岗之间的当口，所有的工人都出去检修设备了。房间的一个角落里有一辆装脏衣服的轮式手推车，堆满了工人油乎乎的外套。安德森在里头翻了几下，找出一件自己能够穿上的衣服，套在护甲外面。他不得不把手枪和突击步枪都拿了出来——他可不想在必要的时候还要摸上半天才能找到自己的武器。他把手枪放到外套的大口袋里，突击步枪没有折叠起来，而是在更衣室里找了一块大毛巾把它包起来。

安德森伪装得远远不算完美，但是也已经足够让他在工厂里走动而不至于引起他人过多的注意。从远处猛地一看，人们只会以为他是维护班组的一名工人，然后就把他忘掉。

安德森卷起袖子，看了一下手表，十五分钟已经过去了。如果他想在萨伦动手执行任务之前发现并救出卡莉，动作还要再加快一些。

萨伦等在工人居住区的外面，一直看着表。十五分钟已经过去了，安德森现在肯定已经深入到了炼化厂的内部——回是回不来了。

就像安德森一样，萨伦将武器藏在长长外套的下面，这样也可以悄无声息地穿过居住区。他站了起来，直奔炼化厂的厂区。

他等待的时间已经够长了，现在他要执行自己的任务了。

安德森穿过了好几个门厅，从维护楼一直向主楼走去。一名工人迎面走到他身前的时候，安德森的心猛地跳了一下。但是那个巴塔瑞女人只是瞄了他一眼，然后又把眼光移开，一言不发，匆匆走过。

他又上上下下走过了几个门廊，身边过了好几个员工，但是没有人特别留意他。但是安德森自己却突然沮丧起来——他可没有时间把整个建筑走个遍。他原先以为卡莉会被关押在较低的楼层，但如果安德森想要及时找到卡莉，还是需要一点运气。

接着运气来了——一个楼梯上方悬挂着“禁止入内”的牌子，安德森记得在工厂的分布图里面那个地方本来是一个小小的设备存放室。标牌很新，还闪着锃亮的光，显然只是几天前挂上去的。

他赶紧顺着楼梯下去，下面正有两个全副武装的巴塔瑞人，每个人的面颊上都文着蓝太阳的徽标！他们看起来昏昏欲睡，懒散地靠在厚重铁门两边的椅子上，突击步枪斜倚着墙支着。两个人都没有穿护甲——考虑到他们目前的任务，这也可以理解。他们也许在这里坐了好几天，而且穿上护甲之后又热又重。哪怕只穿上几个小时都会非常不舒服。

两名警卫已经看见了安德森，所以安德森干脆径直向他们走过来。尽管他们已经被警告要提防一名突锐族幽灵特工，如果确实如此的话，一名人类维修工人看起来倒不像是什么非常大的威胁。

安德森一直下台阶到了楼梯的平台处，一名雇佣兵才站起来向他走过来。雇佣兵抓起突击步枪，指着安德森的胸口。上尉站住，一动不动。他只有不到五米远的距离，如果雇佣兵开枪，在这样近的距离上安德森没有一丝生还的希望。

“那是什么?”警卫问道，枪管指着安德森胳膊下面夹着的用白毛巾包着的突击步枪。

“一些工具，要让工具保持干燥的状态。”

“把包裹放下来。”

安德森照办了，小心翼翼地将毛巾包着的突击步枪放到地上，不让毛巾滑下来，里面的枪支还是藏得严严实实。

现在安德森身上没有任何看起来像是武器的东西，警卫似乎松了一口气，手中的枪也随之垂了下来。

“什么事情，人类?”他喝令道，“你不懂巴塔瑞语吗?”问话激起了他的同伴一阵大笑，这家伙还是靠在椅子里面。

“我需要去设备存放室取些工具。”安德森回答道。

“不是这个设备存放室。转过身去。”

“我有这里的通行证。”安德森说道，一边在口袋里摸索着什么，好像要把什么东西掏出来。巴塔瑞人不耐烦地看着安德森，直到安德森在口袋里的手指摸到了手枪的握把，扣动了扳机，那家伙才明白过来是怎么回事。

宽大的外套和硕大的口袋让安德森可以悄悄调整手枪的位置，把枪身横过来瞄准警卫的身体。安德森连开了两枪，子弹撕破外套的纤维，结结实实地打到了雇佣兵的腹部。

巴塔瑞人惊愕地垂下了手中的突击步枪，向后蹒跚几步，本能地捂着自己肚子上的洞。他靠在墙上，缓缓滑了下去。鲜血喷涌而出，像泉水一样从按压伤口的指缝当中渗出来。

他的同伴奇怪地看着这边：因为手枪加装了消音器，开火的声音变成了喑哑的“噗噗”声，而这种声音他可能根本没有听到过！他花了一秒钟才反应过来发生了什么事情，神情恐怖地想要伸手去够墙边的突击步枪。安德森从口袋中掏出手枪，又是两枪直中第二个警卫的胸口。那个警卫倒向一边，滑下椅子，死了。

他的手枪又重新指向了第一个警卫。那家伙背靠着墙，还是一动不动。“求求你，”警卫哀求道，终于意识到安德森是谁，“斯卡尔才是下命令枪杀联盟士兵的人，我甚至不想杀死他们。”

“但是你杀了他们。”安德森回答道，一颗子弹射入巴塔瑞人的两眼之间。

他甩掉外套，将手枪插进腰间枪套，拿起放在地面上的突击步枪，展开枪托，以便随时可以开火。然后踢开了门。

第二十二章

就像之前的安德森一样，萨伦也通过一扇紧急出口进到了一座两层高的附楼里面。但安德森进入的是炼化厂最西边的后勤楼，而萨伦进入的是最东边的转运仓库。与他的人类同伴不同，萨伦根本没有任何伪装。

两个仓库工人看到满身护甲，手提重型突击步枪的萨伦走了过来，他们的脸上先是一阵惊愕，接着惊愕变成了恐惧。萨伦立即开火，两个工人还没来得及喊救命就一命呜呼了。

萨伦马上穿过仓库，进入了主楼。这一次他仍与安德森不同，他知道自己该向哪里走。他直奔炼化厂的最底层，岩石在那里沉积下去，富含零号元素的矿石加热熔化，大部分杂质都漂浮在熔化矿物的表面。熔浆流到管道里面，再流到离心分离机当中，昂贵的零号元素就在另一端流出来。

萨伦又在沿途杀了三个人。

他经过一面写着“闲人勿入”的墙的时候，知道自己快要到达目的地了。他到了一个角落里，踹开了一扇喷着“非请勿入”警语的门，一道热腾腾的气浪扑面而出，刺得他的肺和眼睛都很不舒服。里面有六名工程师，零零散散地巡视巨型熔炉，再不然就在加热熔炉发电机上方的走道上。他们正在监控整个炼化过程，紧盯着设备的读数，以保证生产效率一直保持在峰值，并且不会发生潜在的误操作。

员工们都戴着头盔，以免让自己的耳朵听到向发电机供应能源的涡轮机的轰鸣声。一名工程师看到了萨伦，想要向同伴们喊出警告，但他的声音被涡轮机的轰鸣声覆盖了，萨伦的枪声在嘈杂的环境里也听得不真切。

屠杀只用了不到一分钟。幽灵特工别的长处没有，效率倒是高得出奇。最后一名工程师咽气后，萨伦匆匆走下狭小的通道，来到二十米之下的熔炉旁边，开始了下一步的计划。

炼化厂里可以藏身的地方太多了。伊丹可以随便找一个地堡躲着，外面屯集了一大排全副武装的蓝太阳佣兵。萨伦需要有个办法把伊丹他们逼出来。几处布置得当的炸药足以让炼化厂的核心引发灾难性的爆炸，工厂一定会发出紧急疏散的警报声。

完成了最后几处炸药的安装，萨伦向上面快步走去。他要在炸药爆炸之前离开爆炸半径，越远越好。

卡莉又饿又渴又累，但最关键的是她非常害怕。克洛根人告诉她，钱博士会在几天之后来看看她，但也仅有这一句话而已。她被拖进了储藏室后面的一个小黑屋锁了起来。之后就再也没有见过任何人，也没有与任何人说话。

卡莉足够聪明，猜得出他们要干什么。她并不知道钱博士需要什么，但很显然他们要在钱博士与她会面之前先摧毁她的意志。他们把她一整天都关在小黑屋里面，四周一片黑暗，没有水也没有吃的。里面甚至连个桶也没有，她也没有地方解手。实在憋不住了只好在角落里面解决。

至少要两到三天，钱博士才会来向她提出自己的条件。如果她接受的话，他们就会给她吃的喝的，如果她拒绝的话，他们就会把卡莉扔回到临时牢房里面，然后再过两三天钱博士再来找她谈谈。

如果第二次的时候卡莉再次拒绝钱博士，事情可能会变得很糟。除了饥饿和精神上的折磨，他们还可能直接动用刑罚。卡莉无意以任何方式去帮助钱博士。但是她害怕随之而来的可怕后果。最糟糕的情况是，卡莉意识到他们一定能达到目的。也许是几天，也许是几个星期，但到最后这种无休止的折磨和虐待将使卡莉精神崩溃，他们可以得到自己想要得到的一切。

在被关押的最初几个小时里，卡莉曾经试图找出办法挣脱牢笼，很快就意识到这是不可能的。她在黑暗中摸索到了储藏室的小门，但是那扇门已经被从外面锁住了，内部的门把手也已经被卸走。而且，就算她把这堵门打开，外面也一定会有警卫把守着。

她现在甚至也无法以自杀来逃避这结果。她现在也还没有崩溃到要自杀的程度，而且房间里空空如也，没有可以用来上吊的绳子，也没有可以用来自伤或者切开动脉的工具。她曾经短暂地考虑过以头反复撞墙，但那也只是顶多把自己撞晕过去，白白带来许多不必要的痛苦——她猜想以后自己要受的刑还多着呢，还是省省吧。

情况相当绝望，但是卡莉还没有让自己陷入彻底的绝望。这时，她听到了什么响动，在她听起来比天使的歌唱更加美妙。这是救命的声音：墙的那一边传来了自动步枪的射击声。

安德森踢开了那两名警卫把守的门。门的那一边是一间大储藏室，所有的工具都已经被拖了出去，房间里只有几把椅子和一张桌子。四名巴塔瑞蓝太阳警卫正在桌子旁边打扑克，斯卡尔在房间的一角站着。与门外的警卫一样，他们也都没有穿上护甲。

克洛根人是安德森的第一个目标——一长串子弹正中斯卡尔的胸部。克洛根人的胳膊甩动着，向后面倒下去，他的枪也脱手而出，跌跌撞撞靠在墙上，转了一个身，面朝下倒地不起。身上到处都是血洞，血汩汩往外喷。

雇佣兵们对突然袭击的反应是从桌子旁边四散逃开。安德森看到卡莉并不在房间里面，立即用突击步枪将整个房间扫了一遍。雇佣兵们还没有来得及开火就全部被收拾掉了。这并不是一场公平而堂堂正正的战斗，只是一场单方面的屠杀。但考虑到屠杀的受害者都是西顿事件的凶手，安德森觉得心中平静了不少。

安德森扫完这一轮，发现后面墙壁上有个小门。这扇小门可能只是通往另一个小储藏室，但是门却用金属板加强了一层，而且还换上了一把重锁。

“卡莉？”安德森喊道，跑过去敲门，“卡莉，你在里面吗？你能听见吗？”

安德森听到门的另一边传来了卡莉含糊不清的声音：“大卫！大卫！求求你，把我救出来！”

安德森用手掰了掰锁，但是锁一动不动。安德森闪过了用炸药炸开门锁的念头，就像他刚才用炸药炸开更衣室的门一样，但是他担心爆炸有可能伤害到卡莉。

“坚持一下，”安德森向卡莉喊道，“我先要找到钥匙。”

安德森扫了一眼房间，他的眼睛停留在角落里克洛根人的尸体上。血泊从他的身下蔓延开来，流满了整个地板。安德森知道如果房间里有什么人带着钥匙的话，那一定是斯卡尔。

安德森向斯卡尔的尸体跑过去，把枪放在了地上。他用双手抓住克洛根人的肩膀，使出浑身的劲儿才把克洛根人翻了过来，让他背朝下躺着。克洛根人的胸口到处都是血泡和粘液，至少有十几颗子弹穿透了这家伙的躯干。衣服被温暖而污秽的液体泡透了，黏糊糊的。

安德森感觉有点恶心，但还是伸出手在斯卡尔的口袋里摸索着。就在这时，斯卡尔的眼睛猛地睁开，手一伸，抓住了安德森的喉咙！怪兽一声怒吼，站起身来，一只手将上尉从地上拎了起来——斯卡尔的另外一只胳膊浸满了血，已经无力再打。

*不可能！*安德森想，像个无助的小孩子一般挣扎，克洛根人的手臂正缓缓将他的生命逼出身体，*没有人可以经受得住这么严重的伤！就算是克洛根人也经受不住！*

斯卡尔一定看到了安德森眼中震惊的神情。“你们人类还要多多了解我们克洛根人，”克洛根人咆哮着说道，嘴角边流出了血沫子，“遗憾的是你不能活着告诉你们人类了。”

安德森的脚用力踢腾着，想要挣脱，但是克洛根人伸直了手臂举着安德森，他的腿太短，踢不到敌人的身上。于是，他开始用拳头使劲捶打克洛根人粗壮的前臂。安德森徒劳无功，只是引得斯卡尔发出一阵狂笑。

“你应该高兴才是，”赏金猎人告诉安德森，“你会死得非常快，不像那个女人一样慢慢死去。”

突然之间，整个房间被炼化厂深处传来的巨大爆炸撼动了。墙壁边出现巨大的裂缝，几块天花板掉到地板上。他们脚下的地面一边塌下去，另外一边却降了起来。斯卡尔失去平衡，安德森在这一瞬间猛地一挣，挣脱了斯卡尔，落到了地板上，用力喘气。

斯卡尔蹒跚地晃了几晃，想要站直身体，但因为自己的一条胳膊不听使唤而找不到平衡，而且失血过多让他非常虚弱。他重重地坐在了地上，离安德森放在地上的突击步枪只有几米远。

挣脱之后，安德森立即抽出手枪开火。但是并非向斯卡尔射击。如果一串突击步枪的子弹都不能结果斯卡尔，几颗手枪的子弹甚至让他放慢速度都做不到。安德森瞄准的是斯卡尔身边的突击步枪，正中目标，突击步枪在地上滑出很远，赏金猎人现在够不着了。

楼里面所有的警报都开始疯狂地响起，毫无疑问，这要归功于大爆炸。但是安德森还有更火烧眉毛的事情。他现在只有一把手枪，但只有爆头才能解决掉斯卡尔。此时，克洛根人猛地跳了起来，向安德森猛扑，他没有时间瞄准。

子弹击中了克洛根人已经失去知觉的肩膀，但是并没有让斯卡尔的脚步停下来。安德森向一侧扑去，一个滚翻躲开了对手愤怒的重击，刚刚避免被砸成肉酱。

但是斯卡尔挡在门和安德森的中间，他已经无路可逃。安德森退后几步，被逼到了角落，又举起了枪准备开火。但是还是慢了几分之一秒，克洛根人用一记刚猛的生物异能冲击波打掉了安德森的手枪，几乎也将安德森的手腕打断。

克洛根人知道一名手无寸铁的人类绝不是自己的对手，又慢慢逼近。安德森想做假动作躲开斯卡尔，希望能有机会抓起地面上的武器。但是克洛根人足够狡猾，虽然严重受伤，失血不少，他仍然足够机敏地猜出了对手的想法，切断了所有退路，将上尉逼到了角落里，安德森已无处可逃。

爆炸所带来的冲击波推得黑暗中的卡莉站不住，先是脸撞上了一堵墙，牙齿掉了一颗，鼻子也破了。卡莉滚到地上，双手捂住满是创伤的脸，嘴角抿了抿脸颊上流下来的鲜血。

接着卡莉发现门边透出来了一丝光亮，一定是爆炸把门铰链给震飞了。卡莉顾不上浑身疼痛，一下子跳了起来，慢慢向后走去，直到感觉到了墙就在自己身后。卡莉猛地三步冲了出去，用自己的肩膀撞在门上。

门框受到的爆炸冲击波一定很大，因为卡莉第一撞就把门撞开了，她重重地摔倒在了地上，还是那只撞门的肩膀先着地。一阵剧痛滚过她的胳膊，卡莉知道自己脱臼了。她挣扎着站了起来，眯着眼睛躲避着房间里面的光线——她在黑暗里待的时间太长了。

“卡莉!”她听见安德森在喊她的名字，“拿枪！开枪!”

卡莉眯起半盲的眼睛，在地上摸索。她碰到了枪管，把枪拖到自己身边，握住了枪柄。一个巨大的影子出现在她的头顶。

卡莉凭着本能枪口一指，扣动了扳机。她得到了奖赏：卡莉清楚无误地听到了克洛根人的惨叫，巨大的影子也倒下了。

卡莉拼命眨眼想要恢复视觉，但只能感觉到斯卡尔巨大的身躯挣扎着离她越来越远。克洛根人痛苦地捂着自己的腹部，愤怒而难以置信地看着卡莉。

接着安德森出现在卡莉的视野中，他把手枪枪口顶着克洛根人的脑袋开了一枪。卡莉扭头的速度太慢了一点，她还是看到了斯卡尔的脑浆从另外一边迸了出来，溅到了另外一边的墙上。这将成为她余生挥之不去的噩梦。

安德森走了过来，蹲在卡莉的身边。

“你怎么样?”安德森问道，“你还能走吗?”

她点点头：“我想我的肩膀脱臼了。”

安德森想了一下，说道：“对不起，卡莉。”卡莉想问安德森抓住自己的肩膀和手腕又拼命拉自己的肩膀是什么意思，不过她很快痛苦地大叫一声，肩膀回位的时候几乎疼得昏了过去。

大卫这才扶起她，让她不至于倒下。

“你这个坏蛋。”卡莉嘟囔道，一边活动自己的手指，把麻木的感觉赶走。“谢谢你。”卡莉又立即说道。

安德森扶着卡莉站了起来，卡莉这才看见满屋子都是尸体。安德森什么也没有说，只是用手指了指一具尸体身边的突击步枪，又拿起了自己的武器。

“我们最好带上这些武器，”安德森告诉卡莉，又想起了萨伦说的射击平民时不要犹豫的冷酷建议，“也许应该祈祷不必使用突击步枪。”

尾　声

炼化核心的爆炸完全达成了萨伦想要的结果。恐慌与混乱在工厂蔓延，警报声驱使人们向紧急出口涌去，疯狂地想要逃离大毁灭的爆炸。每个人都在向外跑，他却逆着人流向里面冲杀了进去。绝大部分人对他视而不见，只顾着自己逃命要紧。

萨伦必须快速行动。他引爆的炸药只是一连串爆炸的开始，爆炸会引发矿石冶炼炉过热。冶炼炉爆炸以后，处理核心中的所有机器设备都将葬身于火海。涡轮机和发电机将过载，再引发一系列爆炸，最终会将整个工厂变成一片火海。

他的眼睛扫过人群，终于找到了自己的目标：一小群蓝太阳佣兵，这几个人全副武装，成一个小队集体行动。就像他一样，他们也在向工厂深处走去。

萨伦要做的只是跟着他们。

“我们还在等什么?”钱博士高声叫道，已经歇斯底里。他拿着一个小小的金属箱，疯狂地在伊丹眼前挥动。金属箱内部是一个小小的闪盘，存储了他们这个项目中的全部信息，“我们现在手里有所需要的一切信息，快走吧!”

“还不能走，”巴塔瑞人说道，想要保持镇定。警笛的声音一浪高过一浪，他几乎听不见自己在说些什么，“我们要等到保镖过来。”伊丹知道冶炼核心的爆炸绝非偶然，他绝不会盲目向外奔，一头撞进陷阱。没有保镖，他绝不出去。

“这两个保镖怎么样?”钱博士喊道。指着房间门口两个紧张的雇佣兵。自从袭击西顿开始，钱博士就一直待在这个小屋里面。

“这两个人不够。”伊丹回答道，“我不能冒风险。我们要等到剩下的人……”

他的话被门外激烈的交火声音打断了，枪火混着警卫的叫喊声和尖利的警报声，接下来又是一阵短短的沉默。一个陌生的身影出现在了门口。

“你的保镖真没用。”全副武装的突锐人说道。

虽然伊丹以前从来没有看见过这个人，却立即认出了他是谁。“我知道你，”他说道，“幽灵特工，萨伦。”

“这是你干的!”钱博士尖叫道，用颤抖的手指指着萨伦，“这都是你的错!”

“你现在打算把我们都干掉吗?”伊丹问道。令人吃惊的是，他一点都不害怕，好像他早就知道此刻一定会到来。最后的时刻终于来临，伊丹倒是感到一阵奇怪的安宁。

但是突锐人没有把他们都杀掉。相反，他问了一个问题：“你在西顿研究些什么?”

“什么也没有研究!”钱博士高声喊道，死死抓住手中的金属箱护在胸前，“这是我们的!”

伊丹读懂了萨伦眼中的神情。他所有的财富都来自于那种神情：饥渴、欲望、对占有的强烈渴望。

“你知道的。”他轻声说道，意识到了目前的事实，“不是所有的东西。但是对你想知道的内容来说，足够了。”一抹微笑滑上了他的嘴角。伊丹还有机会逃出生天。

“你闭嘴!”钱博士向伊丹喊道，“他会从我们这里抢走的!”

“我不这么认为。”伊丹回答道。与其说是回答钱博士，倒不如说是给萨伦听，“我们拥有他所需要的东西。他需要我们活下去。”

“不需要你们两个都活着。”萨伦警告道。

萨伦话中的一些东西刺穿了钱博士疯狂的面纱。“你需要的是我！”钱博士以少见的明晰思维说道。他的声音飞快，绝望而恐怖。然而，无从得知他是因为怕死还是因为担心失去继续疯狂研究的机会，“没有我，你就永远无法理解正在研究的项目，你们永远无法知道如何才能释放出他们的威力，我是项目的核心！”

萨伦举起了手枪，直指着这个胡言乱语的人类，头却偏向了伊丹。

“他说的是真的吗？”萨伦问巴塔瑞人。

伊丹耸了耸肩膀：“我们有他所有研究成果的备份，而且我也有一支听命于我的研究队伍。钱博士是个天才，但是他现在已经……神智不清了。我觉得现在是时候该替换他了。”

伊丹还没说完这些话，萨伦的枪就响了。钱博士的前额出现了一个小小的血洞，身体一硬，僵僵地向后倒下去。金属箱从他的手中滑落，吭啷一声砸到地板上，但里面的闪盘存储器却由于良好衬垫的保护而毫发未损。

“你呢？”幽灵特工问道，手枪指着巴塔瑞人。

伊丹意识到自己再没有活下去的机会时，已经镇定地向命运投降了。现在他又看到了一丝活下去的期望，指着他的枪口反而让他不寒而栗。

“我知道那个东西在哪里。”他说道，“如果没有我的帮助，你怎么才能找到它呢？”

萨伦朝金属箱点了点头：“也许那个箱子里有些东西会告

诉我需要知道的情报。”

“我……我有足够的资源。”伊丹结结巴巴地说道，想要找出另外一个理由，从对手的枪下逃命，“人力，权力，金钱。这个项目需要天文数字的资金。如果你杀了我，你怎么有钱去研究？”

“你不是唯一一个有钱有影响力的人，”突锐人提醒伊丹，“我甚至不用离开天连地区就可以找到另外的财主。”

“想想我为这个项目投入了多少时间和精力！”伊丹爆发道，“杀了我，你就要一切从头开始！”

萨伦没有说话，头微微偏向一边，好像在考虑巴塔瑞人刚才的话。

“你根本不知道这个东西能干什么。”伊丹继续说道，“银河系以前根本没有见过类似的科技。就算你有了钱博士的文档，也不可能找到人再涉足这个领域，把项目重新建立起来。”

“我从一开始就卷入了这个项目。我对我们正在做些什么有着根本的了解。银河系里没有其他的人能给你提供这样的条件。”

从突锐人的表情里看，他显然已经被伊丹的演说说动心了。

“如果你杀了我，你失去的不仅仅是我的物质后盾，你还失去了我的经验。你也许能找到什么其他的人资助这个项目，但是这个过程需要时间。如果你杀了我，你得从头开始——你不会因为开枪杀了我的满足感而失去我三年以来的基础工作。”

“我不在意多等几年，”萨伦回答的同时扣动了扳机，“我是个很有耐心的人。”

第二次爆炸发生的时候，卡莉与安德森还在炼化厂的主楼里。先是炼化核心附近的矿石熔炉罐发生了爆炸，整整一锅炉的灼热岩浆从厂房的心脏地带喷涌而出，直射上三百米的高空，熔岩火柱像蘑菇一样从地上钻出来，四处流动，照亮了夜空，把半公里范围之内的一切化成灼热的红色地狱。

“快跑!”安德森高声喊道，想要让声音穿过凄厉的警报声。工厂已经被两次爆炸破坏得不成样子，而且至少肯定会还有两次爆炸，“我们要赶在熔岩漫到这里之前离开这儿!”

安德森在前面跑，一只手端着突击步枪，另外一只手抓着卡莉的手腕。年轻虚弱的女人勉强跟上安德森的脚步。他们跑到了工厂大楼前面，向防护网拼命跑去。上尉扫视着身前身后的整个区域，看有没有什么迹象显示有人追踪上来。

“我的天哪!”卡莉惊叫道，脚步不由得停了下来，安德森也不得不停下脚步。安德森回头一看，发现卡莉正凝眸望着远处。安德森顺着卡莉的目光看过去，心中默默地叫了一声上帝。

整个工厂的居住区现在也已经化成了一片火海。拜炼化厂厂房的墙壁和屋顶所阻挡，这两个人没有被矿石岩浆的洪流所淹没。工厂外面的人——居住区的男人、女人和小孩就没有这么幸运了。每栋建筑似乎都着了火，一道凶猛的橙色火墙把他们都挡在中间。

“我们过不了那道火墙。”卡莉说道，一屁股坐到地上，筋疲力尽，无力再动。

又是一次惊天动地的爆炸，工厂被撼得晃了几晃。安德森再一回头，工厂现在也已变成火海。火焰照耀之下，安德森透过窗户看到黑烟从火堆上空升起——这是坍塌所引发的化学毒云。

“不能放弃!”安德森高声喊道，抓起卡莉的肩膀让她站了起来，“我们可以冲过去!”

卡莉摇了摇头。安德森可以从卡莉的眼睛中看出端倪：自从西顿基地被袭击以来，一切的一切，她已经受够了。她已经失去了一切，她最后还是绝望地放弃了。

“我不行了，我太累了。”她说道，又失落地坐下，“别理我，把我放在这儿吧。”

安德森没法抱着她离开这里，他们要走的路太长了。如果把卡莉背到背上，安德森又恐怕自己无法快速移动通过已经被火焰吞没的居住区，那样他们都会被烧死。

卡莉参了军，但军方并没有让她在前线服役。她是一个动脑子的科学家。但是所有人类联盟的士兵都经过了基本的军事训练——在他们进入联盟之前，都要熬过几个月严苛而残酷的身体训练。他们在这套训练中要学习将自己的身体先推至极限，然后再推至极限之外。当他们的身体受到威胁，即将屈从于疲劳与困顿时，他们必须找出办法继续前进。他们必须打破阻碍自己前进的精神障碍，超越自己所能想象的限度。

这是一项非常棒的训练，系统联盟军队中的每一名成员，不论男女都要经过同样的训练。训练将他们团结在一起，赋予他们力量。联盟士兵变成活生生的象征，用血与肉展示不屈不挠的人类精神。

安德森知道，他现在必须唤醒卡莉的精神。“见鬼，桑德斯！”安德森向她吼道，“你现在竟敢离开我！你所属的作战单位正在行动，你他妈的现在必须站起来向前走！这是一个命令！”

就像所有的优秀士兵一样，卡莉开始执行命令。她艰难地站了起来，开始慢慢地蹒跚着小跑着向前走了——她的精神告诉自己已经不行了，但她却强制自己向前走。安德森看卡莉向前走着，确保她不会突然倒下，然后也开始跟在卡莉后面，与卡莉迈着一样的步伐，穿过了前面建筑群中的烟雾、尖叫和火焰。

工厂的居住区已变成一片地狱。火柱从火海中昂起头来，咆哮着吞噬着居住区。痛苦的哀嚎和恐惧的尖叫伴奏着火柱雷霆般的怒吼。从工厂深处传来的一次又一次的震耳欲聋的爆炸声不时打断这恐怖的不和谐乐章。

油乎乎的黑云在屋顶上滚动，又随着火势从一栋房子蔓延到另外一栋房子，跳到地上，浓烟逐个吞噬了整个居住区。炙热的温度好像是个活物，揪住人们的臂膀，缠住人们的腿脚，经过人们的时候用自己的利爪把皮肤从身体上割下来。辛辣的烟雾像针一样刺着人们的眼睛，爬进人们的肺里，每一次呼吸都咳嗽不止。到处都是肉体燃烧的恶臭，让人恶心欲吐。

尸体满大街都是，许多还是小孩子。有的遇难者被天上掉下来的岩浆雨沾上，被烫脱落的皮肤漂浮在自己已经熔化的血肉之上，冒着泡泡。其他屈死者的尸体一部分化成一缕青烟，另一部分因为肌肉收紧或被烧焦，卷曲成胎儿缩在子宫当中的形状。还有一些人被汹涌的逃命人流所踩倒，肢断体裂，烧焦成千奇百怪的形状，不自然地张开或拧弯。他们的脸被自己邻居的无数只脚踩得血肉模糊。

饶是安德森已经打过多场战斗，经历大大小小的战役，无数次亲眼目睹战争的暴行，他却从来没有为眼前炼化厂的惨烈景象做好准备。但是安德森帮不了那些受害者，他们无能为力，自身难保，能做的只有埋头压身向前冲。

绝望的逃亡中，卡莉脚下磕磕绊绊摔倒了好几次，每次都是安德森扶着她再一次勇敢地站起来，也许是奇迹，他们居然活着逃出了火地狱……他们正好及时赶到，看见萨伦把一个小小的金属箱扔进了汽车的后座。

突锐人吃惊地看着他们两个，凭着身后工厂居住区的火光，安德森确信自己看清了幽灵特工正板着个脸。萨伦什么也没说，自己钻进了车，安德森这才想起来萨伦准备把他们甩在这里自己离开。

“进来！”突锐人喊道。

也许是因为萨伦看到他们每个人手里都拎着一把突击步枪。也许是他害怕其他人发现萨伦抛弃了他们两个。安德森并不在乎，他只是高兴幽灵特工等了他们一下。

帮卡莉进车坐好，接着也把自己塞进车坐到卡莉身边。“伊丹呢？”发动机轰鸣，安德森问道。

“死了。”

“钱博士怎么样了？”卡莉也想知道。

“他，一样。”

萨伦启动了车，轮子卷起砾石，一溜烟走了。安德森靠在自己的座位上。他已筋疲力尽，根本没有去在意那个小金属箱子的事情。

车子消失在了夜色当中，把死亡与毁灭的残酷一幕甩在身后，越来越远。

安德森款步走出联盟驻神堡的大使馆。主席团区的阳光暖洋洋地照在他的脸上。他走下楼梯，踏上了绿色的草地。

卡莉正在湖边等他。她坐在草地上，赤着脚，这样就能把脚浸在明澈的湖水中。安德森走过来，重重地在她身边坐下，甩掉自己的鞋子，也把脚浸泡到凉丝丝的水中。

“哈哈，感觉真棒。”

“这个会可开得够长的。”

“我就担心你已等得不耐烦了。”

“也没有什么其他的事情可以做。”卡莉揶揄道，“我已经与大使会过面了。而且，我觉得我该在这儿逛逛。”她又极为认真地说道，“至少我欠你一个人情。”

“你什么也不欠我的。”安德森回答道，两个人又陷入了一阵甜蜜的沉默当中。

他们逃离卡马拉的炼化厂已有四天的时间。第一天的晚上，他们在太空港附近的一家医院度过，接受了烟雾吸入的治疗，排出了爆炸中可能散发到空气中的有毒气体，而卡莉接受了静脉注射，以治疗她在监禁过程中的严重脱水。

第二天早上他们与联盟的特遣队代表会面：联盟士兵负责保护他们，而情报官员收集了他们的证词。然后他们被立即送往一艘等待好的联盟护卫舰，来到神堡。他们的报告和个人总结被呈送给相关职能人员：整整三天的会谈、听证和调查，以确定究竟发生了什么，以及谁应该对此负责。

安德森感觉高层所带来的震动可能要持续好几个月，甚至是好几个年头。但是随着他与大使在办公室会面结束，任务对他来说已经正式结束了。两个人的任务都结束了。

自从那个地狱般的夜晚过去之后，这是他俩第一次有机会单独在一起。安德森想伸出臂膀搂着卡莉的肩膀，把两人之间的距离拉得再近一些，但是安德森不知道卡莉会如何反应。他想说点什么，但是又不知道说些什么为好。就这样，他们坐在那里，肩靠肩坐在湖边，什么也没有说。

还是卡莉最后打破沉默：“大使说了些什么？”

“问我想要些什么。”安德森叹息了一声，“理事会拒绝我成为一名幽灵特工的候选人。”

“肯定是因为萨伦在背后捣你的鬼。”卡莉厌恶地说道。

“他的报告里可没有说我的什么好话。他说我无视此次任务的真正目标，说我过早进入基地，惊动了雇佣兵，让他暴露了。他甚至把爆炸也栽到了我的头上。”

“这都是撒谎!”卡莉愤怒地挥舞着拳头。

“他还混了不少真话在里面，足够把谎言也搭车卖出去，”安德森提示道，“而且，人家是幽灵特工，他们的顶尖高手。你说理事会会相信谁?”

“也许只是理事会找个理由将人类成员拒在幽灵特工大门之外，再一次逼退人类联盟。”

“也许真的是这样。那就是格伊利该操心的事情了。”

“他所发现的异星技术呢?”卡莉问道。

“联盟有自己的专家研究来自西顿的文件，”安德森解释道，“一切都只是理论和猜想。他们甚至不能确定那里是否真有异星科技。”

“那他们让我们研究些什么东西?”卡莉抗议道，“他们想要达成什么目标?”

安德森耸耸肩：“他们说钱博士已经丧心病狂，用自己狂热的纯精神想象、怪异的声明还有虚假的承诺套牢了伊丹。联盟科学家还认为他正在把整个西顿的研究项目越来越深地向自己狂热的野心拖过去。”

“关于你自己，大使说了什么?”卡莉犹豫了一下，又问道，声音柔软温暖。

“她一开始很不高兴，”安德森承认道，“我没有进入到幽灵特工，而且在政治上，这次任务留下了一个烂摊子让她去清理。”

“爆炸中死掉的那些平民怎么样了?联盟并不打算要你对此负责，是吧?”她的声音中充满了关切，安德森非常后悔没有早点把胳膊搭到她肩膀上。

“没有。格伊利不打算找一只替罪羊。理事会封锁了所有与萨伦有关的记录。在官方声明当中，他们声称这是一起生产事故。”

“后来大使安静下来，我觉得她认为这次任务并不算彻头彻尾的失败。我们知道了西顿基地事件的真相，而该为此负责的人都已经死了。我觉得在这点上她会对我有所赞同。”

“所以这对你的军事生涯不会有什么不利的影响吧？”

“也许不会吧。当然也不会有什么正面作用。”

“我真是太高兴了。”卡莉说道，伸出一只手搂住了安德森的肩膀，“我知道做一名士兵对你来说有多重要。”

安德森也伸出手抚摸着卡莉的头发，把卡莉轻轻地拉了过来，安德森靠了过去，两个人的嘴唇轻轻碰了一下，卡莉立即抽回了身。

“不，大卫，”卡莉轻声说道，“我们不能这样，对不起。”

“怎么啦？”他问道，一脸疑惑。

“今天早上会谈的时候他们向我提供了一个新的岗位。他们希望我加入到另外一个项目的研究团队中去，甚至可能会升职。”

“太棒了，卡莉！”安德森高声叫道，真心地为她欢喜，“你会驻扎在哪里？”

卡莉冲他淡淡笑了笑：“保密。”

安德森脸上的笑容消失了：“哦。”

“别担心，”卡莉说道，想要让气氛有所缓和，“我们这次可不是在研究什么非法的项目。”

安德森没有回答，琢磨目前情况下应该怎么办。

“我们可以想办法的，”安德森突然说道，“毕竟我们之间的关系已经非常特别了。我们应该给自己一个机会。”

“你和我一起参加一个绝密项目，你一直在外面站岗放哨?”卡莉摇了摇头,“我们这种想法纯属玩笑。”

虽然承认这个事实非常痛苦,但是安德森知道卡莉说的都是真话。

“你是个好人,大卫,”卡莉说道,想要让自己的拒绝给安德森带来的痛苦更小一些,“就算我不用离开,我也不认为我们之间会超越朋友关系。军事命令在你的生命当中永远会占据最重要的位置。我们都知道这一点。”

安德森点了点头,不敢再去看她的眼睛:“你什么时候出发?”

“今天晚上,”她说道,“我要去准备准备了。我只希望见你最后一面。谢谢你……为我所做的一切。”

卡莉站了起来,拍拍屁股,轻轻靠在安德森身上,浅浅吻了一下他的面颊。“再见,士兵。”

安德森没有看着她走远,只是呆呆地注视着湖面,很久很久。

萨伦躲在自己的汽车中,仔细研究钱博士金属箱中的闪盘上的资料。好几个小时过去,他的猜测是对的:所谓异星科技,就是一艘某种形式的飞船。飞船的名字叫霸主号,是普罗仙人灭亡时期留下来的一笔巨大遗产,它是一艘强悍无比的巨型飞船。

但是霸主号绝不仅仅是一艘飞船。它的系统、处理器和使用的技术极为先进,理事会世界内的所有技术成就与之相比就像侏儒一样渺小。它的规模和复杂性堪与普罗仙人最伟大的创造物——质量效应中继站以及神堡空间站相媲美,甚至有过之而无不及。如果萨伦能够研究清楚并了解它是如何运行的,他就可以自己掌握这股强大的力量。

萨伦一生都在为这个时刻而准备着。他所做的每一件事——他在军中服役的生涯，他的幽灵特工经历，只不过是这一发现的序章而已。现在他发现了自己的真正目标，是命运让他与目标相遇。

对萨伦来说，所有其他的事情还能怎样更加完满呢？安德森被拒绝成为一名幽灵特工，人类联盟在政治上被狠狠地羞辱了一番。理事会甚至不相信异星科技真的存在。有可能揭露他的人都已经完蛋了。

然而，他们的死并非毫无代价。钱博士的死让他失去了对事实真相的掌握，但是仅仅从他的笔记中看，钱博士非常聪明，是个真正的天才。萨伦理解人工智能技术最基础的理论和原则，但是显然人类的研究成果已经远远超出了他能指望达到的高度。萨伦需要找出一个一样足够聪明的人牵头继续研究霸主号；也许他要花上几年的时间，才能找到一个人取代钱博士的位置。

但是萨伦并不后悔杀死钱博士。博士已经陷得太深了。闪存上的笔记显示博士非常稳定地陷入越来越深的狂躁当中。他的精神状态逐渐恶化，这与他成天想着霸主号直接相关。飞船一定能够产生某种场，某种辐射。当钱博士研究霸主号时，就是这个东西摧毁并腐蚀了钱博士的精神。

它后来也影响了伊丹，当然变化非常微妙。巴塔瑞人自从亲自造访飞船的那一刻起，举动就开始有些怪异；与人类结交，并不惜冒着惹上幽灵特工的危险。伊丹自己甚至都可能注意不到这些细小的变化，当然萨伦通观全局的时候觉得非常明显。

他必须要小心为上。他必须避免一切不必要的暴露，以免造成精神异常。他必须通过中间人进行活动，比方说伊丹在英仙座星云附近的研究团队。

萨伦计划马上与他们取得联系。他们与外界切断了一切联系，甚至有可能不知道他们以前的老板现在怎么样了。如果他们发现真相之后愿意为萨伦效力——如果他们的研究取得了一些进展——也许萨伦没有必要把他们杀光。当然，前提是霸主号那个时候还没有完全改变他们的心智，他们的人格还不至于影响他们的工作。

萨伦还需要考虑另外一个问题。飞船在英仙座星云后面，就在桀斯空域的边上。最后，萨伦会不可避免地和桀斯族打交道。就算所有的事情都按照计划执行，他也要利用霸主号让桀斯族听命于自己。

危险太大了，但是潜在的回报值得萨伦去冒这个险。他必须小心翼翼。耐心。慢慢来。也许要几年。也许是几十年。但是外星飞船的秘密，以及所有的强权，有朝一日都将唯他马首是瞻。

一旦他发挥出强大的威力，所有的一切都将永远地改变。突锐人不必再极不情愿地向理事会点头哈腰，就像第一次接触战争的时候那样违心地作出补偿。最后一定要向人类联盟算总账。人类要好好地接受教训，还有所有对理事会俯首贴耳的其他种族也别想跑。

而霸主号将是这一切的关键。